Ella Carey

DIE FRAUEN VON NEW YORK

Worte der Hoffnung

aufbau taschenbuch

Ella
Carey

DIE FRAUEN VON NEW YORK

Worte der Hoffnung

ROMAN

Aus dem Englischen von
Gabriele Weber-Jarić

atb aufbau taschenbuch

Die Originalausgabe unter dem Titel
The Lost Girl of Berlin
erschien 2021 bei Bookouture, London.

MIX
Papier aus verantwortungsvollen Quellen
FSC® C083411

ISBN 978-3-7466-1503-5

Aufbau Taschenbuch ist eine Marke
der Aufbau Verlage GmbH & Co. KG

1. Auflage 2022

Satz LVD GmbH, Berlin
Druck und Binden CPI books GmbH, Leck, Germany
Printed in Germany

www.aufbau-verlage.de

Für meinen Sohn Ben

»Niemand bewahrt ein Geheimnis so wie ein Kind.«

VICTOR HUGO

»Ich bin der Feind, den du getötet hast, mein Freund.«

WILFRED OWEN

TEIL 1

KAPITEL 1

Kate

Berlin, März 1946

Der Lärm der quietschenden Reifen schallte durch die aschgraue Stadt. Für Kate klang es, als würde ein Tier in den eisigen Straßen Berlins schreiend verenden. Sie kniff die Augen zusammen, hielt sich fest und wappnete sich für den Moment, wenn Metall auf Metall träfe und die Winterluft wenig später vom Heulen einer Sirene durchdrungen würde. Das waren die Geräusche, die vor Jahren den tödlichen Unfall ihres Vaters begleitet hatten und sie bis an ihr Lebensende verfolgen würden.

Der Jeep mit den Kriegsberichterstattern an Bord hielt an, die Scheinwerfer durchbohrten den Nebel, warfen ihr Licht auf den Wagen vor ihnen, der unvermittelt gebremst hatte. Doch der Aufprall blieb aus, und nirgendwo ertönte eine Sirene. Kate stieß den angehaltenen Atem aus.

Sie verdrängte die Erinnerungen an ihren Vater und richtete ihren Blick auf die von Bombenschäden gezeichnete alte Villa am Straßenrand.

Der Vorgarten musste einmal schön gewesen sein. Die Buchsbäume und Tannen waren schneebedeckt. Die Eingangstür stand offen, als wollte man Gäste einladen, aus der Kälte ins Haus zu kommen. Kate stellte sich Szenen aus der Vorkriegszeit vor,

Menschen, die das imposante Backsteinhaus mit dem damals noch intakten Säuleneingang betreten hatten. Bereits in der Eingangshalle wäre es in dieser Jahreszeit warm gewesen, im Salon hätte im Kamin ein Feuer gebrannt, an dem man sich die kalten Hände gewärmt hätte. In den geschmackvoll eingerichteten Räumen hätten die Leute sich unterhalten und gelacht. Nach dem Diner wäre vielleicht getanzt worden. In den oberen Räumen hätten die Kinder vor dem Schlafengehen noch ein wenig lesen dürfen.

Nun saß auf der bröckelnden Eingangstreppe ein kleines Mädchen.

Statt eines dicken Mantels, einer Mütze und Stiefeln trug es einen schmutzigen, braunen Kittel und hatte die mageren Arme um sich geschlungen. Aus den ausgetretenen Halbschuhen ragten spindeldürre, verdreckte Beine ohne Strümpfe auf. Plötzlich heftete das Mädchen den Blick auf Kate.

Die Augen des Kindes waren von einem leuchtenden Blau, und sie sprachen von dem Elend des langen Berliner Winters, der die Menschen im Griff hatte.

Ebenso wie in den meisten Häusern der Stadt waren die Fenster der Villa mit Brettern verbarrikadiert. Die Ritze und Löcher in den Mauern, durch die der Wind pfiff, versuchten die Berliner mit Lumpen und Papier zu stopfen. Dennoch gab es viele, vor allem alte Leute, die nachts im Schlaf erfroren.

Der Jeep fuhr wieder an.

»Fahrer, lassen Sie mich raus!« In der kalten Luft konnte Kate ihren Atem sehen. Der Fahrer reagierte nicht, und ihre Stimme ging im Motorenlärm unter. Kate machte Anstalten aufzustehen, wollte sich an den anderen Reportern vorbei nach draußen drängen, und wurde auf ihren Sitz zurückgeworfen.

Ihr Kollege Rick Shearer legte einen Arm um sie und gab ihr Halt. Der Jeep fuhr weiter.

Kate stieß einen frustrierten Seufzer aus. Rick sah sie an, sein Blick war voller Verständnis und Mitgefühl.

Kate versuchte, ihm zu erklären, warum sie aussteigen müsse. Er hob die Schultern. Sie blickte sich um. Ringsum war Niemandsland, und sie hatte keine Ahnung, wo sie sich befanden. Straßen waren kaum noch zu erkennen. Überall lagen Schutt, zerrissene Kabel und zerbrochene Leitungsrohre auf der Erde. Resigniert lehnte sie sich zurück und spürte die Hoffnungslosigkeit, die sich wie eine Decke um sie legte. Ob die Geister dieses Kriegs jemals Frieden finden würden?

Auf ihrer Reise durch das vom Krieg zerrüttete Europa hatte sie befreite Konzentrationslager gesehen, die Krematorien als stumme Zeugen der unaussprechlichen Grausamkeiten, die Menschen einander zufügen konnten. In Krakau hatte sie Männer und Frauen erlebt, die aus Zügen gekrochen waren und hilflos an den Gleisen gehockt hatten; in Rom unterernährte Kinder mit Hungerbäuchen.

Doch keiner dieser Eindrücke hatte Kate gegen die Schrecken des Krieges und die Verbrechen der Nationalsozialisten immun gemacht. Im Gegenteil.

Nun fuhren sie an einem Park vorbei. Aus den Sitzbänken waren die Holzlatten gerissen worden, wahrscheinlich um als Brennholz zu dienen.

Schließlich hielt der Jeep vor dem heruntergekommenen Hotel an, in dem die Reporter untergebracht waren. Noch immer lag der

Geruch von Tod, Fäulnis und ausgebrannten Gebäuden in der Luft. Kate zog ihren Schal höher, bedeckte Mund und Nase.

Sie stiegen aus.

Harvey Milton drückte die ramponierte Tür des alten Hotels auf, das die Bombenangriffe der Alliierten wie durch ein Wunder überstanden hatte. Der Geruch nach gekochtem Kohl stieg Kate in die Nase, ein Aroma, das sie künftig stets mit diesem maroden Gebäude in Zusammenhang bringen würde. Harvey bedachte sie mit einem breiten Lächeln, seine Zähne blitzten weiß auf. Ganz gleich, an welchem Ort der Zerstörung sie waren, Harvey sah stets aus, als käme er gerade aus der Dusche, hätte frische Sachen angezogen und sich das blonde Haar sorgfältig nach hinten frisiert.

Kate blieb stehen, fühlte sich außerstande, das unwirtliche Hotel zu betreten. Das Bild des kleinen Mädchens ging ihr nicht aus dem Kopf.

Während des Kriegs hatte sie niemanden retten können, doch nun konnte sie verhindern, dass ein Kind erfror.

Sie machte kehrt und lief die Straße hinunter. Aus dem Augenwinkel nahm sie Rick wahr, der ihr folgte, hörte das Geräusch seiner Stiefelschritte. Sie alle waren für die neun Monate, die sie in Europa verbrachten, mit Soldatenstiefeln ausgestattet worden, auch Kate, die einzige Frau unter ihnen.

Am Straßenrand waren die Trümmerfrauen trotz der einsetzenden Dämmerung dabei, Schuttberge abzutragen. Sie arbeiteten schweigend und mit bloßen Händen, die Einzigen, die noch in der Lage waren, die Kriegsschäden zu beseitigen. Ihre Männer waren entweder im Krieg gefallen, in Gefangenschaft oder von ihren Kampfeinsätzen krank und zermürbt zurückgekommen und nun zu entkräftet, um mitzuhelfen. Die öffentliche Verwaltung war schon vor vielen Monaten zusammengebrochen.

»Ich weiß, was du vorhast«, sagte Rick.

»Die Kleine wird die Nacht nicht überstehen.«

»Niemand wird sich für ihre Geschichte interessieren.«

Ricks sanfte Stimme passte nicht recht zu den Bildern, die sich ihnen links und rechts der Straße boten. Seine Stimme gehörte nach Manhattan, wo sich das pralle Leben abspielte, nachts überall Lichter brannten und die Leute in den Straßen tanzten und das Ende des Krieges feierten. Kate schob die Gedanken an Manhattan zur Seite.

Sie lief weiter und ballte die Hände zu Fäusten. »Es geht nicht um ihre Geschichte.« Gleich als sie das Mädchen auf der Treppe dieser alten Villa entdeckt hatte, hatte Kate den Wunsch verspürt, ihm zu helfen. An eine Geschichte hatte sie überhaupt nicht gedacht, auch wenn ihr das wahrscheinlich niemand abnehmen würde.

Rick sah sie skeptisch an, sagte jedoch nichts.

Kate erinnerte sich an die letzte Geschichte, die sie geschrieben hatte. Darin ging es um die Liebesverhältnisse, die einige amerikanische Soldaten mit deutschen Frauen eingegangen waren. Ihr Chef hatte ihren Vorschlag abgelehnt und erklärt, dass die Story kein gutes Licht auf die amerikanischen Soldaten werfe. Auch deren Ehefrauen zu Hause in Amerika würden nicht lesen wollen, dass ihre Männer in Deutschland schöne Stunden genossen, die sie mit Lebensmitteln, Zigaretten und Nylonstrümpfen bezahlten. Doch Kate hatte sich nicht aufhalten lassen.

Jetzt warf sie Rick einen Seitenblick zu. Er hatte die Brauen zusammengezogen und schien nachzudenken.

Kate bog um eine Ecke. Inzwischen hatte sie gelernt, sich in zerstörten Städten einigermaßen zurechtzufinden und konnte sich auf ihren Orientierungssinn verlassen.

Zwei gebeugte, ausgemergelte Männer kamen ihnen entgegen. Sie hatten Äste aufgetrieben, um irgendwo Feuer zu machen.

Vielleicht war der Park, den sie in der Nähe der Villa gesehen hatte, nicht mehr weit entfernt, dachte Kate. Sie beschleunigte ihren Schritt.

Sie hatte sich nicht geirrt. Wenig später erreichten sie den Park und kurz darauf die Villa. Das Kind saß noch immer auf der Eingangstreppe und hatte den Kopf in die Hände gestützt.

Der kalte Wind fuhr unter Kates Jacke und ließ sie frösteln. Sie drehte sich zu Rick um. »Sprich mit ihr. Du kannst doch Deutsch.« Noch einmal glitt ihr Blick über den viel zu dünnen Kittel des Mädchens. »Wahrscheinlich hat man die Kleine während des Kriegs aufs Land geschickt. Und nun ist sie in ein leeres Haus zurückgekehrt.«

Ihr Blick fiel auf den kleinen Seesack an der Seite des Mädchens.

»Wenn wir sie hier sitzen lassen, wird man sie in ein Kinderlager stecken.« Sie waren im sowjetisch besetzten Teil der Ruinenstadt. Womöglich würde das Kind nach dem Kinderlager in einem sowjetischen Waisenhaus landen. Kate überlief ein Schauder. Sie musterte das Mädchen, das den Eindruck eines Straßenkinds machte. Vielleicht saß es nur zufällig vor dieser Villa, war dort nie zu Hause gewesen.

Rick berührte ihren Arm. »Ich spreche mit ihr.«

In den vergangenen Monaten war Rick für Kate zu einem Freund geworden, und dafür war sie dankbar. Etliche ihrer Kollegen weigerten sich, eine Frau in ihren Reihen ernst zu nehmen. Entweder ignorierten sie Kate oder sie versuchten, mit ihr zu flirten.

Allerdings hatte sie bereits in New York und Washington für Rundfunk und Presse geschrieben und gelernt, sich durchzusetzen. Dann hatte sich ihr die Möglichkeit dieses Auslandseinsatzes geboten, und sie hatte nicht lange gezögert. Vielleicht würde sie durch die Arbeit im kriegsversehrten Europa nicht mehr an die Schuldgefühle erinnert werden, die ihr seit dem Tod ihres Vaters zu schaffen machten.

Mit knirschenden Schritten durchquerte Rick den verschneiten Vorgarten und näherte sich der Eingangstreppe.

Kate folgte Rick und stellte fest, dass die Rückseite des Hauses bei einer Bombenexplosion weggerissen worden war.

Aus dem Park drangen Kinderstimmen zu ihnen. Sie gehörten den Jungen und Mädchen, die Kate dort hatte Schlitten fahren sehen. Sie alle waren warm gekleidet gewesen. Einen Moment lang lauschte sie den lärmenden Kinderstimmen, die einen Hauch Normalität suggerierten.

Rick beugte sich zu dem Mädchen hinab und sagte etwas auf Deutsch.

Es schien sich seine Worte durch den Kopf gehen zu lassen. Dann richtete es seine blauen Augen auf Kate.

Rick sagte noch etwas. Es klang sanft und freundlich. Doch das Kind hatte nur Augen für Kate, die nun eine Hand ausstreckte. Das Mädchen starrte sie an, bis Kate sich nach ihm bückte, es hochhob und an sich drückte. Das Kind legte seinen Kopf an Kates Schulter. Kate strich ihm zärtlich über das Haar. Ein Gefühl der Zuneigung überkam sie – etwas, das ihr kaum noch vertraut gewesen war.

Sie würde diesem Kind helfen.

Rick sah sie bekümmert an. »Ich glaube, sie ist stumm.«

»Nimm du den Seesack«, forderte Kate ihn auf.

Rick schüttelte den Kopf. »Kate …«

»Bitte nimm ihn. Ich lasse das Kind nicht hier sitzen.«

Das Mädchen presste den Kopf an Kates Brust und schlang die eiskalten Beine um sie. Vorsichtig stieg Kate die Eingangstreppe hinunter.

Seufzend griff Rick nach dem Seesack und hängte ihn sich über die Schulter. Dann nahm er Kate das Mädchen ab und trug es unter seinem warmen Mantel geborgen.

Ohne dass sie es abgesprochen hatten, kehrten sie über Seitenstraßen zurück zu ihrem Hotel. Rick musste gespürt haben, dass Kate mit dem Kind nicht gesehen werden, keine unwillkommenen Fragen beantworten wollte. Im Hotel nahmen sie statt des uralten, vergitterten Fahrstuhls die Treppe.

*

Kate hatte das Mädchen in ihr Bett gebracht, es war sofort eingeschlafen. Nun lag es dort, eine schmale Gestalt unter zwei grauen Wolldecken, die es in diesem Hotel statt einer dicken Bettdecke gab. Versuche, die Heizung höher zu stellen, hatte Kate aufgegeben, sie wurde bestenfalls lauwarm.

Sie trat ans Fenster, spähte in die Dunkelheit und wartete auf Rick.

Endlich klopfte es drei Mal an der Tür und nach einer Pause noch drei Mal, so wie Rick und sie es abgemacht hatten. Kate öffnete ihm.

Rick trat ein und stellte die drei Becher mit heißer Suppe ab, die er in der Hotelküche besorgt hatte.

Die Deutschen ernährten sich von Kohl, Kartoffeln und Brot. Die meisten hatten nicht genug, um ein Kind satt zu machen, geschweige denn einen Erwachsenen. In den Hotels, in denen Amerikaner und Engländer logierten, war die Versorgung etwas besser. Außer Kohl und Kartoffeln gab es dort mitunter zähes, gepökeltes Fleisch.

Sanft weckte Rick das Mädchen und hielt ihm einen Becher an den Mund. Die Kleine stemmte sich hoch und nahm winzige, vorsichtige Schlucke. Als sie genug hatte, sah sie Rick mit ihren blauen Augen an, deren Farbe im grellen Licht der Glühbirne noch intensiver wirkte.

Kate hatte es nicht gewagt, das Kind zu waschen, es wäre ihr zudringlich erschienen. Das magere Gesicht war noch immer schmutzig, das lange blonde Haar verfilzt. An den verdreckten Füßen war Blut getrocknet.

Rick redete beruhigend auf das Mädchen ein.

»Was meinst du, wie alt sie ist?«, fragte Kate.

»Höchstens zehn.«

Kate stellte ihren Becher Suppe auf dem Nachttisch ab. »Hier, falls sie mehr möchte.« Wieder betrachtete sie das Mädchen, und der Anblick tat ihr in der Seele weh. »Ich muss sie irgendwohin bringen, wo sie in Sicherheit ist. Aber wie?«

Rick seufzte. »Hast du die zahllosen Anschläge in der Stadt gesehen? Die Fotos von Kindern, die allein aufgegriffen wurden und nun irgendwo untergebracht und versorgt werden müssen?«

Kate hob die Schultern. »Ich werde hierbleiben, bis ich weiß, dass sie gut aufgehoben ist. Erst danach fahre ich nach Nürnberg.«

»Nein.« Rick schüttelte den Kopf. In seinem Blick zeigte sich die Sorge, die jeder in Berlin im Gesicht trug. »Ich lasse dich nicht allein. Dazu ist Berlin zu gefährlich.«

»Es geht nicht um mich, sondern um dieses Kind. Ich möchte nicht, dass es in einem sowjetischen Waisenhaus landet. Oder dass es Verbrechern in die Hände fällt. Ich möchte auch nicht, dass es zurück zu dem zerbombten Haus läuft und erfriert, während es auf Menschen wartet, die wahrscheinlich nie mehr kommen werden.«

Unwillkürlich berührte Kate die Stelle an ihrer Schulter, an die das Mädchen seinen Kopf gelegt hatte. An ihrem Herzen hatte sie gespürt, wie sich die zarte Brust gehoben und gesenkt hatte.

Das Kind hatte sich wieder hingelegt und die Augen geschlossen. Es wollte nichts mehr essen, den letzten Rest Suppe hatte es abgewehrt.

Rick stand auf.

»Lass die Kleine, sie muss sich erholen«, sagte er. »Komm mit mir zu Harvey. Er hat uns auf ein Glas Wein eingeladen.«

Kate zögerte und betrachtete das schlafende Mädchen. »Komisch, normalerweise mache ich mir nicht viel aus Kindern, aber als dieses Mädchen mich heute angeschaut hat, war mir, als würde es mir von dem Elend aller Kinder in Europa erzählen.«

»Denk nicht mehr darüber nach.« Rick fasste Kates Arm. »Lass uns zu Harvey gehen.«

Kate war noch immer unschlüssig.

»Heute Nacht wirst du auf dem Fußboden schlafen müssen. Nach ein paar Gläsern Wein wird er dir nicht mehr so hart vorkommen.«

Kate ignorierte ihn. »Ich muss einfach herausfinden, ob das Kind irgendwo noch Familie hat.«

Rick öffnete die Tür. »Darüber denken wir morgen nach. Für heute hast du alles getan, was du konntest.«

KAPITEL 2

Kate

Berlin, März 1946

In Harveys Zimmer gab es keine Sitzgelegenheiten, man musste mit dem Fußboden vorliebnehmen. Kate ließ sich zwischen Harvey und Leonard Andrews nieder. Len war über vierzig Jahre alt, ein hartgesottener Reporter der *Washington Post*, der, ganz gleich, was sie bisher erlebt und gesehen hatten, gelassen geblieben war. Nur hin und wieder war in seinen Augen angesichts dessen, was Menschen einander im Krieg antun konnten, Zorn aufgeblitzt.

Er reichte Kate einen angeschlagenen Becher, den er mit Rotwein gefüllt hatte. Kate registrierte die raue, rissige Haut seiner Hand, offenbar zog er in der Kälte draußen keine Handschuhe an. Anfangs hatte sie sich an seiner gleichmütigen Art ein Beispiel nehmen wollen, doch das war ihr nicht gelungen. Sie war professionell, aber wenn sie das Leid anderer Menschen sah, war es ihr unmöglich, unbeteiligt zu bleiben.

Ihr gegenüber saß Joe Ackerman, ein junger, rothaariger Reporter von CBS. Er lächelte Kate verlegen zu. In Krakau hatte er mit ihr flirten wollen, doch sie war von dem, was sie dort gesehen hatte, derart erschüttert gewesen, dass sie ihn kaum wahrgenommen hatte. Schließlich hatte er seine Versuche aufgegeben.

Rick setzte sich zu Walter Puglisi und streckte seine langen Beine aus. Walter schrieb für die *Los Angeles Times* und berichtete für NBC. Er lehnte mit geschlossenen Augen an der Wand.

Harvey – ebenso wie Rick ein Absolvent der Harvard University – hatte die Knie angezogen und die Hände gefaltet. Harvey war Perfektionist, in dem Punkt unterschied er sich von Rick, der lockerer war, ohne jedoch nachlässig zu sein. Nach ihrer Rückkehr würde Harvey in Amerika eine Führungsposition anstreben; er sprach von einem Posten in New York, bei einer der großen Rundfunkanstalten oder einer der namhaften Zeitungen. Sein Ehrgeiz kannte keine Grenzen.

Außer Kate waren alle Reporter fest angestellt. Sie war es jedoch gewohnt, freiberuflich zu arbeiten, hatte in den sieben Jahren, die sie als politische Korrespondentin gearbeitet hatte, nie einen festen Vertrag gehabt. Nun bekam sie von Western News Union pro Beitrag fünfundzwanzig Dollar, vorausgesetzt, dieser ließ sich an amerikanische Zeitungen verkaufen. Aber wie hatte sie kämpfen müssen, bevor die Agentur bereit gewesen war, sie nach Europa zu entsenden.

Den Großteil ihrer Honorare sparte Kate, indem sie die Beträge auf das Konto ihrer Mutter überwies, nur für den Fall, dass ihr in Europa etwas zustieß; ihre Unterkunft und Verpflegung in Europa bezahlte die amerikanische Regierung.

Sie hörte den Gesprächen der Männer nur mit halbem Ohr zu und wunderte sich über die Ordnung, die Harvey in seinem Zimmer hielt. Auf dem Tisch lagen die beiden Sonnenbrillen, die sie alle hatten mitnehmen sollen und nur selten gebraucht hatten. Neben seiner Schreibmaschine befand sich, bündig geklopft, ein Stapel Papier, darauf ein Schreibblock. Die Bleistifte standen gespitzt in einem roten Becher. Vielleicht bügelte Harvey auch seine Unterwäsche. Amüsiert nahm Kate einen Schluck Rotwein und ließ ihren Blick weiterwandern.

Eine Packung Seifenflocken stand auf der Fensterbank, dezent hinter den dünnen Mullgardinen verborgen. Harveys Rucksack lag unter dem Schreibtisch, seine Kleidung hing an einer Reihe Haken, darunter hatte er seine Stiefel ordentlich nebeneinander platziert.

»Du hast dir ein richtig kleines Heim geschaffen«, sagte Kate zu Harvey.

Trotz des dichter werdenden Zigarettenrauchs nahm sie sein Lächeln wahr. »Das tue ich immer, egal, wo ich bin. Nenn es eine besondere Gabe.« Er musterte Kate und furchte die Stirn. »Das Ende des Kriegs sollte dich eigentlich froh stimmen. Warum habe ich den Eindruck, dass du es nicht bist?«

»Das Leid ist noch nicht beendet«, erwiderte Kate und dachte, dass er aufmerksamer war, als sie ihm zugetraut hatte. »Selbst wenn man das in Amerika glauben mag.«

Harvey hob die Schultern. »Mir scheint, die Deutschen haben inzwischen zumindest mehr zu essen als während des Kriegs.«

Kate schnaubte. »Bist du blind? Sie hungern noch genau wie zuvor. Von anderem Leid gar nicht erst zu reden.«

Harvey sah sie fragend an.

»Hast du vergessen, was die Soldaten der Roten Armee den Frauen hier angetan haben?«, sagte Kate.

»Nein, aber ...«

Kate ließ ihn nicht ausreden. »Und den Kindern. Die Leute haben

Angst, darüber zu sprechen, vor allem im sowjetisch besetzten Sektor. Das ist kein Wunder. Trotzdem sind die Vergewaltigungen, die während des Vormarsches der Russen stattgefunden haben, eine Tatsache. Was glaubst du, wie viele Frauen sich auf Geschlechtskrankheiten haben testen lassen?«

Harvey zündete sich eine Zigarette an und schwieg.

»Seit letztem Juni sollen fast tausend Frauen abgetrieben haben«, sprach Kate weiter. »Ich weiß, dass die Deutschen unsere Feinde waren – und dass durch ihre Angriffe Millionen Russen ums Leben gekommen sind –, aber ist das eine Entschuldigung?«

»Mich interessiert nur die amerikanische Sichtweise«, sagte Harvey. »Macht mein Leben einfacher.«

Kate schüttelte den Kopf. »Nach allem, was ich in Europa gesehen habe, bin ich zur leidenschaftlichen Kriegsgegnerin geworden. Deshalb plädiere ich dafür, dass wir in aller Deutlichkeit über sämtliche Folgen des Kriegs berichten. Wir müssen die Schicksale der Menschen in den Vordergrund rücken. Das würde unsere Leser zu Hause berühren. Natürlich weiß ich, dass wir keine der Siegermächte verteufeln sollen, aber bedeutet das, dass wir die Wahrheit verschweigen müssen?«

Harvey schenkte ihr Wein nach. »Die Leute bei uns zu Hause wollen, dass wieder Normalität einkehrt.« Er zuckte die Achseln. »Ich komme aus Cleveland. Meine Familie will an den Wochenenden angeln gehen. Oder sich irgendwo amüsieren. Keiner von ihnen möchte Horrorgeschichten lesen.«

Die anderen Männer unterhielten sich weiter und schenkten Kate und Harvey keine Beachtung.

»Wir Amerikaner haben die Pflicht, den Menschen in Europa zu helfen. Ihnen die Vorteile unserer demokratischen Gesellschaftsordnung zu vermitteln.«

Harvey lachte. »Glaubst du, jemand, der Hunger hat, interessiert sich für Demokratie?«

Kate überlegte. »Vielleicht nicht. Der Punkt ist, dass die Kapitulation der Deutschen in Europa nicht für Frieden gesorgt hat. Darüber müssen wir schreiben, statt wegzusehen. Wir müssen alles tun, um einen nächsten, vielleicht noch schlimmeren Krieg zu verhindern. Vor allem aber müssen wir den hungernden und leidenden Menschen helfen. Den Waisenkindern. Den Frauen.«

Harvey drückte seine Zigarette im Aschenbecher aus.

In einem Moment der Stille hörte Kate, dass es draußen zu regnen begonnen hatte. Gut, dass die Kleine in meinem Bett liegt und in Sicherheit ist, dachte sie.

»Ich wüsste nicht, wie wir das machen sollten«, sagte Harvey.

»Mithilfe der Vereinten Nationen«, erwiderte Kate. »Alle Mitgliedsländer müssen zusammenarbeiten, um Lösungen zu finden, die die Not lindern und zur Demokratie führen. Eine friedliche Mission, mit dem Ziel, einen nächsten Krieg mit den katastrophalen Ausmaßen, die der letzte hatte, zu verhindern.«

Nun waren die Gespräche ringsum verstummt. Len griff nach Kates Hand und drückte sie in stillem Einvernehmen.

Kate befreite ihre Hand und stand auf. Es drängte sie, nach dem kleinen Mädchen zu sehen.

»Bis morgen früh«, verabschiedete sie sich. »Schlaft gut.«

Auf dem Weg aus dem Zimmer spürte sie Ricks Blick im Rücken.

*

Das Mädchen hatte sich nicht geregt. Nur die sich hebende und senkende Brust verriet Kate, dass es noch lebte.

Sie setzte sich an den Schreibtisch und versuchte, die Gedanken zu ordnen, die das Gespräch mit Harvey in ihr ausgelöst hatte. Harvey schien sich in einer bequemen Welt eingerichtet zu haben, die jedoch nicht die ihre war. Auch nicht die von Rick, er war empfindsamer. Und komplizierter. Darüber hinaus hatte er etwas an sich, das Kate nicht richtig definieren konnte. Sie wusste nur, dass sie davon angezogen wurde, auch wenn sie sich dagegen wehrte. Sie legte keinen Wert auf eine Liebesbeziehung. Die Menschen, die sie liebte, brachte sie, wie ihren Vater, in Gefahr.

Um das Kind nicht mit Schreibmaschinengeklapper zu stören, griff sie nach Block und Stift und begann, ihre Story zu skizzieren. Sie dachte an ihre Landsleute und war sicher, wenn sie wüssten, was in Europa vor sich ging, würden sie mit den Menschen fühlen. Aber wie sollte sie es schaffen, die Informationen an ihren Vorgesetzten vorbei zu lancieren? An den Redakteuren, die nur hoffnungsvolle Geschichten hören wollten und alles Verstörende ablehnten. Sie warf einen Blick auf die Notizen, die sie sich in den vergangenen Tagen gemacht hatte. Die enthielten die Wahrheit.

Der Hass der Alliierten auf die Deutschen durfte sich nicht auf die Kinder übertragen, die während der NS-Zeit zur Welt gekommen und nun verwaist waren. Sie traf keine Schuld. Und ganz sicher sollten sie den sowjetischen Besatzern nicht ausgeliefert werden, die sie weiß der Himmel wo unterbringen würden. Diese Kinder hatten die Brutalitäten des Kriegs erlebt, nun brauchten sie Schutz.

Kate überflog die Sätze, die sie in letzter Zeit geschrieben hatte.

Immer wieder hatte sie die Schicksale der Waisenkinder geschildert, ausgehungerte, verlorene Geschöpfe, die durch die zerstörten Straßen irrten oder sich in Wäldern versteckt hielten. Was sollte aus ihnen werden, wenn sie keine Familienangehörigen fanden?

Kate schrieb über den Hunger, an dem die Kinder seit Langem litten. Vielleicht hatten sie sogar erlebt, wie ihre Eltern umgekommen waren. Nun stöberten sie in den kargen Abfällen der Stadt, um sich zu ernähren.

Im Geist hörte Kate die Stimme des Redakteurs, dem sie ihre Beiträge schickte. Deutsche Waisenkinder seien nicht von Interesse, hatte er erklärt.

Als jemand leise an der Tür klopfte, nahm sie an, dass es Rick war. Aus Gründen, die sie selbst nicht recht verstand, raffte sie die beschriebenen Seiten zusammen und verbarg sie in ihrer Aktentasche. Dann öffnete sie die Tür.

Draußen stand tatsächlich Rick, der sich frierend die Arme rieb.

Kate warf einen raschen Blick über den Flur. Das hatte sie sich in Europa angewöhnt, als müsse sie sich stets vergewissern, dass es nirgends ungebetene Lauscher oder Beobachter gab. Dann ließ sie Rick ins Zimmer. »Die Kleine schläft«, flüsterte sie.

Einen Moment lang standen sie sich gegenüber. Kate nahm Ricks Geruch wahr, eine Mischung aus Zigarettenrauch, Wein und Seife. Dann wurde sie sich seiner Nähe bewusst und trat errötend zurück.

»Ich wollte dir mein Zimmer anbieten«, sagte Rick leise. »Du brauchst ein Bett, um gut schlafen zu können.«

Kate schüttelte den Kopf. »Ich bleibe bei der Kleinen.«

Hinter ihr stieß das schlafende Kind einen Seufzer aus.

»Bist du sicher?«

Kate nickte.

»Noch was, Kate. Die Situation ist nicht so hoffnungslos, wie du sie dargestellt hast.«

Demnach hatte er ihrem Gespräch mit Harvey gelauscht.

»Welche Situation? Die Rettung der verlorenen Kinder oder dass ich es nicht schaffe, ihre Geschichte bei uns bekannt zu machen?«

»Beides.«

Mit einem Mal spürte Kate ihre Müdigkeit und ließ sich auf dem Fußboden nieder.

Rick setzte sich zu ihr. »Auch ich möchte, dass man bei uns zu Hause die Wahrheit erfährt. Wenn den Amerikanern das Elend in Europa bewusst wäre, würden sie helfen.«

Kate lehnte sich gegen die Wand. »Soweit ich weiß, ziehen die Zeitungen zurzeit positive Nachrichten vor. Bei Western News Union sagt man mir, die Leute hätten in den vergangenen Jahren genug Negatives gehört. Nun sei der Krieg zu Ende.« Hilflos zuckte sie mit den Schultern. »Aber was ist mit den Folgen des Kriegs, die wir jeden Tag sehen?«

»Ich empfinde wie du, Katia. Die Menschen bei uns zu Hause müssen anfangen, über ihren Tellerrand zu schauen.«

Katia, dachte Kate. Wie war Rick auf diesen Namen gekommen? So hatte ihr Vater sie genannt, als sie ein kleines Mädchen gewesen war. Es war der Name, den ihre italienischstämmigen Eltern ihr gegeben hatten. Erst als sie in die Schule kam, war sie zu Kate geworden, so hatten die anderen Kinder sie gerufen. Und sie hatte ihre Eltern gebeten, sie ebenfalls so zu nennen. Es hatte ihren Vater traurig gemacht.

Vorsichtig zog sie den Strickschal vom Bett, den sie sich nachts gegen die Kälte um den Hals wickelte, und legte ihn sich um die Schultern. In der ersten Zeit in Europa hatte er noch nach dem Waschpulver gerochen, das ihre Mutter verwendete.

Rick gähnte. Auch er war müde, die Falten um seine Augenwinkel hatten sich vertieft, und sein Gesicht war blass. Kate vermutete, dass sie selbst nicht besser aussah.

»Ich weiß nicht genau, welche meiner Artikel veröffentlicht wurden«, sagte sie. »An den Honoraren kann ich es nicht ablesen, die lasse ich mehrheitlich auf das Konto meiner Mutter überweisen.« Sie stützte die Ellbogen auf die Knie und den Kopf in die Hände. »Ich werde einfach immer weiter über das schreiben, was mir am Herzen liegt. Auch wenn die Beiträge nirgendwo erscheinen.«

»Warum wundert mich das nicht«, sagte Rick, und auf seinen Lippen deutete sich ein Lächeln an.

Danach schwiegen sie, bis er sie irgendwann fragte, ob sie Heimweh habe.

Kate zog den Schal enger um sich. »Manchmal. Aber meine Mutter schreibt mir hin und wieder.«

Nur ihre Schwester schrieb ihr nicht. Seit dem Tod ihres Vaters hatten sie kaum mehr miteinander gesprochen. Kate dachte daran, wie nah sie sich in ihrer Kindheit gestanden hatten. Sie hatten sich ein Zimmer geteilt, sich die intimsten Geheimnisse anvertraut. Und wenn es ein Gewitter gab, vor dem sie sich beide fürchteten, war eine zu der anderen ins Bett gekrochen. Kate hatte der Jüngeren Geschichten vorgelesen, manchmal sogar heimlich nach Schlafenszeit beim Licht einer Taschenlampe unter der Bettdecke. Im Sommer hatten sie im Washington Square Park gespielt und zusammen mit ihrem Vater Museen besucht. Doch all das war längst vorbei. Und wo einst Liebe gewesen war, herrschte nun eisiges Schweigen.

Rick fragte, ob er rauchen dürfe. Kate nickte geistesabwesend. Er steckte sich eine Zigarette an. Kate stemmte sich hoch und holte den Aschenbecher von der Fensterbank. Als Rick ihr ebenfalls eine Zigarette anbot, machte sie eine abwehrende Handbewegung.

»Das, was wir hier erleben«, sagte er, »das werde ich nie vergessen. Selbst die Gerüche werden mir in Erinnerung bleiben.«

Kate blickte zu dem Mädchen, das sich im Schlaf auf die Seite gedreht hatte.

»Ich bin sicher, du hast Harvey zu denken gegeben«, fuhr Rick fort. »War auch höchste Zeit.«

Kate lächelte. »Das war mein Vater.«

»Was?«

»Mein Vater war Lehrer. Allerdings erst nachdem er mit meiner Mutter von Italien nach Amerika ausgewandert war. Das war noch vor dem Großen Krieg. Er hat mir beigebracht, mich nie mit halben Wahrheiten zufriedenzugeben.«

»Aha.« Rick stieß eine lange Rauchwolke aus.

»In Italien war er Maurer. In Amerika hat er sich weitergebildet, die Abendschule besucht und dann die Universität. Geld hat er am Wochenende verdient. Da hat er auf Werften gearbeitet.«

»Das nenne ich eine Leistung.« Rick drückte seine Zigarette aus.

»Das war es auch. Ihm verdanke ich mein Interesse an Politik.« Kate seufzte. »Außerdem war er mein bester Freund. Als er starb, war ich …«

Rick drängte sie nicht weiterzusprechen, das war nicht seine Art. Er registrierte alles, das war Kate von Anfang an aufgefallen, doch er respektierte die Privatsphäre anderer Menschen, was für einen Journalisten ungewöhnlich war.

»Mein Vater ist vor einigen Jahren ums Leben gekommen.«

»Das tut mir leid.«

Kate umschlang ihre Knie. »Er lief los, um mir eine Zeitung zu kaufen, die ich für einen Beitrag brauchte. Ich hatte ihn darum gebeten. Auf dem Weg wurde er überfahren.«

Und Bianca hatte ihr die Schuld gegeben. Hatte ihr in ihrer Trauer und Wut die schrecklichsten Dinge an den Kopf geworfen.

Um das Thema zu wechseln, wandte Kate sich zu Rick um. »Wie bist du eigentlich zum Journalismus gekommen?«

»Dank meiner Mutter. Politik und Geschichte zählen zu ihren Leidenschaften.« Er lachte leise. »Was glaubst du, wie viele Sachbücher ich als Junge lesen musste.« Für einen Moment schien er sich in seinen Erinnerungen zu verlieren. Dann sagte er: »Trotzdem bin ich mir nicht sicher, wer von uns beiden gewinnen würde, wenn wir in einer Diskussion unterschiedliche Standpunkte vertreten würden. Du oder ich.«

»Ich«, sagte Kate. »Dafür würde ich sorgen.«

Wieder lachte er. »Das würden wir dann sehen.«

»Allerdings.« Kate deutete auf den Seesack des Kindes am Fuß des Bettes. »Vielleicht sollten wir in dem Beutel nach einem Hinweis auf sie suchen.« Das hatte sie bisher vermieden, es war ihr nicht richtig erschienen, unaufgefordert in fremden Sachen zu wühlen. Aber vielleicht hatte das Kind irgendeine Art Ausweis bei sich.

Als hätte er ihre Gedanken gelesen, sagte Rick: »Sie ist noch zu jung, um eine Kennkarte zu besitzen.«

Kate zog den Seesack zu sich heran und öffnete ihn. Das Einzige, was er enthielt, waren ein dünner, löchriger Pullover, eine Papiertüte, in der noch ein paar vertrocknete Brotkrümel waren, und ein Bleistiftstummel.

Kate sah zu dem schlafenden Kind hinüber, das sich unter den dünnen Wolldecken zusammengerollt hatte. Was hatte dieses Mädchen hinter sich? Hatte es einst in dem Haus gewohnt, auf dessen Eingangstreppe es gesessen hatte? Und wenn ja, woher war es gekommen? Und was hatte es erhofft zu finden?

Kate hörte den Regen, der in ein gleichmäßiges Rauschen übergegangen war. Sie wandte sich zu Rick um, der die Augen geschlossen hielt. Wenn sie wieder in Amerika wären und jeder seiner Wege ginge, würde sie ihn vermissen.

Er legte einen Arm um sie, und sie lehnte sich an ihn. »Schlafen«, murmelte er.

Kate schloss die Augen. Es dauerte eine Weile, doch dann spürte sie, wie der Schlaf sie langsam übermannte.

KAPITEL 3

Kate

Berlin, März 1946

Als graues Tageslicht durch die dünnen Vorhänge sickerte, öffnete Kate die Augen und spürte als Erstes, wie sehr ihr Körper nach der Nacht auf dem harten Fußboden schmerzte. In der Nacht war sie kurz aufgewacht, hatte Ricks gleichmäßigem Atem gelauscht, sich wieder an ihn gelehnt und weitergeschlafen. Nun war er nicht mehr da, offenbar hatte er das Zimmer lautlos verlassen.

Kate reckte und streckte sich. Dann rappelte sie sich hoch.

Das Kind schlief noch immer, es musste vollkommen erschöpft gewesen sein. Gerührt betrachtete Kate die Wangen der Kleinen, die sich im Schlaf rosig gefärbt hatten. Sie hatte ihr und Rick vertraut. Trotz des harten, entbehrungsreichen Lebens, das sie zweifellos hinter sich hatte, war sie weder verroht noch menschenscheu geworden.

»Wir sind Amerikaner«, hatte Rick ihr erklärt. Vielleicht hatte sie die Erfahrung gemacht, dass die Amerikaner zu den Guten gehörten.

Dann sah Kate den Zettel auf dem Schreibtisch und nahm ihn auf.

Liebe Katia,

mir ist etwas eingefallen, das ich vielleicht für unsere kleine Freundin tun kann. Möglicherweise bin ich erst am Nachmittag zurück. Bleib mit dem Kind im Hotel. Bis später.

Rick

PS: Ich bin froh, dass Du in der Nacht schlafen konntest.

Die Sonne durchdrang die graue Wolkendecke, doch sie war nicht mehr als ein blasser Fleck, der niemanden wärmen konnte. Da das Mädchen noch immer schlief, hatte Kate die Zeit genutzt, um weiter an ihrer Story zu schreiben.

Zwischendurch hatte sie gefrühstückt. Aus dem Frühstücksraum hatte sie eine mit Leberwurst bestrichene Scheibe Graubrot, ein Glas Milch und einen Apfel mitgebracht und auf den Nachttisch gestellt – Schätze, die für Berliner Straßenkinder für gewöhnlich unerreichbar waren.

Kate dachte an die Menschen, die sie seit ihrer Ankunft in Europa gesehen hatte. Überall hatten sie um Essen angestanden und nie mehr als eine dünne Suppe bekommen, der man mit Hafergrütze ein wenig Substanz verliehen hatte. Nur auf dem Land hatten die Leute noch etwas zu essen gehabt, eingemachtes Obst und Gemüse der letzten Ernte.

In den Städten hatte der Schwarzmarkthandel um sich gegriffen, auch wenn die Alliierten sich bemühten, ihn zu unterbinden, die Bauernhöfe kontrollierten und Menschen mit Gepäck anhielten, um ihre Sachen zu durchsuchen.

Kaum jemand wehrte sich. Entweder fehlte den Leuten die Kraft oder sie wussten, dass sie den Kürzeren ziehen würden.

Wieder betrachtete Kate das Kind. Wenn es aufwachte, würde sie mit ihm ins Bad gehen, aber im Moment sah es aus, als würde es noch eine Weile schlafen.

Kate beschloss, sich selbst rasch zu waschen, nahm Handtuch und Seife und schlich sich aus dem Zimmer.

Das Badezimmer für Frauen lag auf dem Flur und war unbesetzt. Sie schloss die Tür ab, kleidete sich aus und wusch sich in der Badewanne. Das Wasser war nicht mehr als ein dünner, kalter Strahl.

Als sie in ihr Zimmer zurückkehrte, saß das Mädchen im Bett, in der Hand den Becher kalte Suppe, die vom Abend übrig geblieben war.

Kate lächelte aufmunternd und bedeutete dem Kind zu essen, auch die Scheibe Brot mit Leberwurst. Das Mädchen schlang alles gierig hinunter und leerte das Glas Milch in langen durstigen Zügen. Anschließend seufzte es zufrieden.

Kate wartete noch einen Moment, bevor sie dem Kind Handtuch und Seife zeigte und waschende Bewegungen machte.

Das Mädchen nickte und kletterte aus dem Bett.

An der Badezimmertür gab das Kind Kate jedoch zu verstehen, dass es sich allein waschen wollte. Handtuch und Seife in der Hand huschte es ins Bad und schloss die Tür.

Kate wartete draußen, was hätte sie auch anderes tun können? Allerdings fragte sie sich, was sie sagen sollte, falls jemand wissen wollte, warum sie im Flur an der Wand lehnte.

Doch es kam niemand, nur das laufende Wasser im Bad war zu hören.

Kate nahm an, dass das Mädchen sich seit Wochen oder Monaten nicht mehr hatte waschen können. Vielleicht hatte es sich hin und wieder mit Schnee sauber gerieben. Welches Leben hatte es geführt, bevor es auf den Eingangsstufen der Villa gelandet war? Wie und wo hatte es vor dem Krieg gelebt? Falls die Villa tatsächlich einmal sein Zuhause gewesen war, dürfte es einer wohlhabenden Familie entstammen. Was war aus dieser Familie geworden?

Das Geräusch des Wassers im Bad verstummte. Wenig später öffnete sich die Tür und heraus trat ein Kind mit sauberem Gesicht und nassem Haar, das Kate ein scheues Lächeln schenkte.

»Wie hübsch du aussiehst«, sagte Kate. Am liebsten hätte sie das Mädchen liebevoll an sich gedrückt. Stattdessen strich sie ihm vorsichtig über das nasse Haar.

*

Da es im Hotel keinen Zimmerservice gab, hatte Kate die schmutzige Bettwäsche in den Waschraum des Hotelkellers gebracht, frische geholt und das Bett neu bezogen.

Dem Mädchen hatte sie einen ihrer dicken Pullover übergestreift und es in die beiden Wolldecken gehüllt.

Danach hatte sie sich große Mühe gegeben, sich und das Kind zu beschäftigen. Eine Zeit lang hatten sie »Drei gewinnt« gespielt. Nachdem das Mädchen die Regeln erfasst hatte, hatte Kate kein einziges Mal mehr gewonnen. Dann hatten sie Bilder gemalt. Dabei hatte sich jede einen Gegenstand im Zimmer zum Abmalen ausgesucht, und Kate hatte gestaunt, wie sorgsam und detailgetreu das Mädchen die Abbilder schuf.

Zwischendurch hatte Kate ihm die Haare gekämmt und ihnen aus der Hotelküche noch einmal Leberwurstbrote und Milch besorgt. Anschließend hatte sie von Amerika erzählt. Die Kleine, die sicherlich kein einziges Wort verstand, hatte ihr trotzdem andächtig gelauscht, bis sie wieder ins Bett gekrochen und eingeschlafen war.

Eine Weile hatte Kate das schlafende Kind betrachtet. Nun, da es sauber war, sah man, wie außerordentlich hübsch es war. Beim Gedanken an die zahllosen Kinder, die im kalten, strömenden Regen elternlos durch Berlin streiften, schnürte sich Kates Brust zu.

Rick kehrte kurz nach Mittag zurück. In seiner Begleitung war eine Deutsche, die einen Pelzmantel trug. Die Mütze auf ihrem schulterlangen kastanienroten Haar war aus Lammfell. Sie war eine attraktive Frau, und Kate verspürte einen Stich der Eifersucht.

Rick machte sie mit der Frau bekannt. Ihr Name war Claudia Schröder, und Rick bezeichnete sie als seine Freundin. Sie hatte eine Tasche mit Kleidungsstücken für das Mädchen dabei.

KAPITEL 4

Kate

Berlin, März 1946

Rick hatte für die Fahrt nach Celle den Jeep der Journalistengruppe organisiert. Er saß am Steuer, Claudia hatte sich auf dem Beifahrersitz niedergelassen. Kate und das Mädchen saßen auf der Rückbank. Als sie die Stadt verlassen hatten und einer Landstraße Richtung Hannover folgten, lehnte es sich an Kate und schlief wieder ein.

Kate richtete ihren Blick auf die vorbeiziehende Landschaft – kahle Bäume, die sich schwarz vor dem Grau des Tages abhoben, nasse Wiesen und Felder, hier und da schleppten sich Menschen am Straßenrand entlang.

Rick und Claudia unterhielten sich auf Deutsch. Es war die Sprache, die so viele Menschen in Europa zu hassen gelernt hatten. Auch etlichen der amerikanischen Besatzer widerstrebte es, mit Deutschen umzugehen. Doch nun musste sie, Kate, sich auf eine Deutsche verlassen, die helfen würde, die Familie des Mädchens ausfindig zu machen. Das hatte sie jedenfalls versprochen.

Wie seltsam, dass sie das Kind bereits in ihr Herz geschlossen hatte, dachte Kate. Sie war ihm zwar erst vor einem Tag begegnet, doch sie hatte sich vom ersten Moment an zu ihm hingezogen gefühlt. Und als es sich an sie gekuschelt hatte, hatte sie tiefe Zuneigung empfunden.

Sie durchfuhren einen verlassenen Ort. Schließlich nickte auch Kate ein.

Als sie die Augen wieder öffnete, sah sie ein Schild am Straßenrand, auf dem »Bergen« stand. Kates Herz verkrampfte sich. Nicht weit von hier hatten britische Truppen vor einem Jahr eines der großen Vernichtungslager der Nationalsozialisten befreit. Ihr Entsetzen hatten sie kaum in Worte fassen können.

Noch immer verfolgten Kate die Bilder der Menschen, die das Konzentrationslager überlebt hatten und denen sie in den ersten Monaten ihres Einsatzes begegnet war. Bis auf die Knochen abgemagerte Gefangene waren es gewesen – Männer wie Frauen –, die in Rüstungsbetrieben, Chemieunternehmen, Textilfabriken und Steinbrüchen gearbeitet hatten. Sie hatte gesehen, wo sie untergebracht gewesen waren, und sich gefragt, ob es diesen Menschen jemals gelingen würde, sich von dem, was sie durchgemacht hatten, zu erholen.

Fröstelnd zog Kate ihre Jacke enger um sich.

Claudia drehte sich zu ihr um und bedankte sich in beinah akzentfreiem Englisch dafür, dass Kate das Kind gerettet hatte.

»Das war selbstverständlich«, antwortete Kate steif.

Claudias Blick glitt zu dem Mädchen. »Sicher fällt es Ihnen schwer, das Kind einer Unbekannten zu überlassen.«

»Ja.«

Zu Beginn der Fahrt hatte Rick Kate versichert, dass Claudia vertrauenswürdig sei. Seine Familie kenne die Familie Schröder, seit er denken könne. Und Claudia werde nichts unversucht lassen, um herauszufinden, ob die Angehörigen des Mädchens den Krieg überlebt hatten.

Kate hatte genickt. Doch sollte sie bei Claudia zu Hause irgendetwas entdecken, das sie an der Zuverlässigkeit dieser Frau zweifeln ließe, würde sie das Mädchen wieder mit nach Berlin nehmen.

In diesem Moment wachte das Mädchen auf, drehte sich zu Kate um und sah sie beunruhigt an.

Claudia sagte etwas auf Deutsch, das in Kates Ohren wie eine Beschwichtigung klang. Trotzdem rückte das Kind dichter an Kate heran.

Das Mädchen vertraut Rick und mir, sagte sich Kate, aber Claudia ist ihm vollkommen fremd. Einen verrückten Augenblick lang stellte sie sich vor, das Mädchen mit nach Amerika zu nehmen.

Sie strich ihm über den Kopf.

»Machen Sie sich keine Sorgen«, sagte Claudia.

Kate rang sich ein Lächeln ab. »Ich habe die Kleine ins Herz geschlossen.«

»Das dachte ich mir.« Claudias Blick wurde schwermütig. »Der Mann meiner Schwester ist im Krieg gefallen. Seitdem sind sie und ihre beiden Töchter bei meinem Vater und mir untergebracht. Wir wohnen etwas außerhalb von Celle. Für Kinder ist es dort ideal. Und mein Vater mag Kinder. Wir werden uns gut um das Mädchen kümmern.«

»Die Kleine wird sich dort wohlfühlen«, bekräftigte Rick.

Kate streichelte die Wange des Mädchens. »Sie wird Zeit benötigen, bevor sie zum Sprechen bereit ist. Ihre Familie wird Verständnis aufbringen und Geduld mit ihr haben müssen.«

»Mein Vater ist der geduldigste Mensch der Welt«, sagte Claudia.

»In der Tat.« Rick erzählte Kate, dass er die Schröders früher mit seinen Eltern besucht habe. »Claudias Vater war von jeher ein Vorbild für mich. Mehr als …« Seine Stimme versagte.

Es war eines der wenigen Male, dass Rick seine Familie erwähnte. Normalerweise hielt sich jeder in ihrer Gruppe bedeckt, sprach weder über seine Familie noch sein Privatleben. Dabei hätte Kate gern mehr über Rick erfahren.

»Und dann hatte ich die Möglichkeit, in Amerika zu studieren. Zusammen mit Rick«, ergänzte Claudia.

Trotzdem widerstrebte es Kate, das Mädchen bei Claudia und ihrer Familie zu lassen. Bei Deutschen.

Sie erinnerte sich an das, was sie am Vorabend zu Harvey gesagt hatte. Dass es auch unter den Deutschen welche gebe, die ihr Mitgefühl verdient hatten.

Sie durchfuhren eine Straße, deren Häuser zerbombt waren.

»Dort, wo wir wohnen, haben wir Glück gehabt«, sagte Claudia. »Wir sind von Bombenangriffen verschont geblieben.«

»Mein Vater war kein Freund der Nazis«, fuhr sie nach einer kurzen Pause fort. »Doch sie haben ihn in Ruhe gelassen, weil er ein guter Musiker ist und in Hannover ein Orchester dirigiert hat. Sogar im Krieg sind die Konzert- und Opernhäuser offen geblieben. Manchmal hat man ihn gebeten, im Radio über Musik zu sprechen. Trotzdem hat er gelitten. Mein Vater ist durch und durch Pazifist.«

Kate hielt ihren Blick auf den Straßenrand geheftet. Wie schön, dass Claudias Vater hatte weiterarbeiten können, dachte sie bissig. Jüdischen Musikern war es weniger gut ergangen.

Als sie sich der Innenstadt von Celle näherten, unterhielt Claudia sich wieder auf Deutsch mit Rick und deutete auf Gebäude, die er zu kennen schien. Er nickte immer wieder und wies seinerseits auf schöne alte Fachwerkhäuser, die den Krieg unbeschadet überstanden hatten.

»Gleich sind wir da«, sagte Claudia nach hinten gewandt.

Das Mädchen griff nach Kates Hand.

Kate fragte sich, warum Celle kaum unter alliierten Luftangriffen gelitten hatte.

Als hätte sie ihre Gedanken erraten, sagte Claudia: »Einmal wurde auch Celle bombardiert. Der Bahnhof wurde getroffen. Die Druckwelle hat einen Zug entgleisen lassen, der dort stand, auf dem Weg nach Bergen-Belsen. Er war voller Gefangener.«

Kate warf einen Blick auf das Mädchen. Doch es blickte geradeaus und schien nichts verstanden zu haben.

Sie bogen in eine Allee ein. Die Häuser waren hier größer als in der Innenstadt und hatten Vorgärten, genau wie die Berliner Villa, wo Kate das Kind entdeckt hatte.

»Es war ein amerikanischer Angriff«, sprach Claudia weiter.

»Claudia, bitte«, sagte Rick.

»Lass sie«, entgegnete Kate. »Ich will das hören.« Die Gelegenheit, sich mit einer Deutschen über den Krieg zu unterhalten, bot sich nur selten.

Claudia wandte sich zu ihr um. »Rick hat mir erzählt, dass das Leid der Deutschen Ihnen nahegeht. Vergessen Sie dabei nicht die Schuld, die wir tragen.«

»Die ist mir bewusst.«

»Dann ist es ja gut.« Claudia schwieg einen Moment. »Die Waggons wurden aufgesprengt«, sagte sie wenig später. »Die SS-Männer, die den Zug bewacht und den Angriff überlebt hatten, schossen auf die Menschen aus den Waggons, die zu fliehen versuchten. Nur wenige konnten entkommen.«

Rick folgte einer Einfahrt zu einem alten Herrenhaus, dessen rote Ziegelsteinfassade in der Dämmerung zu erkennen war.

In dem großen Garten links und rechts der Einfahrt lagen Schneereste, doch in den Blumenbeeten blühten bereits die ersten Schneeglöckchen und Krokusse.

»Ich war in der Küche, als ich die Flüchtigen sah. Sie liefen in Richtung Wald. Offenbar waren sie aus einem anderen Konzentrationslager gekommen. Sie trugen gestreifte Gefangenenkleidung und waren halb verhungert. Ich stürzte nach draußen, um ihnen zu helfen, doch sie waren so verängstigt, dass sie vor mir wegrannten.« Claudia schluckte schwer. »Und dann sind Leute aus unserer Straße aufgetaucht. Sie hatten Gewehre dabei, um die Menschen zu verjagen oder zu erschießen. Irgendwann kamen auch SS-Männer, die sich an die Verfolgung machten.«

Kate schwieg. Sie versuchte, sich die Szene vorzustellen, doch das Grauen, das sie befallen hatte, raubte ihr den Atem.

»Nachbarn, die ich von Kind an gekannt hatte«, sagte Claudia. »Die zu mir immer freundlich gewesen waren. Plötzlich waren sie bereit zu morden.«

Claudia seufzte schwer. »Wir müssen alles daransetzen, dass so etwas nie wieder geschieht.«

Kate wollte etwas sagen, doch sie brachte keinen Ton heraus.

Claudia wechselte das Thema. »Rick hat gesagt, dass Sie morgen nach Nürnberg fahren.«

Kate nickte.

»Machen Sie sich keine Sorgen wegen des Kindes. Die Kleine wird es bei uns guthaben.«

Widerstrebend ließ Kate die Hand des Mädchens los.

Rick öffnete die Wagentür.

Kate stieg aus dem Jeep, half auch dem Mädchen heraus und reichte ihm den Seesack.

Dann betrachteten sie beide das große Haus, das zu einer anderen, längst versunkenen Welt zu gehören schien.

Das Mädchen schmiegte sich an Kate.

Die Eingangstür öffnete sich. Ein Mann um die sechzig Jahre trat heraus, breitete die Arme aus und rief Ricks Namen.

»Das ist mein Vater«, sagte Claudia.

Kate hörte den Wind in den Ästen der Bäume und spürte, wie das Kind sich immer enger an sie drückte.

Rick umarmte den Mann.

»Rick«, sagte Claudias Vater, hielt Rick ein Stück von sich fort und studierte sein Gesicht.

Kate beugte sich zu dem Mädchen hinunter und strich ihm über das Haar. »Hier wird es dir an nichts fehlen«, sagte sie, und Claudia übersetzte. »Die Leute, die hier wohnen, sind Freunde von Rick. Du wirst in diesem schönen Haus leben, immer genug zu essen haben und neue Freunde finden.«

Claudias Vater ließ Rick los, trat zu ihnen und bedachte das Kind mit einem warmherzigen Lächeln. Dann begrüßte er Kate.

Claudia bat Rick und Kate, noch zum Essen zu bleiben.

»Das geht leider nicht«, erwiderte Rick. »Ich muss den Jeep heute zurückgeben, und wenn wir jetzt nicht umkehren, schaffe ich das nicht. Außerdem müssen wir morgen früh raus, um rechtzeitig nach Nürnberg zu kommen.« Er umarmte Claudias Vater. »Bis zum nächsten Mal, Georg.«

Kate verabschiedete sich von Claudia. Als sie sich bei ihr für ihre Hilfe bedanken wollte, kamen zwei Kinder aus dem Haus gelaufen. Als sie das fremde Mädchen sahen, stockte ihr Schritt.

Claudia winkte ihnen, näher zu kommen. Die Kinder gehorchten zögernd. Claudia sagte etwas zu ihnen und daraufhin reichten sie dem Mädchen eins nach dem anderen die Hand.

Das Mädchen warf Kate noch einmal einen Blick zu, bevor es den Seesack aufnahm und sich zu den Kindern gesellte.

Kate bekam einen Kloß im Hals.

»Wir werden gut auf sie aufpassen«, sagte Claudia und drückte Kates Hand, als wolle sie ihr Versprechen unterstreichen. »Und wir werden alles tun, um herauszufinden, wer sie ist und wo sie hingehört.«

Eines der Kinder sagte etwas zu dem Mädchen und deutete auf das Haus. Das Mädchen sah Kate fragend an.

Kate versuchte, aufmunternd zu lächeln. »Geh mit den Kindern, meine Kleine.«

Ihr war, als stünde das Mädchen für jedes verlorene Kind, das sie in den vergangenen Monaten gesehen hatte.

Sie konnte nicht anders, sie musste es noch einmal in die Arme nehmen und an sich ziehen, wollte noch einmal den zarten Kinderkörper spüren.

Das Mädchen schlang die Arme um sie.

Kate drückte ihm einen Kuss aufs Haar. »Für mich stehst du nicht nur für die Vergangenheit, sondern auch für die Zukunft«, flüsterte sie ihm ins Ohr. »Ich wünsche dir alles Gute.«

Auch Rick verabschiedete sich von dem Mädchen und strich ihm über den Kopf.

Kate wandte sich zu Claudia um. »Sollten Sie erfahren, dass die Familie des Kindes in dem von der Roten Armee besetzten Teil Deutschlands lebt, müssen Sie mir etwas versprechen.«

»Ich werde alles daransetzen, um dieser Familie zu helfen«, sagte Claudia.

»Sie müssen sie überreden, in einen der anderen Sektoren zu ziehen.«

»Wir werden alles Menschenmögliche tun, um für das Wohlergehen dieser Familie zu sorgen«, sagte Claudias Vater.

Das Mädchen folgte den beiden Kindern zum Haus.

Kate sah ihm nach und spürte die aufsteigenden Tränen.

*

Sie fuhren die Einfahrt hinunter und bogen auf die Straße ab. Claudias Familie wohnte in einer wohlhabenden Gegend, doch Kate spürte Beklemmung. Die Geschichte, die Claudia ihnen erzählt hatte, ließ sie noch immer nicht los.

»Ist mit dir alles in Ordnung?«, fragte Rick.

Kate nickte. Vor ihrem inneren Auge erschienen Bilder, auf denen Menschen, denen bereits unfassbares Leid zugefügt worden war, von denen, die in dieser vornehmen Umgebung lebten, mit Gewehren gejagt worden waren.

»Ich denke mit Entsetzen an Nürnberg«, sagte Kate. »Wir werden dort den deutschen Hauptkriegsverbrechern begegnen. Männern, die entschieden haben, Völker, die ihnen nichts getan hatten, zu überfallen und unschuldige Menschen zu quälen und zu vernichten.«

Rick warf ihr einen besorgten Blick zu.

Sie durchfuhren das Stadtzentrum mit den hübschen Fachwerkhäusern.

»Wir müssen das Richtige schreiben«, sagte Kate. »Für alle, die umgekommen sind.« Sie wandte sich zu Rick um. »Oder siehst du das anders? Wir leben, wohingegen man so vielen das Leben genommen hat.«

»Bei dem kleinen Mädchen hast du bereits das Richtige getan«, sagte Rick. »Du hast sein Leben gerettet.«

Kate schüttelte den Kopf. »Das ist nicht genug.«

»Es war ein Anfang.«

Inzwischen war es dunkel geworden. Nur das Licht ihrer Scheinwerfer war zu sehen. Die Laternen entlang der Landstraße, die zurück nach Berlin führte, waren alle ausgebrannt.

KAPITEL 5

Kate

Nürnberg, März 1946

In der Hotelbar drängten sich Reporter. Kate setzte sich auf den Barhocker, den Rick und Harvey ihr freigehalten hatten, und bestellte einen Weinbrand. Den brauchte sie, um die Strapazen des Tages zu vergessen – zuerst die lange Fahrt mit dem Zug und danach die mit einem klapprigen Bus.

Nürnberg war eine Ruinenstadt. Anfangs hatte die Royal Air Force Luftangriffe geflogen, dann die United States Army Air Forces. Die Altstadt – älter als die Vereinigten Staaten – war restlos zerstört worden.

Die Stadt, deren Christkindlmarkt früher einmal ein beliebtes Motiv für Weihnachtskarten gewesen war, bestand nun aus Trümmern und Schuttbergen, aus denen hier und da Fassadenreste aufragten, mit Löchern, wo einmal Fenster gewesen waren.

Nürnberg, die Stadt der Reichsparteitage, dachte Kate und hatte sich bei ihrer Ankunft die Massenkundgebungen und Aufmärsche der Nationalsozialisten vorgestellt, die NS-Uniformen, die Sieg-Heil-Rufe und die zum deutschen Gruß ausgestreckten Arme. Wahrscheinlich würde die Stadt diesen Makel nie mehr loswerden.

Die letzte Nacht in Berlin war ruhelos gewesen. Kate hatte sich im Bett hin und her gewälzt und nur wenig Schlaf gefunden. Aus den kurzen Schlafphasen schreckte sie jedes Mal schweißgebadet auf und tastete nach dem Mädchen, das nicht mehr da war. Im Traum sah sie es durch einen Wald irren.

Nun fragte sie sich, wie die Strafe für die Männer aussehen würde, die in Nürnberg vor Gericht standen. Wie wollte man sie für die Verbrechen, die sie begangen hatten, büßen lassen?

Harvey, mit dem üblichen Lächeln im Gesicht, griff nach seinem Bier. »Bald haben wir es geschafft«, sagte er. »Nach Nürnberg ist unser Einsatz beendet.« Er wandte sich zu Kate um. »Weißt du schon, was du danach machst?«

»Ich gehe wieder nach Washington.«

Rick, der auf der Theke einen Bierdeckel gedreht hatte, hielt inne.

Vor Kate wurde der Weinbrand abgestellt. Sie nahm einen Schluck. »Künftig möchte ich längere Beiträge schreiben. Analytischer als die üblichen Artikel für die Tagespresse. Ich möchte den Dingen auf den Grund gehen.«

Harvey zog die Brauen hoch. »Obwohl jeder Zeitungsreporter weiß, dass die Zukunft beim Rundfunk liegt? Du musst nach New York, wo die großen Sender zu Hause sind. Wo es die tollen Jobs gibt. Alles andere macht doch keinen Spaß.«

»Gilt das auch für Frauen?«, fragte Kate. »Oder werden die tollen Jobs wie immer nur an Männer vergeben?«

Harvey ging darüber hinweg und drehte sich zu Rick um. »Und was hast du vor? Willst du zum Rundfunk? Muss ich in dir bereits einen Konkurrenten sehen?«

»Wohl kaum.« Rick nahm einen großen Schluck von seinem Bier. »Ich bin mit Leib und Seele Zeitungsreporter. Etwas anderes interessiert mich nicht.«

»Umso besser.« Harvey lächelte zufrieden. »Du bist der Letzte, gegen den ich antreten will.«

Rick trank sein Bier aus. »Keine Sorge, ich komme dir nicht ins Gehege.« Er rutschte von seinem Barhocker hinunter. »Ich muss schlafen. Bis später, Leute.« Und schon war er fort.

Kate sah ihm verwundert nach.

Len setzte sich auf den freigewordenen Hocker. »Sehen wir uns morgen alle im Justizpalast?«

»Ja.« Kate seufzte. »Und die Story, die ich danach schreiben werde, wird wahrscheinlich wieder nicht gedruckt.«

»Joe hatte den Auftrag, für CBS über die Verhandlungen morgen zu berichten, vor allem auf Göring sollte er sich konzentrieren. Aber nun liegt Joe mit einer Grippe flach.«

Göring, dachte Kate. Wer über diesen Mann berichtete, musste nicht befürchten, sein Beitrag werde nicht genommen.

»Hättest du Lust, für ihn einzuspringen?«

Kate glaubte nicht recht gehört zu haben und sah Len verdutzt an.

»Sag Ja«, bat Len. »Ich habe mich bei CBS für dich starkgemacht. Zuerst wollten sie keine Frau für die Berichterstattung. Sie sind der Ansicht, dass …«

Lens Stimme wurde vom schrillen Gelächter einer Frau übertönt, wahrscheinlich eine der weiblichen Hilfskräfte oder eine Bedienung, denn Kate war die einzige Reporterin in der Bar.

»Was ist ihre Ansicht?«, fragte sie.

»Dass eine weibliche Stimme für das Thema zu kraftlos ist. Dass ihr die Autorität fehlt über etwas zu berichten, das als Männerthema gilt.«

Kate stieß ein spöttisches Lachen aus.

»Ich habe auf sie eingeredet, bis sie sich haben breitschlagen lassen. Du musst nur Ja sagen.«

»Natürlich sage ich Ja.«

»Ich soll dir allerdings auch klarmachen, dass du eine Vertretung bist und mehr daraus nicht werden wird.«

»Ich hab's verstanden.« Kate ließ sich von ihrem Barhocker hinuntergleiten. »Punkt acht morgen stehe ich vor dem Justizpalast.«

Len wirkte erfreut. »Natürlich hat es schon Vertretungen gegeben, aus denen mehr geworden ist.«

»Dein Wort in Gottes Ohr.«

*

An der Tür zum Gerichtssaal standen Wachen, die Kates und Ricks Presseausweise kontrollierten, bevor sie sie weiterwinkten. Sie folgten Reportern aus allen Ländern der Welt über eine wacklige Treppe hinauf zu der Pressetribüne und ließen sich auf einer der Holzbänke nieder.

Kate hörte das Stimmengewirr der Menschen im Gerichtssaal und das Surren eines Ventilators in ihrem Rücken. Die zahlreichen Lampen, die den Saal erhellten, schienen unter anderem dazu zu dienen, den Pressefotografen ihre Arbeit zu erleichtern.

Sie schaute zu den Reihen der Angeklagten hinüber. Da saßen sie nun, die Hauptkriegsverbrecher des mörderischen NS-Regimes, einige in Zivil, andere in Uniform. Sie blickten missmutig, einige hatten die Arme vor der Brust verschränkt, doch bei keinem von ihnen war der leiseste Anflug von Scham, Reue oder auch nur Bedauern zu erkennen.

Göring hatte einen Eckplatz, er saß als Einziger lässig da, einen Arm auf der Umrandung der Anklagebank. Man hätte meinen können, er sei einer der Zuschauer statt einer der Angeklagten.

Diese Männer dort auf den Bänken hatten in Europa unsägliches Leid verursacht, dachte Kate. Ihnen waren die Ruinen zu verdanken, die ausgehungerten Menschen, die im Abfall nach Nahrung suchten, die Toten.

Die Konzentrationslager, die Zwangsarbeit und die Hinrichtungen.

Der Krieg. Der Völkermord.

Die Waisenkinder auf den Straßen.

Kate überlief ein Zittern.

Ein Gerichtsdiener bat um Ruhe und forderte das Publikum auf, sich zu erheben.

Die vier Richter traten ein, gefolgt von ihren Stellvertretern. Die Russen trugen Uniform, alle anderen schwarze Roben.

Rick stand so dicht bei Kate, dass sie seine Körperwärme spürte.

Dann nahmen sie wieder Platz. Kate setzte einen Kopfhörer auf, um sich den Teil der Verhandlung, der auf Deutsch geführt wurde, dolmetschen zu lassen. Dann zückte sie Block und Stift, um die Fragen der Ankläger und die Antworten der Angeklagten zu notieren.

Doch ein ums andere Mal fragte sie sich, wie diese Männer derartige Verbrechen hatten begehen können. Mitunter war ihr, als wäre auch der Geist Adolf Hitlers im Saal und würde den Prozess verfolgen.

Göring, der sowohl für seinen Charme als auch seine Selbstherrlichkeit berühmt gewesen war, beobachtete die Verhandlung mit herablassendem Lächeln. Er hatte erklärt, im Sinne der Anklage nicht schuldig zu sein. »Ich stehe zu dem, was ich getan habe«, sagte er jedoch, und dabei wurde sein Lächeln so höhnisch, dass Kate den Blick abwenden musste. Sie konnte seinen Anblick nicht länger ertragen.

*

Am letzten Tag in Nürnberg saß Kate mit Kopfhörer in dem provisorisch eingerichteten Aufnahmestudio der CBS News. Sie unterdrückte ihren New Yorker Akzent, verlieh ihrer Stimme Kraft und gab ihren Bericht durch.

Noch nie in der Geschichte der Menschheit wurden Männer so grausamer Verbrechen beschuldigt wie die Angeklagten der Nürnberger Kriegsverbrecherprozesse.

Heute stand Hermann Göring, der frühere Reichsmarschall, im Mittelpunkt der Verhandlungen, ein Mann, der auf gerissene Art versuchte, Fragen geschickt zu parieren und die Ankläger zu überlisten, dabei jedoch ebenso scheiterte wie er als Politiker, Militärstratege und Mensch gescheitert ist.

Göring war für seine Eitelkeit bekannt, für seine Lügen, seine Habgier und seinen Drang nach Überhöhung. Während seiner Inhaftierung scheint er davon nichts eingebüßt zu haben.

Er hat von Anfang an zum Aufstieg der Nationalsozialisten beigetragen. Er stand sowohl hinter der Gründung der Geheimen Staatspolizei – kurz Gestapo genannt – als auch der Errichtung der ersten

Konzentrationslager. Er betrieb die Verfolgung der Juden in Europa und initiierte den Völkermord an ihnen. Er zählte zu den Teilnehmern einer Konferenz im Jahr 1937, auf der die notwendigen Vorbereitungen für die deutschen Überfälle auf Österreich und die Tschechoslowakei und die Forcierung der Kriegsbereitschaft Deutschlands beschlossen wurden.

Göring stand hinter der wirtschaftlichen Ausbeutung der von den Deutschen besetzten Gebiete und dem Einsatz der Menschen dort als Zwangsarbeiter für das Deutsche Reich.

Er verantwortete den Kunstraub in den besetzten Gebieten und bereicherte sich an den erbeuteten Kunstwerken.

Für lange Zeit galt Göring als Hitlers Nachfolger. Nach dem gescheiterten Luftkrieg über England und Görings nicht eingehaltenem Versprechen, die bei Stalingrad eingeschlossene Sechste Armee aus der Luft versorgen zu können, entfremdeten sich die beiden allmählich.

Die Liste von Görings Verbrechen könnte noch lange fortgesetzt werden, doch die Hauptanklage in Nürnberg lautet, dass er sich der »Verbrechen gegen den Frieden, gegen die Menschlichkeit, der Planung, Entfesselung und Führung von Angriffskriegen und der Kriegsverbrechen« schuldig gemacht hat.

Doch Göring plädierte auf »nicht schuldig«.

Neun Tage lang hatte er Gelegenheit, seinen Fall darzulegen. Dabei erklärte er sich zum Sprecher aller Angeklagten und schilderte nicht nur deren Aufgabengebiete während der NS-Zeit, sondern auch die politischen Ereignisse, wie er sie seit den Anfängen der Nationalsozialistischen Partei, dem Hitlerputsch und dem anschließenden Machtkampf erlebt hatte. Für keines dieser Ereignisse fühlte er sich verantwortlich. Die unmenschlichen Bedingungen in den Konzentrationslagern behauptete er auf nahezu komödiantische Art und Weise, nicht gekannt zu haben.

Irgendwann riss der amerikanische Hauptankläger, Robert H. Jackson, seinen Kopfhörer ab, warf ihn auf sein Pult und sprach sich vehement gegen Görings arrogantes Verhalten und seine Missachtung des Militärgerichts aus.

Göring wurde in allen Punkten der Anklage schuldig gesprochen.

Kate beendete ihre Reportage, lehnte sich zurück und atmete tief durch. Dann stand sie auf, verließ das Studio und kämpfte gegen die Übelkeit an, die Görings Plädoyer in ihr ausgelöst hatte.

Am Abend traf sie sich mit Rick, Harvey und Len in der Hotelbar. Nachdem die Gruppe Tage im Internationalen Militärgerichtshof verbracht hatte, war die Stimmung gedämpft. Jeder der Männer schien mehr zu trinken und zu rauchen als an den anderen Abenden.

Inmitten ihres Gesprächs trat der Programmleiter von CBS News an ihren Tisch, in der Hand ein Glas Whiskey. »Miss Mancini«, sagte er an Kate gewandt. »Ihre Reportage wurde von der North American News Alliance aufgenommen und wird in ganz Amerika gesendet. Sie waren die Erste, die über das Urteil berichtet hat. Zudem war es einer der besten Berichte, der heute bei uns eingegangen ist. Glückwunsch.« Er hob sein Glas.

Und obwohl sie in Gedanken noch immer im Gerichtssaal war, tat Kate es ihm nach.

»Wenn Sie wieder in Amerika sind, werden Ihnen sämtliche Zeitungen und Rundfunkanstalten einen Job anbieten«, fuhr der Mann fort.

»Das kann ich mir kaum vorstellen«, erwiderte Kate. »Ich wäre schon dankbar, wenn mir nur eine einzige einen festen Vertrag geben würde.«

Kurz nach Kriegsende war bereits abzusehen gewesen, dass die Männer, die von der Front zurückkamen, auch in die Jobs zurückkehren würden, die Frauen in den Kriegsjahren übernommen hatten. Männer brauchten ihre Arbeitsstellen mehr als Frauen, hieß es. Frauen sollten sich wie früher der Hausarbeit widmen und Kinder großziehen.

Der Mann von CBS zog sich einen Stuhl heran, ließ sich am Tisch nieder und begann, sich mit Harvey zu unterhalten.

Rick drehte sich zu Kate um. »Du warst großartig. Rundfunkreportagen liegen dir.«

Kate versuchte Görings Bild abzuschütteln und sich auf das Gespräch mit Rick zu konzentrieren.

»Geh zurück nach New York«, fuhr er fort. »Nicht nach Washington. Geh zu einem der großen Sender. Noch etwas, meine Liebe, ich …«

Er brach ab. Len hatte sich zu ihnen vorgebeugt.

Kate fragte sich, ob sie richtig gehört hatte. Hatte Rick tatsächlich *meine Liebe* gesagt?

Sie hörte Len sagen: »Lasst uns auf unseren Einsatz trinken, der Gott sei Dank beendet ist.«

Kate nahm einen Schluck Wein und befahl sich, nicht mehr über Rick nachzudenken. Er war ein guter Freund, weiter nichts, auch wenn ihr verräterisches Herz ihr seit der Nacht in Berlin, als sie nebeneinander auf dem Fußboden geschlafen hatten, etwas anderes suggerieren wollte. Sicher, in jener Nacht hatte sie sich an ihn gelehnt, doch das war nur geschehen, weil sie todmüde gewesen war.

Abgesehen davon konnten Reporterinnen sich keine Liebesbeziehungen leisten. Dazu war ihre Arbeit zu unregelmäßig, verlangte fortwährende Einsatzbereitschaft. Allein das Gerücht, mit jemandem fest liiert zu sein, würde genügen, um aufs Abstellgleis geschoben zu werden. Genauso gut könnte sie sich für tot erklären lassen.

Sie dachte an verheiratete Reporterinnen, die sie kannte. Die Frauen nahmen ihren Ehering ab, wenn sie zur Arbeit gingen und schworen, dass ihnen nichts anderes übrig bliebe, wenn sie in der Männerwelt von Rundfunk und Presse überleben wollten.

Mit einem tiefen Seufzer stand sie auf, erklärte, sie sei müde und verabschiedete sich von ihren Kollegen.

Auf dem Weg aus der Bar spürte sie erneut Ricks Blick im Rücken.

Nein, sagte sie sich auf dem Weg zu ihrem Zimmer. Sie würde sich nicht in Rick verlieben. Kam überhaupt nicht infrage.

Stattdessen würde sie versuchen, ihn zu vergessen.

KAPITEL 6

Frances

Connecticut, März 1946

Frances verlangsamte ihr Pferd und zog den Kopf unter den tief hängenden Ästen der Bäume ein. In leichtem Trab ließ sie den Wald hinter sich und nahm den Weg über die Felder, aus denen dünne Nebelschleier aufstiegen. In der frühen Morgenstunde waren auf den Gräsern noch Tautropfen zu erkennen. Cinnamons Hufe zerdrückten das alte Laub. Am Wegesrand waren die ersten Glockenblumen und Freesien aus der dunklen Erde hervorgekommen. Für einen Moment wurde Frances leichter ums Herz.

Den Ritt über die Felder legte sie im Galopp zurück. Dann ging es eine Anhöhe hinauf, und sie zügelte das Pferd erneut. Oben angekommen ließ sie ihren Blick über die wundervolle Morgenlandschaft schweifen und über Woodlands, ihre Farm, die am Rand von Farmington lag. Sie tätschelte Cinnamons Hals, sprach leise auf das schwer atmende, schweißnasse Pferd ein. Es mochte diese sanften Worte und stellte die Ohren auf.

Wie so oft dachte sie beim Anblick ihrer Farm, dass der Architekt, der Woodlands entworfen hatte, ein Genie gewesen sein musste, das gesamte Anwesen passte sich perfekt der malerischen Umgebung und dem Stil der wohlhabenden Gründerjahre von

New England an. Die Schindeln des Hauses waren weiß, ebenso die Kolonnaden rings um die umlaufende Veranda, die Fensterläden dunkelgrün gestrichen. Seit Beginn ihrer Ehe vor über dreißig Jahren nannte Frances Woodlands ihr Zuhause, und dafür war sie noch immer dankbar.

Sie ritt zu dem weißen Holzzaun, der die Felder von ihrem Garten trennte, beugte sich hinunter und öffnete das Tor.

Über Kiespfade und weite Rasenflächen ging es zu dem Stall, dem Gästehaus, einem Spielhaus für Kinder und einem Taubenschlag, zu Holzbänken, von denen aus man einen Blick über das ganze Tal hatte.

Vor dem Krieg hatte Frances auch einen großen Blumengarten gehabt, in dem es von Frühlingsbeginn bis spät in den Herbst geblüht hatte, doch in den Kriegsjahren hatte sie den Garten zuwachsen lassen. Die Männer, die ihr vorher bei der Arbeit geholfen hatten, waren eingezogen worden, und Ersatz hatte sie nicht gefunden. Nun standen die kleineren Gebäude inmitten eines von Unkraut überwucherten Rasens.

Am Pferdestall glitt Frances von Cinnamons Rücken, nahm ihm Sattel und Zaumzeug ab. Dann tränkte und säuberte sie das Pferd, führte es in seine Box und füllte die Raufe mit Heu.

Anschließend überquerte sie den Hinterhof zur Küche.

In der Küche war ihre Haushälterin dabei, das Frühstück zuzubereiten.

»Guten Morgen, Mrs. Hall.« Genüsslich sog Frances den Duft nach frisch gebrühtem Kaffee und gebratenem Speck ein.

»Guten Morgen, Ma'am. War Ihnen draußen nicht zu kalt?«

»Überhaupt nicht, beim Reiten ist mir warm geworden. Wenn

der Nebel sich verzogen hat, wird es ein wundervoller Tag werden.«

*

Nach der Dusche streifte Frances eine kamelfarbene Hose und einen schwarzen Kaschmirpullover über, steckte ihr dunkles Haar im Nacken zu einem losen Knoten zusammen und tuschte ihre Wimpern.

Der Weg nach unten führte über eine Galerie, dort hingen die Impressionisten, die ihr Schwiegervater erworben hatte, dann die breite Treppe hinunter zum Frühstückszimmer.

Inzwischen hatte die Sonne den Nebel durchbrochen und tauchte den Raum in glänzendes Licht.

Willard saß bereits am Tisch und las Zeitung.

Er reagierte kaum, als Frances eintrat.

»Guten Morgen, Liebling«, sagte sie und küsste seine Wange. Bei dem Gedanken an das gemeinsame Wochenende erfüllte sie Vorfreude, aber auch eine Spur Nervosität. Seit Monaten spürte sie an Willard eine gewisse Kälte, doch sie kannte die Gründe dafür nicht.

Sie dachte an ihre Tochter und deren Verlobten, die sie zum Abendessen eingeladen hatte. Vielleicht würden sie Willard von dem, was ihn beschäftigte, ablenken. Und am nächsten Tag würde Rick zurückkommen. Bei dem Gedanken, ihren Sohn wiederzusehen, verflog ihre Nervosität. Wie sehr hatte sie sich vor seinem Kriegseinsatz im Pazifik gefürchtet und danach vor seinem Einsatz als Kriegsberichterstatter in Europa. Doch er war unversehrt geblieben, und schon bald würde sie ihn überglücklich in die Arme schließen können.

»Wie wäre es, wenn wir heute Nachmittag einen Spaziergang durch den Wald machen«, schlug sie Willard vor. »Danach könnten wir in der neuen Galerie in der Farmington Avenue vorbeischauen.«

Ihre Freundin Bernice hatte diese Galerie eröffnet, doch das musste Willard nicht wissen; er mochte Bernice nicht. Sie selbst hatte die ausgestellten Gemälde bereits gesehen und war sicher, dass ihr Mann eines erwerben würde.

Willard las weiter und antwortete nicht.

Frances schenkte sich eine Tasse Kaffee ein, setzte ein gekochtes Ei in ihren Eierbecher und füllte einen Teller mit einer Scheibe Toast, gebratenem Schinkenspeck und gebratenen Tomaten. Dann setzte sie sich ihrem Mann gegenüber.

Sie dachte an die Zeit zurück, als er sie, wenn er in Manhattan war, jeden Mittag angerufen hatte und dann noch einmal, wenn er die Bank abends verlassen hatte. Wenn er am Wochenende nach Hause kam, hatte er ihr Blumen mitgebracht, manchmal auch eine Flasche Parfum.

Oder er hatte sie spontan gebeten, nach New York zu kommen, weil er Karten für eine Broadway-Aufführung besorgt hatte. Er hatte mit ihr und den Kindern Reisen nach Europa oder in die Karibik unternommen, war großzügig, humorvoll und voller Liebe gewesen.

Doch seit einigen Monaten war er anders geworden.

Anfangs hatte Frances gedacht, sein Verhalten hinge mit Ricks Einsätzen in Übersee zusammen. Kaum vom Pazifik zurückgekehrt, war ihr Sohn wieder aufgebrochen, diesmal nach Europa. Vielleicht hatte Willard recht, wenn er ihr die Schuld gab, dass Rick sich geweigert hatte, in der Bank zu arbeiten. Schließlich war sie es gewesen, die Ricks Interesse an Geschichte und Politik geweckt hatte. Sie hatte ihm Bücher gekauft, mit ihm über Zeitungsartikel diskutiert und ihn zu Vorträgen mitgenommen. Möglicherweise nahm Willard ihr das mittlerweile übel. Vielleicht störte er sich auch daran, dass Rick klüger war als er selbst.

Natürlich hatte es auch früher schon Unstimmigkeiten zwischen ihnen gegeben, aber in welcher Ehe gab es die nicht? Rick war achtzehn gewesen, als Willard ihr zum ersten Mal vorgeworfen hatte, sie und Rick würden sich gegen ihn verbünden.

Doch dieses Mal war es anders. Ihr Mann schien sich immer mehr zurückzuziehen. Physisch war er in Woodlands zwar noch anwesend – wenn auch nicht oft –, doch in Gedanken war er weit weg.

Sie betrachtete ihren Mann, der noch immer gut aussah, obwohl sein Haar allmählich grau wurde.

Nun faltete er seine Zeitung zusammen, nahm die Stoffserviette von seinem Schoß und legte sie zusammengerollt neben die Zeitung. Einen Moment lang runzelte er die Stirn, dann stand er auf und trat an das große Erkerfenster. Er schaute hinaus in den Garten. »Ich fahre gleich zurück nach Manhattan.«

Frances' Magen verkrampfte sich. Sie setzte ihre Kaffeetasse ab. »Hast du vergessen, dass Eloise und Teddy heute Abend kommen und vielleicht über Nacht bleiben? Und morgen kehrt Rick aus Europa zurück. Warum möchtest du am Wochenende in die Stadt, Will?« Wie leicht ihr die Koseform seines Namens noch über die Lippen kam.

Willard kehrte ihr weiterhin den Rücken zu und regte sich nicht. Als er sich endlich umdrehte, war sein Blick ausdruckslos.

»Ich möchte an diesem Wochenende arbeiten. Seit wann ist das verboten?«

Frances starrte ihn an. Sie wusste nicht mehr, was in ihm vorging, drang nicht mehr zu ihm durch. Offenbar hatte sie ihn nicht nur als Ehemann, sondern auch als Freund verloren. Sie schluckte ihre Enttäuschung hinunter.

Diese Ehe war ihr Leben, die Familie ihre ganze Welt. Sie durfte Willard nicht gegen sich aufbringen.

»Wie du meinst«, sagte sie gepresst.

Willards Miene verdüsterte sich. »Ich hoffe, wenn Rick zurück ist, kommt er zur Vernunft.«

Frances sah ihn verwirrt an.

Willard steuerte die Tür an. »Ich bin sicher, du hast mich verstanden. Ich erwarte, dass Rick in der Bank anfängt. Ich bin seine Mätzchen leid. Ab sofort wird er etwas Sinnvolles tun und sich bereit machen, in der Bank eines Tages eine Führungsposition zu übernehmen.«

Es kostete Frances Kraft, ruhig zu bleiben. »Meinst du nicht, dass er weiter seinen Beruf als politischer Journalist ausüben möchte?«

Willard zog die Brauen zusammen. »Ich werde nicht länger dulden, dass er sich mit dieser brotlosen Kunst amüsiert. Du hast ihn stets gewähren lassen, ihm in allem nachgegeben, doch damit ist jetzt Schluss. Es wird Zeit, dass Rick erwachsen wird.«

Unter dem Tisch krallte Frances die Hände ineinander. Draußen vor dem Fenster war der Himmel leuchtend blau geworden, doch der Anblick löste in ihr keinerlei Freude aus.

»Hätte er Finanzwirtschaft studiert, würde er mittlerweile mit mir zusammenarbeiten.«

Frances Herz raste. Was um alles in der Welt war in ihren Mann gefahren?

»Vor Freitag werde ich nicht zurück sein. Warum nutzt du die Zeit nicht, um deine Eltern in Minneapolis zu besuchen? Bleib doch direkt ein paar Wochen bei ihnen.«

Er öffnete die Tür und verschwand.

*

Nach dem Frühstück ging Frances in ihr Schlafzimmer, setzte sich auf das mit rosafarbenem Samt bezogene Sesselchen vor ihrem Frisiertisch und starrte sich im Spiegel an. *War sie Willard zu alt? Zu langweilig? Warum war er so abweisend geworden?*

Sie wandte sich um, betrachtete das große Himmelbett mit der kostbaren Tagesdecke aus cremefarbenem Chintz, dann den weichen cremefarbenen Teppich. Sie war auf eine bestimmte Weise erzogen worden. Wie so vielen Frauen ihrer Generation hatte man auch ihr von Kind an beigebracht, ihren Ehemann immer an erste Stelle zu setzen. Genau das hatte sie getan, überhaupt war sie jeder Regel gefolgt.

Sie erinnerte sich an das teure Pensionat, auf das ihre Eltern sie geschickt hatten. Die Mädchen, die dort erzogen wurden, waren dazu ausersehen, Politiker, Unternehmer, vielleicht sogar namhafte Mitglieder des europäischen Adels zu heiraten. Kaum eine von ihnen war in ihrer Ehe glücklich geworden.

Wie oft hatte man ihnen erklärt, dass man einen Ehemann nicht verärgern durfte, ihm sämtliche Entscheidungen überlassen und all seine Wünsche erfüllen müsse. Auch müsse man den gesellschaftlichen Gepflogenheiten gehorchen, dazu gehöre auch, sich nie über seinen Ehemann zu beklagen, nicht einmal unter Freunden.

Stets galt es, den Schein zu wahren, denn auch in den besten Kreisen wurde gern und viel getratscht. Doch über einen selbst durfte nicht getratscht werden, deshalb hatte Frances sich nie etwas anmerken lassen und jeden Kummer verdrängt.

Doch inzwischen hatten sich die Zeiten geändert, waren nicht mehr wie damals, als sie ein Mädchen war. Im Krieg hatten die Frauen Männerrollen übernommen, Unternehmen oder Behörden geleitet, in der Armee gedient, wo sie Lastwagen gefahren und Flugzeuge repariert hatten. Einige hatten in den Flugzeugen sogar am Steuer gesessen, weite Strecken zurückgelegt und manchmal darüber hinaus den Haushalt geführt. Hatten ihre Ehemänner sie nach der Rückkehr aus dem Krieg deshalb verlassen? Nein.

Sie selbst hatte in Farmington ein Lazarett eingerichtet und in den Kriegsjahren jeden Tag dort gearbeitet. Inzwischen war sie in der Krankenpflege beinah ebenso kompetent wie eine ausgebildete Krankenschwester. In ihrer freien Zeit hatte sie Zeitungen gelesen, um sich über das Kriegsgeschehen auf dem Laufenden zu halten, sich abends, wenn sie vielleicht hätte sticken sollen, anhand von Fachbüchern über politische Zusammenhänge informiert. All das hatte sie heimlich getan, wissend, dass Willard keine Ehefrau wünschte, die ihm etwas voraushatte.

Folglich behielt sie ihre Meinungen für sich, hatte mit Willard weder über den Krieg noch die Nachkriegszeit gesprochen. Hatte sich benommen, wie es sich gehörte.

Auch ihren Wunsch, Geschichte und Politologie zu studieren,

hatte sie seit Langem begraben. Aber wie gern hätte sie auf diesen Gebieten gearbeitet, wie es einige, wenn auch nur wenige, Frauen geschafft hatten.

Sie hatte alles richtig gemacht, warum also war ihr Mann so unzufrieden mit ihr?

Schwerfällig stand sie auf.

Ob sie sich mit einem Scheidungsanwalt in Verbindung setzen sollte?

Ihm erzählen, dass ihr märchenhaftes Leben im Begriff war, zu einem bösen Traum zu werden?

Auf dem Weg aus dem Zimmer verfing sich ihr Fuß in einer Teppichfalte. Um ein Haar wäre sie gestürzt.

KAPITEL 7

Frances

April 1946

Am frühen Sonntagmorgen ritt Frances erneut aus, doch die Freude, die sie dabei normalerweise empfand, wollte sich nicht einstellen. Beim Frühstück bemühte sie sich um eine gut gelaunte Miene, scherzte mit ihrer Tochter und nahm wehmütig wahr, wie verliebt diese in ihren Verlobten war. In der Kirche heuchelte Frances Andacht. Niemand wäre auf den Gedanken gekommen, dass sie tief in ihrem Herzen unglücklich war.

Nach der Kirche begleitete Bernice, Frances' älteste Freundin, sie nach Hause. Sie setzten sich in den Salon, in den die Morgensonne schien. An den Wänden war noch immer die Tapete mit dem Muster aus rosafarbenen Kohlrosen, die aus der Zeit stammte, als Frances' Schwiegermutter hier Hausherrin war.

Bernice hatte nie geheiratet. Stattdessen hatte sie ihre Träume verwirklicht. Mit dem Geld, das ihr Vater ihr hinterlassen hatte, hatte sie ein Innenarchitekturbüro gegründet, vor Kurzem dann die Galerie eröffnet. Sie war weit gereist und besaß eine schicke Wohnung an der Upper East Side. Dennoch hatte sie stets Zeit gefunden, um mit Frances' Kindern zu spielen oder etwas mit ihnen zu unternehmen. Für Frances gehörte Bernice zur Familie.

Als Mr. Hall den Salon betrat und Frances ein Telegramm überreichte, riss sie den Umschlag auf und las den kurzen Text.

»Kündigt Rick seine Ankunft an?«, fragte Bernice.

Frances nickte. »Zum Mittagessen ist er hier.« Sie legte das Telegramm auf den Couchtisch.

Rick würde wahrscheinlich sofort erkennen, dass etwas nicht stimmte. Ihrem Sohn entging so leicht nichts – das hatte Frances schon immer an ihm bewundert.

Bernice, die seit Monaten erklärte, dass sie sich um Frances Sorgen mache, schloss die Tür, die Mr. Hall offen gelassen hatte. »Ich glaube, du solltest einen Privatdetektiv beauftragen, Willard zu beobachten.«

Frances sah sie erschrocken an. Dann stand sie auf, trat an den Kamin und tat als müsse sie die Uhr – außen vergoldet, innen mit Perlmutt ausgeschlagen – auf dem Sims zurechtrücken. Sie schüttelte den Kopf. »Niemals. Es käme mir hinterhältig vor.«

Sie würde stattdessen versuchen, zu Willard durchzudringen. Sie würde ihre Ehe retten, sonst würde sie nicht nur ihr eigenes Herz brechen, sondern auch die ihrer Kinder. Frances begann, an ihrem Daumennagel zu knabbern. Das hatte sie zuletzt als Mädchen getan. Ihre Mutter hatte es ihr damals verboten und erklärt, mit abgekauten Nägeln sähe sie heruntergekommen aus.

»Versteh mich nicht falsch«, sagte Bernice, »über Willard kursieren keine Gerüchte. Ich stelle nur fest, dass dich etwas quält, und ich nehme an, es hat mit ihm zu tun.«

Frances wagte es kaum, ihre Freundin anzusehen. War sie tatsächlich so leicht zu durchschauen?

»Noch mal, Frances: Damit will ich nicht sagen, dass Willard in New York eine andere hat«, sagte Bernice.

Frances errötete. Eine Affäre. Das hielte sie nicht aus, damit könnte sie nicht umgehen.

Wenn so etwas vorkäme, müsse man schweigen und darüber hinwegsehen, hatte sie als Mädchen gelernt.

Und wie oft so etwas vorkam.

Aber sie und Willard waren anders. *Sie* war anders als die Frauen, die betrogen wurden. Sie achtete auf sich, damit er sie nach wie vor attraktiv fand.

Willard liebte sie. Früher hatte er es immerzu gesagt.

Er würde sie nicht demütigen.

Frances blickte in den großen Spiegel über dem Kamin. Sie sah Bernice, die die Beine in ihrer schwarzen Hose übereinanderschlug, hörte sie seufzen. Sonnenstrahlen ließen ihr schulterlanges, blond gefärbtes Haar glänzen, als sie sich vorbeugte und eine Zigarette aus ihrem Silberetui nahm.

Frances trat ans Fenster. Der Motorenlärm eines Autos drang an ihr Ohr. Rick! Sie stieß einen Freudenschrei aus, stürzte aus dem Raum und durchquerte den Flur zur Eingangshalle.

Mit zittrigen Händen riss sie die Eingangstür auf und rannte los.

Als Rick aus dem Auto stieg, warf sie sich in seine Arme.

Dem Himmel sei Dank. Ihr Sohn war wieder zu Hause, war unversehrt geblieben.

Er drückte sie fest an sich. Dann sah er sie an und fragte, wie es ihr gehe.

Frances versteifte sich.

»Gut«, sagte sie. »Alles bestens.«

Die Hunde, zwei Labrador Retriever, kamen angerast, um Rick zu begrüßen.

Frances hakte sich bei ihrem Sohn unter und kehrte mit ihm ins Haus zurück.

KAPITEL 8

Kate

New York, April 1946

Kate betrachtete die Küche der Einzimmerwohnung, die sie künftig ihr Zuhause nennen würde. Sie lag an der Ninth Avenue von Manhattan, und etwas Besseres konnte Kate sich in dieser Gegend nicht leisten. Sie redete sich ein, dass sie auch nicht mehr als diese kleine Wohnung brauche und sie im Vergleich zu den schmuddeligen Hotelzimmern, in denen sie in den vergangenen Monaten gelebt hatte, der reine Luxus wäre. Zudem hatte sie sich angesichts des Elends, das sie in Europa gesehen hatte, und des Kampfs ums Überleben, den die Menschen dort täglich ausfochten, geschworen, sich in Amerika nie mehr über irgendetwas zu beklagen.

Von draußen drang Straßenlärm herein, Stimmen vorbeilaufender Passanten, Autohupen und Polizeisirenen. In den vergangenen Tagen war sie in der warmen Frühlingsluft Manhattans durch die Straßen gestreift. Anfangs hatte sie sich wie eine Besucherin von einem anderen Stern gefühlt und kaum fassen können, dass nirgendwo Ruinen zu sehen waren. Unversehrt und majestätisch stachen die gotischen Türme der St. Patrick's Cathedral in den Himmel. Sie hatte die berühmten New Yorker Hotels angestarrt, unter ihnen das legendäre Waldorf Astoria, das sich in schwindelnde Höhen hinaufschwang, gekrönt vom Starlight Roof. Über dem Eingang wehten internationale Fahnen, als hätte es nie Krieg gegeben. Auch das Metropolitan Museum sah aus wie immer.

Als es dunkel wurde, war sie über den Broadway spaziert. Beim Anblick der in Pelz gekleideten Menschen vor dem Metropolitan Opera House hatte sie sich befangen gefühlt, dann staunend die unbeschwerte, erwartungsfrohe Menge wahrgenommen, die vor dem Eingang der Radio City Music Hall Schlange stand. Kate sah die Plakate, auf denen die Rockettes angekündigt wurden. Sie hörte Passanten über ein Eishockeyspiel im Madison Square Garden reden, andere über ein Basketballspiel.

Sie lief über die vertrauten Brücken, die sich vollkommen intakt über die New Yorker Flüsse spannten, wanderte durch Chinatown, roch die verlockenden, exotischen Essensdüfte, sah die rotgoldenen Lampions, die chinesischen Schriftzeichen, die Vielzahl der ausgestellten Waren.

Auf Coney Island drehte sich das große Riesenrad wie eh und je. An den Ständen wurden wie immer Hotdogs, Erdnüsse und Limonaden gekauft, im Meer hatte sie die ersten Schwimmer entdeckt.

An einem frühen Morgen hatte sie die Fähre hinüber zur Freiheitsstatue genommen. Sie hatte sie unbedingt aus der Nähe sehen wollen, als müsse sie sich vergewissern, dass sie noch immer unversehrt dastand.

Nun wanderte ihr Blick von dem winzigen alten Herd in einer feuchten Küchenecke zu dem Spülbecken voller Rostflecken und dem klapprigen Schrank, dessen Türen sich nicht richtig schließen ließen. Gut, dass sie nicht der hausfrauliche Typ war. Um Spiegeleier mit Schinkenspeck zu braten, würde diese Küche genügen.

Im Flur stand ein Kleiderschrank, dessen Türen beim Öffnen

und Schließen fürchterlich quietschten. Daneben war das kleine Bad. Das zur Straße hinausgehende Zimmer würde sie gründlich putzen müssen. Es würde ihr als Schlaf-, Wohn- und Esszimmer dienen. Vor dem schmalen Fenster sah man die Tritte der Feuerleiter, auch sie voller Rost. Ein Zuhause war es nicht, doch dann dachte Kate an das Mädchen, das auf der Treppe der ausgebombten Berliner Villa gesessen hatte, und sagte sich, es war besser als nichts.

*

Am ersten Abend, nachdem sie ihre Wohnung geschrubbt, den Ofen und die Schränke ausgewaschen hatte, setzte Kate sich im Schneidersitz auf ihr Bett und blickte sich zufrieden um. Für den Fußboden hatte ihre Mutter ihr zwei verblasste Perserbrücken vermacht, die Bücherregale waren abgestaubt und mit ihren Lieblingsbüchern gefüllt, darunter einige über Geschichte und Politik, die ihrem Vater gehört hatten. Auf dem kleinen Schreibtisch stand ihre Schreibmaschine. Den Sessel hatte sie mit einer bunten Stola ihrer Mutter bedeckt, das Sofa mit farbigen Kissen bestückt. Dort würde sie sich abends einigeln und lesen.

Das nächste Problem, dem sie sich widmen musste, war ihre Arbeit. Sie war monatelang außer Landes gewesen und nirgendwo fest angestellt, das machte sich nun bemerkbar. Das Geld, das sie gespart hatte, würde nur noch wenige Monate reichen.

Doch bisher waren ihre Bewerbungen von allen New Yorker Zeitungen abgelehnt worden. Die offenen Stellen wurden von Männern besetzt, niemand war daran interessiert, eine Frau einzustellen.

Ihr Blick glitt über die Zeitungen, die sich über ihr Bett verteilten. In allen war zu lesen, mit welchen Riesenschritten die Technik auf dem Vormarsch war. Vierunddreißig Millionen Amerikaner besaßen ein Radio, auch in Autos waren sie vermehrt zu finden, inzwischen wurde sogar von Fernsehgeräten gesprochen.

Sie musste versuchen, bei einem Rundfunksender unterzukommen, sagte sich Kate. Sie würde sich auf den Bericht über das Göring-Urteil beziehen, darauf hinweisen, dass sie damit die Erste gewesen war.

Kate fasste ihre dunklen Locken mit einem Gummi auf dem Kopf zusammen, zog ihr geblümtes Kleid zurecht und setzte die nächste Bewerbung auf. Diese würde sie an CBS schicken.

*

Als sie am Morgen wach wurde, hatte sich ihr Bettlaken um ihre Beine gewunden, die Bettdecke hatte sie in der Nacht abgeschüttelt. Offenbar hatte sie wieder einen der Alpträume gehabt, an denen sie seit ihrer Zeit in Berlin litt. Das war in Nürnberg so gewesen wie auch in den ersten Tagen zu Hause, als sie übergangsweise bei ihrer Mutter gewohnt und wieder in ihrem alten Kinderzimmer geschlafen hatte. Dann fuhr sie in der Nacht zitternd hoch, weil sie von dem Mädchen aus Berlin geträumt hatte.

Gähnend rieb sie sich die müden Augen, stand auf und trat in die Küche, um Kaffeewasser aufzusetzen. Sie musste die Erinnerungen an Deutschland loslassen, sagte sie sich, doch das kleine Mädchen ging ihr nicht aus dem Kopf.

Rick hatte ihr geschrieben und sie auf einen Drink eingeladen.

Sie hatte nicht geantwortet. Rick wäre nicht gut für sie, dessen war sie sich sicher.

Als es an der Wohnungstür klopfte, fuhr sie zusammen. Dann tappte sie lautlos zur Tür, fragte leise: »Wer ist da?«, und hoffte, derjenige hätte sich in der Tür geirrt und würde wieder verschwinden.

»Ich bin's«, antwortete ihre Mutter nur, trotzdem war ihr italienischer Akzent herauszuhören. »Bist du gerade erst wach geworden? Es ist fast zehn Uhr.«

Seufzend öffnete Kate die Tür.

Ihre Mutter trat ein, begutachtete Kate, die noch im Schlafanzug war, und stemmte die Fäuste in die Seiten. »Du bist tatsächlich gerade erst aufgestanden.«

Kates Mutter war eine zierliche Person, die an diesem Morgen einen eng anliegenden senffarbenen Pullover und einen braunorange karierten Rock trug, dazu dicke braune Strümpfe; Nylonstrümpfe waren noch immer rar. Ihre Pumps waren blank geputzt, ihr dunkles Haar frisch gewaschen und onduliert. Dazu umgab sie der leichte, blumige Duft eines Parfums.

Kate kehrte in die Küche zurück. »Möchtest du eine Tasse Kaffee?« Beim Anblick ihrer Mutter war ihr wieder einmal bewusst geworden, wie sehr Bianca und ihre Mutter einander glichen.

»Danke, ich habe bereits Kaffee getrunken.« Kates Mutter ließ ihren Blick schweifen und runzelte die Stirn. Dann räumte sie die Zeitungen vom Sofa, faltete sie ordentlich zusammen und legte sie auf den Schreibtisch. Sie rückte die Schreibmaschine und den danebenliegenden Block gerade. »Ich bin während meiner Frühstückspause gekommen und nehme mir darüber hinaus eine halbe Stunde, die mir noch zusteht. Mehr Zeit habe ich nicht.«

Kates Mutter arbeitete in einer Schule in Lower Manhattan am Empfang und wurde von ihren Vorgesetzten geschätzt. Sie nahm den Großteil der Telefonate entgegen und besaß das Vertrauen der Eltern. Diese meldeten sich bei ihr nicht nur, wenn ein Kind krank war, sondern auch, wenn sie sich um ein Kind Sorgen machten. In dieser Schule hatte Kates Mutter schon gearbeitet, als ihr Vater dort als Geschichtslehrer angestellt gewesen war.

»Ich habe was für dich«, sagte ihre Mutter.

Kate wandte sich zu ihr um. Ihre Mutter wühlte in ihrer Handtasche. Schließlich zog sie einen Briefumschlag hervor, der einen mitgenommenen Eindruck machte, und reichte ihn Kate.

Beim Anblick der deutschen Briefmarken setzte Kates Herzschlag für einen Moment aus. Hastig drehte sie den Umschlag um. Auf der Rückseite stand Claudias Adresse.

»Hast du einen Brieföffner?«, fragte ihre Mutter.

Eine Nachricht über mein kleines Mädchen, dachte Kate, deren Herz begonnen hatte, aufgeregt zu pochen. Wie sehr sie darauf gewartet hatte, von Claudia zu hören.

»Nein, kein Brieföffner«, murmelte sie.

Ihre Mutter drängte sich an ihr vorbei in die Küche, holte ein Messer und hielt es Kate hin.

Hastig schlitzte Kate den Umschlag auf, zog zwei eng beschriebene Seiten hervor, ließ sich auf ihr Sofa sinken und fing an zu lesen.

Liebe Kate,

es ist noch nicht lange her, dass wir uns begegnet sind, doch was unser Mädchen betrifft, kommt es mir vor, als wäre es bereits seit

Monaten Teil unseres Lebens. Wir haben das Kind alle sehr gern, auch für meine kleinen Nichten ist es zu einer Freundin geworden.

Mein Vater schätzt, dass das Mädchen zehn Jahre alt ist, aber Genaueres haben wir leider noch immer nicht in Erfahrung bringen können.

Morgens geht die Kleine mit meinem Vater zum Hühnerstall und sammelt die Eier ein. Das macht ihr sichtlich Spaß. Bei der Küchenarbeit hilft sie mir unaufgefordert, sieht mir liebend gern beim Kochen zu. Sie lernt schnell, reicht mir Zutaten an, ohne dass ich sie darum bitten muss. Beim Kuchenbacken schlägt sie für mich Eier schaumig und knetet den Teig. Ich habe den Eindruck, dass sie all das zuvor in ihrer Familie getan hat.

Zweifellos ist sie intelligent. Doch sie spricht noch immer nicht, ganz gleich, was wir versuchen. Auch finden wir morgens hin und wieder Brotstücke in ihrem Bett. Wir vermuten, dass sie so lange gehungert hat, dass sie nun Brotreste hamstert. Wir machen ihr keine Vorwürfe, vielmehr bricht es uns das Herz.

Zudem habe ich in der Tasche ihres zerschlissenen Kittels das Foto eines kleinen Jungen gefunden. Ich nehme an, er ist ihr Bruder. Doch wenn wir sie nach ihm fragen, verbirgt sie das Gesicht in den Händen und zieht sich von uns zurück.

Wir haben uns an sämtliche Einrichtungen gewandt, die über Kriegswaisen Auskunft geben.

Ich vermute, dass das Mädchen im russischen Sektor Berlins nach seiner Familie gesucht hat, aber von der russischen Militärregierung sind leider keine Auskünfte zu bekommen.

Das Mädchen muss etwas Furchtbares erlebt haben, das über das Kriegsgeschehen hinausgeht, denn sonst würde es sicherlich sprechen.

Wenigstens haben wir es vor einem Schicksal in einem russischen Waisenhaus bewahrt, denn in der vom Krieg zerrütteten Sowjetunion ist für solche Einrichtungen kaum Geld vorhanden.

Bitte verlassen Sie sich darauf, dass wir weiterhin unser Bestes tun werden, um hinter die Geschichte unseres kleinen Mädchens zu kommen. Ich werde Sie auf dem Laufenden halten. Auch das Mädchen werde ich ermuntern, Ihnen zu schreiben. Ich bin sicher, dass es schreiben kann und Sie nie vergessen wird.

Bitte grüßen Sie Rick von mir.

Claudia

Kate wischte sich die Tränen aus den Augenwinkeln und versuchte, sich zu fassen. Ihre Mutter schien zu bemerken, wie sehr der Brief sie aufgewühlt hatte und nahm sie in den Arm.

KAPITEL 9

Kate

New York, April 1946

An diesem Mittag saß Kate mit Harvey Milton in Midtown Manhattan in einem bis auf den letzten Platz gefüllten Diner, um sie herum das Klappern von Geschirr und Besteck, das Stimmengewirr der Gäste und die Rufe der Kellner, die Bestellungen an die Küche durchgaben. Zigarettenrauch zog an den weiß gekachelten Wänden und Wandspiegeln vorbei.

Draußen wirbelte der Frühlingswind Staub, Papierfetzen und Blüten durch die Luft. Autos und Taxis fuhren vorbei, Pärchen gingen Hand in Hand.

Kate war Harvey zufällig begegnet, daraufhin hatte er sie spontan zum Lunch eingeladen. Wie üblich war er wie aus dem Ei gepellt, das weiße Hemd gebugelt, das Haar ordentlich zurückgekämmt.

Seit ihrer Rückkehr hatte Kate nicht nur Rick, sondern auch Harvey gemieden. Bei Harvey hätte sie nicht einmal sagen können, warum. Doch wenn sie an Rick dachte, spürte sie ein sehnsüchtiges Ziehen in der Brust, das sie sofort zu verdrängen versuchte. Solche Gefühle konnte sie sich nicht leisten, sie musste sich darauf konzentrieren, Arbeit zu finden.

»Tut mir leid, dass es bei CBS nicht geklappt hat«, sagte Harvey, nachdem Kate ihm das Ablehnungsschreiben gezeigt hatte.

Am Vortag war es angekommen und hatte Kate eine schlaflose Nacht beschert, voller Angst vor einer Zukunft ohne Arbeit.

Sie warf noch einmal einen Blick auf den Brieftext.

Sehr geehrte Miss Mancini,

vielen Dank für Ihre Bewerbung.

Leider haben wir sehr viele Bewerberinnen, denen wir keine Stelle anbieten können. Wir können Sie lediglich in unsere Warteliste aufnehmen.

Mit freundlichen Grüßen

Kate hatte einen Probetext mitgeschickt, den sie gesprochen hatte, einen Bericht über Rundfunkreporterinnen. CBS hatte ihn kommentarlos zurückgesandt.

Was nützte es ihr jetzt noch, dass sie mit ihrer Reportage über Göring schneller als andere gewesen war?

Die Kollegen, die mit ihr in Europa gewesen waren, hatten inzwischen alle eine feste Stelle. Harvey arbeitete als Rundfunkreporter und hatte sich darüber hinaus bei zwei New Yorker Sendern auf Führungspositionen beworben.

Er sah Kate mitfühlend an. »Rick schreibt jetzt für die *New York Times*. Er hat sich nach dir erkundigt.«

Kate blickte zur Seite.

»Er findet die Arbeit dort extrem hektisch.«

Kate zuckte mit den Schultern.

»Nie gibt es eine ruhige Minute. Ständig klingeln Telefone, klappern Schreibmaschinen, wird irgendetwas oder irgendjemand gerufen. Ich wette, er wird doch noch beim Rundfunk landen.«

Harvey lachte. Dann wurde er ernst. »Was ist mir dir, Kate, warum machst du so ein Gesicht?«

Kate seufzte. Sie würde Rick so gern wiedersehen. Ihr Blick fiel auf eine Frau am Nebentisch. Sie wirkte sorglos, trug ein hübsches Frühlingskleid, weiß mit roten Punkten, und gestikulierte mit einer Zigarette in der Hand.

»Rick sagt, dass du auf seinen Brief nicht geantwortet hast.«

Kate richtete ihren Blick wieder auf Harvey. »Ich bin eben ständig unterwegs.«

»Er macht sich Sorgen um dich. Wie wir anderen auch.« Harvey runzelte die Stirn. »Jobs sind übrigens nicht nur für Frauen rar. Es gibt Journalisten, die bereit sind, bei Zeitungen ober beim Rundfunk in der Telefonzentrale zu arbeiten oder als Boten.«

»Ich möchte weder das eine noch das andere«, sagte Kate.

»Warum auch, du bist eine großartige Journalistin.«

»Wie großartig könnte ich erst sein, wenn ich ein Mann wäre.«

Der Nachtisch wurde gebracht. Reispudding für Harvey, Weizentorte mit Ahornsirup für Kate.

Kate griff nach ihrer Gabel und stocherte in ihrem Kuchen. »Die Frauen, die es geschafft haben, in einem Rundfunksender unterzukommen, arbeiten irgendwo im Hintergrund.« Sie nahm einen Bissen. »Sie bekommen die Jobs, denen das Prestige des Rundfunkreporters fehlt.«

Harvey schwieg und widmete sich seinem Pudding.

Plötzlich ließ er seinen Löffel sinken. »Warum sprichst du Hilary Winthrop bei WNYR nicht an?«

»Hilary Winthrop?« Kate lachte auf. »Und wie soll ich an die herankommen?« Die Frau war eine Rundfunklegende. Anfang der

Dreißigerjahre hatte sie als Mädchen für alles bei einem kleinen Sender begonnen und sich langsam, aber sicher hochgearbeitet. Zu guter Letzt hatte sie es zum New York Radio – oder WNYR – geschafft, leitete dort das Programm für Frauen. Eine knallharte Frau, wie es hieß.

Harvey lächelte aufmunternd. »Schreib ihr. Sag ihr, was du bisher gemacht hat. Ich bin sicher, dass sie zumindest mit dir reden wird.«

»Wenn du meinst.« Kate schleckte einen Tropfen Ahornsirup von ihrer Gabel. »Einen Versuch ist es wert.«

*

Eine Woche später saß Kate in einem Vorzimmer von WNYR im Rockefeller Center und wartete darauf, dass Hilary Winthrop sie in ihr Büro rief.

Schließlich wurde sie von einer Sekretärin in das Büro geführt. Hilary Winthrop – eine schlanke, hochgewachsene Frau mit ergrauendem dunklem Haar – begrüßte Kate mit festem Händedruck und bat sie, Platz zu nehmen.

»Ich hatte schon vor Ihrem Schreiben von Ihnen gehört«, sagte sie und rückte ihre Brille zurecht.

Kate registrierte, dass Miss Winthrops graue Kostümjacke wie die Anzugsjacke eines Mannes geschnitten war. »Ihr Beitrag über Göring auf CBS war gut. Und vor Ihrem Einsatz in Europa hatten Sie schon ein wenig für andere Rundfunksender gearbeitet, nicht wahr?«

Kate spürte, wie sich ihre Anspannung löste. Miss Winthrop hatte Erkundigungen eingezogen, das bedeutete doch, dass Kate ihr Interesse geweckt hatte, oder? »Ja, für kleinere, unabhängige Sender in Washington. Ich war gut beschäftigt, auch wenn es immer freiberufliche Arbeit war.«

Miss Winthrop holte die Bewerbungsunterlagen hervor, die Kate ihr geschickt hatte, und überflog sie noch einmal. »Ihre Hauptfächer an der New York University waren Geschichte und Politologie. Ihre Beiträge für Western News Union haben sich ganz ordentlich verkauft. Sie haben Interesse an Außenpolitik. Sehr schön.«

Kate atmete auf. Wie gut es tat, dass sich jemand für das, was sie getan hatte, interessierte, sich sogar lobend darüber äußerte, statt ihr ein nichtssagendes Ablehnungsschreiben zu senden. Sie hatte schon befürchtet, dazu würde es nie mehr kommen.

»Geschichte und Politik interessieren mich leidenschaftlich«, sagte sie. »Darüber habe ich geschrieben. Und dann kam mein Einsatz in Europa.«

»Verstehe.« Miss Winthrop setzte ihre Brille ab. »Ich helfe Frauen gern, das ist allseits bekannt. Wahrscheinlich haben Sie mich deshalb kontaktiert. Ich ermutige junge Frauen sogar, für den Rundfunk zu arbeiten.«

»Sie wurden mir von einem Freund empfohlen«, entgegnete Kate. »Sein Name ist Harvey Milton. Und ich danke Ihnen für die Einladung. Mein Problem ist, dass die Sender zurzeit nicht bereit sind, Frauen einzustellen.«

Miss Winthrop ging darüber hinweg. »Bei der Rundfunkarbeit ist es wichtig, dass man seine Hörerschaft respektiert. Ich achte die Menschen, die für mich arbeiten, und die, die mir zuhören, in gleichem Maß. Für mich besteht meine Hörerschaft aus intelligenten Menschen, die sich für das Weltgeschehen interessieren.«

Kate nickte. »Ich finde, die moderne Frau sollte Nachrichten und politische Berichte auch von Sprecherinnen und Kommentatorinnen hören können. Eines Tages sind dann vielleicht auch Männer bereit, Frauen in diesen Rollen zu akzeptieren.«

Miss Winthrop begann, mit einem silbernen Stift zu spielen. Ihr Blick verdüsterte sich. »Die Verantwortlichen in den Sendern haben nichts dagegen, das Talent und die Einsatzbereitschaft einer Frau zu nutzen, sind aber nicht gewillt, ihr die gleichen Jobs wie Männern zu geben oder sie wie Männer zu bezahlen.«

Kate schwieg.

Miss Winthrop sprach weiter. »In meiner erfolgreichsten Sendung *Die Welt der Frauen* interviewen wir berühmte Frauen aus aller Welt. In der Sendung *Tante Margaret* halten wir unsere Hörerinnen über die Veranstaltungen in New York auf dem Laufenden, berichten über Einrichtungs- und Modemessen und so weiter. In der Sendung *Cousine Jenny* geht es um Kochrezepte, die überall im Land großen Anklang finden. Auch das Kochbuch dieser Sendung findet reißenden Absatz.«

Kate wurde das Herz schwer.

»Hörspiele mache ich nicht, dafür haben wir eine gesonderte Abteilung und Schauspielerinnen, die die weiblichen Rollen sprechen. So etwas liegt mir auch gar nicht. Ich bevorzuge Sendungen, in denen der Horizont meiner Hörerinnen erweitert wird und die so interessant sind, dass das Publikum der Sendung treu bleibt.« Miss Winthrop legte den Stift ab und lehnte sich zurück. »An dem Tag, als Roosevelt starb, ist es mir gelungen, drei namhafte Frauen zu seinem Tod zu interviewen. Was glauben Sie, wie schwierig es war, sie zu finden.« Sie seufzte. »Die Verantwortlichen eines Senders zu überreden, Frauen als politische Reporterinnen einzustellen, ist also ein harter Kampf, Miss Mancini. Und im Moment ist er nicht zu gewinnen.«

Kate schluckte enttäuscht. Sie hatte sich bereits von der Vorstellung verabschiedet, längere, analytische Artikel schreiben zu können. Sollte sie nun auch auf politische Beiträge verzichten?

Nein.

»Ich weiß, was es heißt, in einer Männerwelt zu arbeiten und sich die Karriereleiter hochzukämpfen«, sprach Miss Winthrop weiter. »Mein Interesse am Rundfunk und mein Glaube an dessen Zukunft halten mich bei der Stange, sonst hätte ich längst aufgegeben. Um fünf Uhr morgens stehe ich auf, arbeite vor dem Frühstück zwei bis drei Stunden, indem ich konzentriert Radiosendungen höre oder eine eigene Sendung vorbereite. Danach beginnt der eigentliche Arbeitstag hier im Büro. Darüber hinaus bin ich in mehreren Aufsichtsräten tätig.«

»Sie arbeiten also doppelt so viel wie ein Mann«, sagte Kate.

Miss Winthrop lächelte. »Das wollte ich damit sagen.« Sie zuckte mit den Schultern. »Ich muss abends nicht zu einem Ehemann zurückkehren, der Essen und einen ordentlich geführten Haushalt erwartet, nur deshalb ist mir dieser Einsatz möglich.« Sie betrachtete Kate abwägend, bevor sie fortfuhr. »Ein Familienleben *und* eine Karriere wären nicht zu schaffen.«

»Das ist mir bewusst«, sagte Kate und sah Miss Winthrop fest an.

»Auf freiberuflicher Ebene könnte ich Ihnen Arbeit anbieten, eine Festanstellung bekäme ich nicht durch. Sie würden für unser weibliches Publikum berichten. Über Frauenthemen, Modenschauen und Ähnliches.«

Kate rutschte das Herz in die Hose, doch sie bemühte sich um eine interessierte Miene und rang sich ein Lächeln ab. »Das wäre für mich eine großartige Gelegenheit.« Im Geist sah sie ihre Kontoauszüge, die ihr dringend dazu rieten, bald Arbeit zu finden. »Und natürlich würde ich bei Ihnen sehr viel lernen. Daher danke ich Ihnen für Ihr Angebot und nehme es gern an.«

»Als Erstes würden Sie über ein Diskussionsforum berichten. Das Thema lautet ›Wie bekomme ich einen Ehemann?‹« Miss Winthrops Blick schien nun eine Herausforderung zu enthalten.

Das darf nicht wahr sein, dachte Kate. In welchen Zeiten leben wir denn? »Das übernehme ich.«

Miss Winthrop überreichte Kate ein Blatt Papier. »Da finden Sie alle Angaben, die Sie brauchen.«

Das Treffen war offenbar beendet. Kate griff nach ihrer Handtasche, stand auf und strich ihren Kostümrock glatt.

»Ich werde versuchen, Sie auch in anderen Bereichen unterzubringen«, schloss Miss Winthrop. »Doch für den Moment rate ich Ihnen, sich mit den Realitäten abzufinden. Seit Kriegsende sind Jobs für Frauen rar, nicht nur in unserem Metier, sondern überall.«

Kate bedankte sich noch einmal und verschwand.

Auf dem Rückweg die Sixth Avenue hinunter befahl sie sich, sich nicht dem Selbstmitleid zu überlassen. Auch den Gedanken an die Jobs, die Rick und Harvey ergattert hatten, verdrängte sie mit aller Kraft. Sie hatte Glück gehabt, oder? Und der Auftrag war besser als nichts. Besser als das, was die Menschen hatten, die sie in Europa gesehen hatte.

KAPITEL 10

Bianca

New York, Mai 1946

Mit kritischem Blick begutachtete Bianca den grauen Anzug, den ihr Mann trug. Er saß perfekt. Sie reichte Marshall die Tüte mit dem Lunch, den sie für ihn bereitet hatte: ein Sandwich, belegt mit Corned Beef und dünnen Scheiben einer Gewürzgurke, dazu ein Stück des Kirschkuchens, den sie gebacken hatte, und die Flasche Eistee. Marshall gab ihr einen Kuss.

»Bis heute Abend, Schatz.«

Er öffnete die Haustür und nahm die Treppe zu ihrem gepflegten Vorgarten.

Bevor er über den Weg zur Garage verschwand, rief Bianca: »Spute dich oder ich zerre dich wieder ins Schlafzimmer.«

Marshall drehte sich lachend zu ihr um.

Bianca klimperte mit den Wimpern.

Sie sah ihrem Mann nach, als er die Straße hinunterfuhr, dann trat sie zurück und schloss die Tür.

Sie wohnte in Forest Hills Gardens in Queens, einer perfekten Gegend, deren Häuser im Tudor-Stil errichtet waren. Sie hatte einen perfekten Ehemann und war die perfekte Ehefrau. Seit dem Tag, an dem ihre Familie auseinandergebrochen war, hatte sie von einem Leben wie diesem geträumt. Davor hatte sie andere Träume gehabt, da hatte sie wie ihre Schwester Kate sein wollen, die sie als kleines Mädchen vergöttert hatte.

Doch dann hatte ihr Vater Kate eine Zeitung besorgen wollen, die sie angeblich brauchte. Auf dem Weg war er von einem Auto überfahren worden.

Zuerst war sie unendlich traurig gewesen, doch dann war der Zorn auf ihre Schwester aufgeflammt und hatte sich in einem Maß gesteigert, das sie nie für möglich gehalten hatte. Auch ihr Verdacht, ihr Vater habe Kate mehr geliebt, hatte dabei eine Rolle gespielt. Er hatte Kates Intelligenz bewundert, ebenso wie sie es getan hatte.

Seine Liebe zu Kate hatte zu seinem Tod geführt. An jenem Tag erlosch das Licht der Familie. Nun gab es niemanden mehr, der Bianca zum Lachen brachte.

Wie schrecklich sie Kate angeschrien, ihr die Schuld gegeben hatte. Sie hatten sich nie versöhnt. Irgendwann hatte sie den Kontakt zu ihrer Schwester abgebrochen.

Doch Kate hatte immer wieder versucht, auf sie zuzugehen. Als sie ihre Stelle als Lehrerin bekam, hatte Kate ihr geschrieben und sie beglückwünscht. Als sie heiratete, war Kate im zerstörten Europa unterwegs, aber irgendwie hatte sie es geschafft, Bianca ein Glückwunschtelegramm zu schicken. Im ersten Moment hatte Bianca sich darüber gefreut, dann hatte sich in ihr eine Stimme geregt und geflüstert, dass ihre Schwester nur der Form genügt und die Glückwünsche nicht ernst gemeint hatte.

Ihrem Mann war sie kurz nach Kriegsende begegnet, und schon bald hatte sie das Gefühl gehabt, dass sie ihm vertrauen konnte und er sie immer lieben würde. Auch würde er nie aus dem Haus stürzen, um jemandem einen Gefallen zu tun, so kopflos war er nicht. Dennoch befiel sie morgens, wenn er das Haus verließ, stets die Angst, ihm könnte etwas zustoßen.

Kate und Marshall waren sich nie begegnet. Das war gut, denn so konnte er sie nicht mit ihrer Schwester vergleichen, konnte Kate nicht interessanter als seine Ehefrau finden.

Bianca ging in die Küche und begann, dort aufzuräumen. Sie erinnerte sich an die Kriegspropaganda, mit der Frauen ermuntert worden waren, in Fabriken und Büros zu arbeiten. Nach dem Krieg kam die Kehrtwende. Nun wurde Frauen geraten, ein schönes, sauberes Heim zu schaffen, zu kochen und zu backen, Kinder zu bekommen und ihrem Ehemann abends ein schmackhaftes Essen zu servieren. Bianca hatte geahnt, was das für arbeitswillige Frauen bedeutete.

Wenig später hatte sie Marshall Green bei einem Tanzabend getroffen. Er war einen Kopf größer als die anderen Männer in seiner Gruppe, mit blondem Haar und blauen Augen. Ein gut aufgelegter Mann, der die Erinnerungen an den Krieg offenbar hinter sich gelassen hatte. Einer der aussah, als wüsste er, was er wollte.

Er hatte sie zum Tanz aufgefordert und dann den ganzen Abend nur mit ihr getanzt. Zwischendurch spendierte er ihr zwei Gläser Fruchtpunsch, und zum Schluss orderte er ein Taxi, um sie nach Hause zu bringen.

Damals arbeitete sie noch als Lehrerin in einer Grundschule. Mit großen Augen bestaunten die Kinder ihrer Klasse die Blumensträuße, die für sie abgegeben wurden, sahen zu, wie sie errötend die Begleitkarten las.

Dann und wann erzählte ihre Mutter ihr von den Briefen, die Kate aus Gegenden schickte, in denen bis 1945 gekämpft worden war – aus der Normandie, Sizilien, Rom, Krakau, Weißrussland, Berlin. Bianca hörte ihr kaum zu, sie war damit beschäftigt, Brautmagazine zu studieren.

Inzwischen waren diese von Frauenzeitschriften abgelöst worden, die überall im Haus verstreut lagen. Doch manchmal, wenn Bianca sie ordnete oder in den kurzen Pausen zwischen Putzen, Kochen und Einkaufen die zahlreichen Haushaltstipps darin las, fragte sie sich, ob sie etwas beweisen wollte. Vielleicht dass sie etwas konnte, was Kate nicht konnte? Doch jedes Mal schob sie diese Gedanken rasch wieder fort.

Von der Küche ging sie ins Wohnzimmer, zupfte einen Fussel vom hellgrünen Teppichboden, prüfte, ob alles so war, wie es sein sollte – die rauchgraue Tapete mit dem weißen Blumenmuster, die Schrankwand aus Mahagoni, die schneeweißen Gardinen mit den Rüschen. Dem Wohnzimmer schloss sich das Esszimmer an, von dort aus trat man hinaus in den rückwärtigen Garten.

Marshalls Eltern besaßen eine Dekorationsfirma, so dass Bianca stets die Möglichkeit besaß, ihrem Haus den neuesten Touch zu verleihen.

An diesem Morgen war sie jedoch nervös, denn Florence, ihre Schwiegermutter, und ihre Schwägerin Patricia würden auf eine Tasse Kaffee vorbeikommen. Ihre Schwiegermutter wohnte nicht weit entfernt in einem Haus im Kolonialstil, das überaus elegant eingerichtet war, mit antiken Möbeln, Seidentapeten und schweren Teppichen. Zudem zählte die Familie Green zu den alteingesessenen Familien von Queens, sie kannte jeden und jeder kannte sie.

Für Bianca waren sowohl Florence als auch Patricia Vorbilder, und das Leben, das Patricia führte, war das, was Bianca ersehnte: Kaffee oder Lunch mit wohlhabenden, modisch gekleideten jungen Müttern, Partys, Tennis, Gymnastikkurse, Spielnachmittage mit den kleinen Kindern.

Bisher hatte Bianca vergeblich auf eine Einladung zu einem der Lunchs gewartet.

Doch sie sprach sich Mut zu und hoffte, dass die Einladungen bald kommen würden.

Bianca warf einen Blick auf ihre Armbanduhr, kehrte in die Küche zurück und band sich die geblümte Schürze um. Seit sie verheiratet war, trug sie den ganzen Tag lang eine Schürze, legte sie erst ab, wenn sie wusste, dass Marshall jeden Moment nach Hause kommen würde. Hätte er sie jemals mit Schürze erblickt, wäre sie vor Scham im Erdboden versunken.

Sie sah sich kritisch um, doch nirgendwo waren mehr Reste des Frühstücks zu erkennen, das sie wie jeden Morgen für ihren Mann vorbereitete: Obst, Weizenflocken, Spiegeleier, Toast, Marmelade, Kaffee und Milch.

Seit drei Monaten war sie nun verheiratet und freute sich morgens auf den Moment, wenn Marshall frisch geduscht, schick gekleidet und nach Rasierwasser duftend erschien, ihr einen Kuss gab und sich am gedeckten Frühstückstisch niederließ.

Sie räumte die Pflanze, mit der sie den Frühstückstisch dekoriert hatte, auf die Fensterbank, legte die Platzdecken zurück in den Schrank und wischte noch einmal über den Küchentisch.

*

Pünktlich zur vereinbarten Zeit hörte Bianca, dass der Türklopfer an der Haustür betätigt wurde.

Draußen standen ihre Gäste.

Florence trug einen mit weißen Seidenrosen verzierten Strohhut, ein leichtes schwarzes Kostüm, darunter eine weiße Rüschenbluse. Der Kostümrock bedeckte die Knie und war ausgestellt, wie es die weiche Linie der Nachkriegszeit verlangte. Eine Fuchsstola lag über ihrem Arm. Sie hauchte Bianca einen Kuss auf die Wange und trat an ihr vorbei in den Flur.

Patricia folgte ihr, begrüßte Bianca ebenfalls mit einem Wangenkuss und streifte ihre weißen Handschuhe ab, die sie Bianca reichte, als wäre sie eine Dienstbotin. Sie trug ein rosafarbenes, weiß paspeliertes Kostüm. Auch ihr Rock umspielte ihre Knie. Das blonde Haar hatte sie zu einem Nackenknoten zusammengefasst.

Ungebeten betraten die beiden Frauen das Wohnzimmer, wo die spitzen Absätze ihrer Stöckelschuhe in dem weichen Teppich Vertiefungen hinterließen.

Einen Moment lang starrte Bianca ihnen nach. Ihr Blick fiel auf den schmalen Fuchskopf an der Stola ihrer Schwiegermutter, die beiden Glasaugen, die sie ihrerseits anstarrten.

Sie legte die Handschuhe auf dem Garderobentischchen ab und vergewisserte sich noch einmal, dass alles im Flur blitzblank war. Jede Ecke hatte sie geputzt, sogar die Eingangstreppe geschrubbt. Wie sagte ihre Schwiegermutter immer? Eine ordentliche Hausfrau erkenne man bereits am Zustand ihrer Eingangstreppe.

»Was darf ich euch anbieten?«, fragte sie. »Kaffee, Tee, Eistee?« Wie aufgeregt und hoch ihre Stimme plötzlich klang.

Die Damen wünschten Eistee.

Bianca hastete in die Küche, füllte einen Krug mit dem frisch zubereiteten Eistee, gab in Eiswürfeln gefrorene Kirschen und kleine Zweige Minze hinzu, stellte ihn zusammen mit Gläsern, Servietten und Untersetzern auf ein Tablett und eilte ins Wohnzimmer.

Beim Ausschenken verschüttete sie ein paar Tropfen, tupfte sie rasch mit einer Serviette ab. Die gefüllten Gläser platzierte sie auf den Untersetzern und wünschte, Patricia oder Florence würden etwas sagen, statt sie stumm zu beobachten.

»Danke«, sagte Patricia.

Die Kekse! Bianca rannte zurück in die Küche, kehrte mit einem Teller ihrer selbst gebackenen Kekse zurück. »Selbst gemacht. Den Teig friere ich immer ein«, plapperte sie drauflos – noch immer mit dieser entsetzlich hohen Stimme –, »und dann trenne ich nur die Menge ab, die ich brauche. Und die backe ich dann.«

»Dazu kann ich nichts sagen«, erklärte Patricia. »Bei mir backt meine Haushälterin.«

Bianca spürte die Hitze, die ihr ins Gesicht schoss.

»Wann kommt eigentlich deine Schwester zurück?«, fragte Florence. »Als Kriegsberichterstatterin wird sie ja nicht mehr arbeiten.«

Seit wann interessierte Florence sich für Kate?

»War sie zuletzt nicht in der Schweiz?«

In der Schweiz? Wie kam Florence denn auf die Idee?

Bianca erinnerte sich an den letzten Brief, den Kate aus Deutschland geschickt hatte. Ihre Mutter hatte ihn ihr vorgelesen. Kate hatte den Hunger in Deutschland beschrieben, die halb verfaulten Kartoffeln, die den Menschen dort mitunter als einzige Nahrung dienten. Den Mangel an Heizmaterial. Die Verzweiflung der Bevölkerung.

Bianca räusperte sich. »Meine Schwester war am Vierwaldstättersee«, log sie. »Mit Freunden. Sie sind in phantastischen Hotels abgestiegen.«

Ihre Schwiegermutter runzelte die Stirn. »Ich wundere mich, dass eine wohlerzogene Frau wie deine Schwester sich für diese Art Karriere entschieden hat und dann auch noch allein reist. Ich finde, so etwas schickt sich nicht.«

Bianca sah den Fuchs Hilfe suchend an, doch, wie ihr schien, verströmte auch er Missbilligung. Während sie nach den richtigen Worten suchte, sprach ihre Schwiegermutter weiter.

»Glücklicherweise ist mit solchen Ideen nun Schluss. Auf den Colleges für Frauen werden nur noch Fächer angeboten, die sich für Frauen ziemen. Was auch höchste Zeit wurde.« Sie sah zu ihrer Tochter hinüber. »Ich hätte Patricia nie erlaubt, allein nach Europa zu reisen. Und ganz gewiss nicht gleich nach dem Krieg.«

Nervös befingerte Bianca ihre Ohrringe. »Kate war nicht allein unterwegs, sondern mit einer Gruppe Journalisten.«

Florence ging darüber hinweg. »Kunst, Handarbeiten, das Arrangement von Blumen, das sind Themen, mit denen sich eine Frau beschäftigen sollte. Ich bin sicher, deine Mutter würde sich meiner Meinung anschließen.«

Florence faltete ihre manikürten Hände im Schoß und blickte Bianca abwartend an, die rasch nickte.

Mit dem Kopf deutete Florence auf ihre Tochter. »Patricia stellt wunderbare Blumenarrangements zusammen. So etwas betrachte ich als Kunst.« Sie nahm einen Keks. »Gut, dass Frauen nun wieder feminine Kleidung tragen, wie Frauen aussehen und sich wie solche benehmen. Auch wieder Kinder in die Welt setzen.«

Also möchte sie, dass ich schwanger werde, dachte Bianca. Vielleicht war sie es schon. Hatte sie sich vorhin nicht gewundert, warum ihr Kleid in der Taille so eng saß? Zudem war ihr seit Kurzem morgens übel. Ob Florence sie endlich akzeptieren würde, sollte sie tatsächlich schwanger sein?

Patricia warf einen Blick auf ihre Armbanduhr. An ihre Mutter gewandt sagte sie: »Wenn wir uns vor dem Lunch umziehen wollen, müssen wir langsam los.«

Bianca sah ihre Schwägerin bestürzt an. Sie waren doch gerade erst gekommen. Sie dachte an Marshalls Bitte, dass sie auf seine Mutter und seine Schwester zugehen solle. Noch am Vorabend hatte er betont, dass sie versuchen müsse, in deren Kreise aufgenommen zu werden. Bianca hatte die Botschaft verstanden. Um Marshall zufriedenzustellen, musste sie dafür sorgen, dass sie von seiner Familie akzeptiert und zu gesellschaftlichen Anlässen eingeladen wurde. Weder das eine noch das andere war bisher geschehen.

Für einen Moment schloss Bianca die Augen.

»Die Familie hat für mich oberste Priorität, Bianca. Und ich schütze meine Familie vor schädlichen Einflüssen«, sagte Florence, ihre Stimme war kühl.

Schädliche Einflüsse? Ob sie damit gemeint war? Bianca fiel in sich zusammen.

Florence und Patricia standen auf. Ihren Eistee hatten sie nicht angerührt.

Im Flur fragte Patricia: »Wo sind meine Handschuhe?«

Bianca überreichte sie ihr. Patricia bedankte sich nicht, schenkte Bianca nicht einmal einen Blick, sondern wandte sich zur Tür.

Florence zupfte ihre Fuchsstola zurecht. »Vielen Dank für die Einladung, Bianca.«

Bianca öffnete den beiden Frauen die Haustür. Ohne ein Wort des Abschieds stiegen sie die Treppe hinunter und durchquerten den Vorgarten in Richtung Straße.

Benommen sah Bianca ihnen nach, spürte die aufsteigenden Tränen und wünschte, ihre Mutter wohnte um die Ecke. Wie gerne wäre sie jetzt zu ihr gelaufen und hätte sich trösten lassen.

KAPITEL 11

Bianca

New York, Mai 1946

Abends im Bett schmiegte Bianca sich an Marshall und dachte daran, wie sie die Wohnung geputzt hatte, um sich nach dem Besuch ihrer Schwiegermutter und ihrer Schwägerin abzureagieren. Als sie sich einigermaßen beruhigt hatte, war es Zeit gewesen, das Abendessen vorzubereiten – ein Schinkenkäseauflauf mit grünen Bohnen und zum Nachtisch Vanillepudding, verziert mit einem Klecks Konfitüre. Den Nachtisch bereitete sie aus Puddingpulver zu, das mochte Marshall am liebsten.

Ihre Ehe und die Arbeit im Haushalt waren alles, was sie hatte. Sie dachte an das Foto in ihrer Nachttischschublade. Am Nachmittag hatte sie es in ihrer Verzweiflung hervorgeholt und sich angeschaut. Kate, sie und Natalia Morelli, ihre Freundin aus Kindertagen, waren darauf zu sehen, drei Mädchen, die sich im Gemüsegarten zu Hause sonnten, drüben in Greenwich Village. Und dann hatte sie angefangen zu weinen.

Sie war einsam, warum sollte sie es nicht zugeben. Sie hatte sich bemüht, in Forest Hills akzeptiert zu werden, hatte getan, was von ihr erwartet wurde, dennoch wurde sie ignoriert.

Warum trafen die jungen Frauen in ihrer Gegend sich immerzu ohne sie?

Sie kannte die Antwort bereits. Sie wurde gemieden, weil sie aus einer Familie italienischer Einwanderer stammte.

Sie hatte ein zweites Foto hervorgeholt. Darauf waren wieder sie, Kate und Natalia abgebildet, diesmal zusammen mit Tom Morelli, Natalias Bruder. In ihn waren alle Mädchen verschossen gewesen. In ihrer Teenagerzeit hatten Kate und sie den Lippenstift ihrer Mutter genommen und sich die Lippen dick angemalt, wenn sie die Morellis besuchten, immer in der Hoffnung, Tom wäre auch da und würde sie mit ihren knallroten Lippen begehrenswert finden. Das war natürlich vor dem Tod ihres Vaters gewesen.

Dann war Amerika in den Krieg eingetreten und Tom hatte in Italien gekämpft. Nach seiner Rückkehr hatte er eine Köchin geheiratet. Ob diese Frau wusste, was für ein Glückspilz sie war?

Und nun war Bianca Hausfrau in Forest Hills Gardens und führte ein Leben, das Kate vermutlich verachtete. Natalia arbeitete im Albertina's Deli, dem Feinkostgeschäft ihres Bruders, und hatte nicht vor zu heiraten.

Ende gut, alles gut, das hatte ihr Vater immer gesagt. Bianca wünschte sich so sehr, dass er recht behalten würde.

Sie löste sich von Marshall, drehte sich auf den Rücken und starrte in die Dunkelheit. Wie ruhig es hier war. Zu Hause im Village hörte man die Radios aus den Nachbarwohnungen, Geplauder und Gelächter. Dort musste man sich nicht einsam fühlen.

Bianca legte eine Hand auf ihren Bauch. Was, wenn sie tatsächlich schwanger wäre? Mit einem Kind würde sie nicht mehr einsam sein. Und jeder würde sie lieben. Auch Marshalls Familie.

Sie richtete sich auf. »Marshall.«

»Was ist, Schatz?«

Sie drehte sich zu ihm herum und stützte sich auf den Ellbogen. »Du weißt, dass es mein Traum ist, Kinder zu haben?«

»Ja.«

»Vielleicht bin ich diesem Traum einen Schritt näher gekommen.«

»Hm«, machte er schläfrig.

»Ich glaube, wir bekommen ein Kind.«

Für einen Moment schwieg er, dann wandte er sich zu ihr um. »Bist du dir sicher?«

Bianca strich ihm über die Wange. »Würdest du dich darüber freuen?«

Er lächelte. »Ja, natürlich. Auch wenn ich nicht so früh damit gerechnet habe.«

Bianca lachte leise. »Weißt du, dass nun auch die Regierung möchte, dass Frauen zu Hause bleiben und Kinder kriegen?«

Marshall zog sie an sich. »In dem Fall hat die Regierung recht.« Mit einer Fingerspitze fuhr er über ihr Schlüsselbein. Dann küsste er sie. »Komm«, murmelte er an ihrem Mund und streifte ihr die Träger des Nachthemds ab.

Bianca schloss die Augen und gab sich der Umarmung ihres Mannes hin.

*

Als Bianca am Samstagmorgen die Praxis ihres Frauenarztes verließ und ein paar Schritte gegangen war, blieb sie plötzlich stehen. Bei dem Gedanken, in ihr leeres, stilles Haus zurückzukehren, zog sich ihr Magen zusammen. Sie schlug die entgegengesetzte Richtung ein und lief zur U-Bahn, die sie nach Greenwich Village bringen würde. Dabei dachte sie an die gemütliche Wohnung ihrer Mutter, die wunderbaren italienischen Gerichte, die sie kochte und die alle hundertmal besser schmeckten als die modernen amerikanischen Mahlzeiten, die sie für Marshall zubereitete.

An der Station Washington Square stieg sie aus, lief die MacDougal Street mit ihren roten Reihenhäusern aus Backstein entlang. Überall waren die Fenster geöffnet, auf den Fensterbänken wurden Betten gelüftet und Wäsche getrocknet. Aus anderen Fenstern lehnten Frauen und plauderten mit ihren Nachbarinnen. Auch Gesang war zu hören.

Vor dem Haus, in dem sie aufgewachsen war, setzte Bianca eine fröhliche Miene auf und öffnete die Haustür mit der abblätternden Farbe. Sie durchquerte den schmalen Flur.

Dann schloss sie die Wohnungstür auf und rief nach ihrer Mutter. Keine Antwort. Sie betrat die Küche, wo ihre Mutter um die Uhrzeit normalerweise dabei war zu kochen. Doch in der Küche war niemand, es lag auch weder ein aufgeschlagenes Kochbuch auf dem Küchentisch noch ein Sträußchen der Küchenkräuter, die ihre Mutter in ihrem Garten zog.

Enttäuscht schnupperte Bianca. Ihre Mutter hatte nicht gekocht, sonst hätte sie zumindest Knoblauch gerochen. Dabei hatte sie nicht nur auf Pasta, sondern auch auf Cannoli gehofft, die köstlichen Teigrollen, die ihre Mutter mit gesüßtem Ricotta füllte und frittierte.

Sie blickte aus dem Küchenfenster hinaus in den Hof und lächelte. Da waren sie – ihre Mutter und Gia Morelli, Natalias Mutter. Sie arbeiteten auf Knien in ihrem Gemüsegarten. Natalia und Elena, eine weitere Freundin aus Biancas Kindheit, saßen mit hochgeschobenen Röcken an der Hofmauer und bräunten ihre Beine in der Sonne. Kate war an diesem Tag glücklicherweise nicht zu Besuch gekommen.

Bianca legte Hut und Handschuhe ab. Sie erinnerte sich, wie Marshall, der ihr beides gekauft hatte, sie gebeten hatte, die alten Exemplare wegzuwerfen, die seien vielleicht für eine italienische Einwohnergegend passend gewesen, aber nicht mehr für die Forest Hills Gardens. Ihren Kleidern von früher war es ebenso ergangen, ihre Schwiegermutter hatte sie einfach zusammengerafft und einer Hilfsorganisation gespendet. Bianca hatte an den Kleidern gehangen. Die meisten hatte sie in den Kriegsjahren gemeinsam mit ihrer Mutter genäht, aus Stoffen, die sie irgendwo aufgetrieben hatte. Mitunter war es spätabends gewesen, an den Fenstern waren die Verdunklungsvorhänge zugezogen, im Radio lief entweder Musik oder ein Kriegsbericht aus Übersee.

Wie wenig diese kleine Wohnung ihr damals bedeutet hatte. Wie sehr sie sich gewünscht hatte, sie endlich hinter sich lassen zu können. Sie dachte an ihr Haus in Queens, das ihre Schwiegermutter eingerichtet hatte. Sie sei schließlich die Expertin, hatte sie erklärt. Bianca hatte nur genickt und es hingenommen. Immerzu hatte sie sich von Marshall und seiner Familie Vorschriften machen lassen und sich eingeredet, dass die Greens vornehmer waren und es besser wussten als sie selbst. Doch die Übelkeit, die sie an so vielen Tagen befiel, hatte nicht nur mit der Schwangerschaft zu tun, die der Arzt ihr bestätigt hatte, dessen war sie sicher.

Nun klopfte sie an die Fensterscheibe. Ihre Mutter fuhr herum, entdeckte sie am Fenster und machte große Augen. Bianca winkte ihr und warf ihr eine Kusshand zu.

Sie streifte ihre Pumps und die elegante Jacke ab und schlüpfte in ihre Gartenschuhe, die ihre Mutter noch im Besenschrank aufbewahrte. Dann zog sie eine alte Strickjacke ihrer Mutter über und verließ die Wohnung durch die Hintertür.

Natalia stürzte ihr entgegen und umarmte sie innig. Dann hielt sie Bianca ein Stück von sich fort und studierte ihr schmales Gesicht.

»Lieber Himmel, Bianca, du siehst aus, als bräuchtest du dringend eine Riesenportion Cassata. Was isst du denn? Nur Salat?«

Auch die anderen Frauen kamen und umarmten Bianca eine nach der anderen.

»Sie ist so bleich, als hätte sie ein Gespenst gesehen«, erklärte Elena stirnrunzelnd.

Biancas Mutter betrachtete ihre Tochter voller Sorge.

Gia begann laut zu überlegen, was Bianca fehlen könne.

Glücklich lauschte Bianca dem italienischen Akzent der Frauen, den offenen Vokalen, dem R, das an den Zähnen gerollt wurde. So hatte auch sie gesprochen, bevor sie Marshall kennenlernte.

Sie schluckte den Kloß hinunter, der sich in ihrem Hals gebildet hatte. »Macht euch keine Sorgen. Mir geht es blendend.«

Sie dachte an den Aufwand, der für ihre Hochzeit getrieben worden war, an ihr Leben als Marshalls Ehefrau, das sie sich damals ausgemalt hatte. Dieses Leben konnte sie nicht mehr ändern, sie konnte nur tun, als wäre es perfekt.

Mit einmal Mal spürte sie, wie hungrig sie war. Sie glaubte Pasta alla Norma zu riechen – Makkaroni mit Auberginen, Basilikum, Knoblauch, Tomaten und Ricotta. Das Gericht war eine Spezialität von Elenas Mutter. Vor ihrem inneren Auge tauchte ein Bild auf, wie sie früher beim Essen alle zusammengesessen hatten, auf dem Tisch frisch gebackenes italienisches Brot und Antipasti, große Schüsseln mit Pasta und Flaschen Wein.

»Einen kleinen Happen könnte ich vielleicht vertragen«, sagte sie.

»Ich hole dir Brioches und Granita«, sagte ihre Mutter und wischte sich die Hände an ihrer Schürze ab. »Du musst aufgepäppelt werden.« Sie verschwand im Haus.

Verlegen nahm Bianca die Blicke ihrer Freundinnen wahr, die ihr teures Kleid inspizierten.

Sie dachte, die meisten Frauen im Village würden alles dafür geben, eine so elegante Garderobe und ein so schönes Haus wie sie zu besitzen.

Es dauerte nicht lang, bis ihre Mutter mit einem hoch beladenen Tablett zurückkehrte. Die anderen Frauen rückten den schmiedeeisernen Tisch zurecht, den ein Mann aus der Nachbarschaft gefertigt hatte, legten eine rot-weiß karierte Tischdecke darauf und stellten Stühle darum.

Gierig beäugte Bianca die Zitronen-Granita, den Korb voller Brioches, die Kanne mit frischem Kaffee.

Sie hatte vergessen, dass Gia und ihre Mutter aus wenig viel machen konnten. Während des Kriegs waren diese Fähigkeiten erst recht zum Tragen gekommen.

Sie erinnerte sich an die Scham, die sie alle empfunden hatten, als Italien unter der faschistischen Regierung Mussolinis in den Krieg eingetreten war. Nach dem Krieg hatten viele von ihnen in Italien Familienmitglieder verloren, und auch von den Söhnen, die für Amerika gekämpft hatten, war eine große Anzahl gefallen.

Bianca überlegte, ob es auch an dieser Scham gelegen haben könnte, dass sie Marshall und seiner durch und durch amerikanischen Familie gestattet hatte, ihr das, was von ihrer italienischen Herkunft zeugte, auszutreiben. Einmal hatte sie gehört, wie Florence ihren Sohn bat, die Herkunft seiner Frau aus gesellschaftlichen Gründen in Queens totzuschweigen.

Wie hatte ihr diese Herkunft jemals peinlich sein können, fragte sich Bianca. Sie war schließlich ein Teil von ihr.

»Du siehst erschöpft aus«, sagte Natalia und taxierte Bianca erneut. »Geht es dir wirklich gut?«

»Wenn Bianca eine Tasse Kaffee getrunken und etwas gegessen hat, wird sie sich schon besser fühlen«, sagte Gia.

Bianca bestrich eine Brioche mit Butter und nahm einen Bissen des weichen, leicht gesüßten Gebäcks. Es schmeckte himmlisch. »Was für ein Genuss im Vergleich zu den Fleischgerichten, die ich Marshall jeden Tag vorsetzen muss. Und den schrecklichen Nachtischen aus Puddingpulver.« Sie versuchte, die Klage mit einem Lächeln abzumildern, war sich jedoch nicht sicher, ob es ihr gelang.

Ihre Mutter sah sie prüfend an.

Um sie zu beschwichtigen, sagte Bianca betont munter: »Ach übrigens, ich erwarte ein Baby.« Sie nahm einen Löffel Granita und ließ das Sorbet im Mund zergehen. »Ist das nicht wundervoll?«

»*Santa Madre di Dio*«, flüsterte ihre Mutter und drückte eine Hand auf ihre Brust. »Was für eine wunderschöne Nachricht, mein Schatz.«

»Glückwunsch«, sagte Elena strahlend. »Darf ich bitte Patentante werden?«

Natalia gratulierte Bianca mit einem dicken Schmatz auf die Wange. »Gut gemacht, Süße.«

Gia drückte Biancas Hand. »Ich freue mich für dich und deinen Mann.«

Bianca zupfte ein Stück Brioche ab, steckte es sich in den Mund und blickte zu den Sträuchern im Garten, deren Zweige sich sanft im Frühlingswind bewegten.

»Ich wünschte nur, du würdest näher bei uns wohnen«, sagte Biancas Mutter. »Erst recht während deiner Schwangerschaft.«

Bedrückt sagte sich Bianca, dass sie bald aufbrechen musste. Sie musste noch einkaufen, und das Essen musste auf dem Tisch stehen, bevor Marshall am frühen Abend vom Golfplatz zurückkehrte. Danach wäre er sicherlich müde und würde bald zu Bett gehen, so wie immer. Am nächsten Morgen würde sie mit ihm und seiner Familie den Sonntagsgottesdienst in der Episkopalkirche besuchen und anschließend zum Mittagessen zu ihren Schwiegereltern gehen, wo keiner mit ihr reden würde. Aber vielleicht würde es ihr gelingen, am Sonntagabend an einer katholischen Messe teilzunehmen.

»Unser Haus in Queens ist doch ideal für ein Kind«, sagte sie zu ihrer Mutter. »Auch wenn es nicht im Village liegt.«

»Natürlich ist es ein schönes Haus«, erwiderte ihre Mutter. »Ich hatte nur immer gehofft, meine Enkelkinder würden in meiner Nähe aufwachsen. Hier in unserem Kreis, wo sie sich aufgehoben fühlen können.«

Bianca zwang sich zu einem heiteren Lächeln. »Ich werde dich mit deinem Enkelkind oft besuchen kommen.«

Ihre Mutter wirkte skeptisch. »Marshalls Familie wohnt bei dir um die Ecke. Das Kind wird öfter dort als hier zu Besuch sein.«

Doch dann wurde ihr Blick liebevoll. »Aber die Hauptsache ist, dass du glücklich bist.«

Bianca schossen Tränen in die Augen.

Gia, die an Biancas Seite saß, strich ihr über den Rücken. »Mach dir keine Sorgen, Liebes. Alles wird gut.«

Würde es das wirklich? Bianca war sich dessen nicht so sicher. Und plötzlich wünschte sie, Kate wäre hier. Sie würde verstehen, wie sie sich fühlte, und sie fest und tröstend an sich drücken. Wäre es wieder wie früher, würde Kate sie in Queens besuchen und die Einzige sein, die mutig und klug genug wäre, bei Marshall und seinen Eltern für Bianca einzustehen. Sie würde ihr helfen, sich in ihrem perfekten Leben zu behaupten.

Doch dazu würde es nicht kommen. Sie hatte Kate zu viele schreckliche Dinge gesagt, die würde ihre Schwester ihr nie verzeihen.

KAPITEL 12

Kate

New York, Mai 1946

Kate lief die Sixth Avenue hinauf und bog zum Rockefeller Center ab. Dort angekommen, drückte sie die gläserne Eingangstür auf, nickte den Diensthabenden am Empfang einen Gruß zu und nahm den Aufzug in den vierten Stock, wo der Sender WNYR seine Räumlichkeiten hatte. In ihrer Aktentasche steckte ihr Bericht über den Hochzeitskongress, auf dem ledige Frauen erfahren hatten, wie man einen Ehemann fand.

Der Kongress hatte im Hotel Waldorf Astoria stattgefunden. Mit zusammengebissenen Zähnen hatte Kate das Panel verfolgt, bei dem den etwa hundert Besucherinnen erklärt wurde, dass es in Amerika rund 16 Millionen ledige Frauen über siebzehn Jahre gebe und die Zeiten, als man in Ruhe darauf habe warten können, dem Richtigen zu begegnen, beendet seien. Nun mussten junge Frauen sich auf die Suche nach einem Ehemann begeben und sich Strategien zurechtlegen, um ihr Ziel zu erreichen.

Wütend hatte Kate sich Notizen gemacht und den sogenannten Experten gelauscht – einem Arzt, dem Direktor einer Modelagentur, einer Frau, die von sich behauptete, glücklich verheiratet zu sein, einer Dame der Gesellschaft, dem Herausgeber einer Frauenzeitschrift, einem Ehekandidaten. Alle erteilten sie den Frauen im

Publikum Ratschläge, die sie mit dem Hinweis abrundeten, dass eine ehewillige Frau einem Mann nie zu verstehen geben dürfe, ihre berufliche Laufbahn sei ihr wichtiger als er.

Als Kate später in ihrer Wohnung ihren Beitrag tippte, wanderten ihre Gedanken unwillkürlich zu ihrer Schwester und dem ihr noch unbekannten Mann, den Bianca geheiratet hatte. Sie hatte sich so oft gewünscht, sie könnte einfach in die U-Bahn steigen, um sich mit Bianca zu treffen, sie in ihrem Haus besuchen, an ihrem Leben teilnehmen. Doch das wagte sie nicht, die harten Worte, die Bianca ihr nach dem Tod ihres Vaters ins Gesicht geschleudert hatte, waren noch nicht vergessen.

Und nun saß sie hier und schrieb für junge Frauen, die ein Leben wie das ihrer Schwester ersehnten, statt dass sie politische Beiträge verfasste, die ein männliches wie auch weibliches Publikum über das Geschehen in der Welt informierten.

Kate wartete am Empfang des Senders, einem modern gestalteten Raum mit niedrigen Sitzmöbeln und Glastischen, auf denen die aktuellen Tageszeitungen und Wochenzeitschriften auslagen.

Dann erschien Hilary Winthrop, mit der sie hier verabredet war. Sie schüttelte Kate die Hand und ließ ihren Blick über ihr schmal geschnittenes marineblaues Kostüm wandern.

Peinlich berührt nahm Kate wahr, dass Miss Winthrop ein ähnliches Kostüm trug. Vielleicht dachte sie nun, Kate wolle sie imitieren.

In der Nacht hatte Kate wieder von ihrer Zeit in Europa geträumt, hatte Ruinen und hungernde Menschen gesehen, darunter das kleine Mädchen, das sie wortlos angestarrt hatte. Einmal war sie wach geworden und hatte die Nachttischlampe angeknipst, um die

Traumbilder zu vertreiben. Als sie am Morgen aufstand, fühlte sie sich wie gerädert und brauchte eine starke Tasse Kaffee, um richtig zu sich zu kommen.

Sie schüttelte die Erinnerungen an Europa und ihre Alpträume ab und folgte Miss Winthrop über einen langen, holzvertäfelten Flur.

»Es hat Sie noch niemand herumgeführt. Das holen wir jetzt nach.«

»Vielen Dank, Miss Winthrop.«

»Bitten nennen Sie mich Hilary.«

»Gern.«

Die Türen, an denen sie vorbeikamen, waren geschlossen. Über einigen leuchtete die Schrift *Achtung, Aufnahme*. Kate registrierte die Fotos an den Wänden. Sie zeigten Reporter, Kommentatoren und Moderatoren ebenso wie Schauspieler und Schauspielerinnen, die bei Hörspielen mitgewirkt hatten.

Ein junger Mann mit Unterlagen auf einem Klemmbrett trat auf Hilary zu. Sie unterschrieb etwas und eilte weiter. »Der Rundfunk kennt keine Grenzen«, sagte sie zu Kate. »Alles, was in der Welt geschieht, erreicht nun jedes amerikanische Wohnzimmer.«

Kate wich einer Gruppe junger Anzugträger aus.

»In einem Schuppen in Pittsburgh hat dieser Sender begonnen«, fuhr Hilary fort. »Und jetzt sind wir hier, im Rockefeller Center.«

Sie öffnete die Tür zu einem Saal voller Stuhlreihen.

»Hier sitzt das Publikum, wenn wir unten eine Show aufnehmen.« Hilary deutete auf das tiefer liegende Studio, das hinter einer großen Glasscheibe zu sehen war. Es war unbesetzt, von der Decke hing ein einsames Mikrophon.

»Live senden wir von hier aus selten. Meistens geschieht das an einem Ort außerhalb New Yorks. Von dort aus werden die Sendungen hierher übertragen.«

Hilary schloss die Tür und lief weiter. Vor einer weiteren großen Glasscheibe blieb sie stehen, damit Kate einen Blick in den dahinterliegenden Kontrollraum werfen konnte. Zwei Männer saßen an den Schaltpulten.

»Das ist der Hauptkontrollraum«, erklärte Hilary. »Von hier werden die eingehenden Sendungen ausgestrahlt.«

Kate sah, wie sicher die Männer mit den Schalthebeln hantierten, und war beeindruckt.

Sie schauten in den nächsten Raum. Dieser war mit einer riesigen Wandtafel ausgestattet, auf der die Sendungen der Woche mit den jeweiligen Uhrzeiten notiert waren. Auch hier arbeiteten zwei Männer.

Dann traten sie in einen Besprechungsraum mit großem Tisch und Ledersesseln, auf einigen Plätzen befanden sich Unterlagen. Sie enthielten Themenvorschläge, erklärte Hilary, über deren Auswahl die Ressortleiter entschieden.

Als sie sich abwandten, öffnete sich die Tür. Drei Männer kamen herein.

Einer von ihnen war Harvey, der das gewohnte Lächeln aufsetzte, als er Kate erblickte.

Sie begrüßten einander. Bitte, besorg mir Aufträge, die interessanter sind als das, was mir bevorsteht, dachte Kate.

»Ach richtig«, sagte Hilary. »Mr. Milton hatte Sie mir empfohlen. Also kennen Sie sich schon. Mr. Milton ist gerade zum Leiter unseres Ressorts Nachrichten ernannt worden.«

»Glückwunsch«, sagte Kate.

»Miss Mancini und ich waren in einer Gruppe politischer Korrespondenten, die mehrere Monate lang aus dem Nachkriegseuropa berichtet haben«, erklärte Harvey. »Deshalb freue ich mich umso mehr, sie in unserem Sender begrüßen zu können.«

Die beiden anderen Männer ließen sich am Konferenztisch nieder. Kate hatten sie keines Blickes gewürdigt.

»An welchem Thema arbeitest du gerade?«, fragte Harvey.

»Ich habe einen Bericht über ...« Mehr brachte Kate nicht über die Lippen. Hilfesuchend drehte sie sich zu Hilary um.

»Miss Mancini wird für *Tante Margaret* berichten«, sagte Hilary. »Wir machen eine Reihe über Frauen nach dem Krieg.«

»Sehr schön«, sagte Harvey.

Kate schwieg vorsichtshalber.

»Ich erinnere mich, dass dich die Frauen auch in Europa interessiert haben. Und nun widmest du dich den Frauen in Amerika. Finde ich fabelhaft.«

Kate wollte ihm den Hals umdrehen.

»Ich freue mich schon auf den Moment, wenn Kate unseren Hörerinnen vorgestellt wird«, erklärte Hilary und wirkte aufrich tig.

»Perfekt.« Harvey lächelte Kate noch einmal zu. »Man sieht sich.« Er wandte sich ab.

Sie durfte die Gelegenheit nicht ungenutzt verstreichen lassen, musste es wenigstens versuchen. »Harvey!«, sagte Kate, schärfer und lauter als beabsichtigt.

Er drehte sich zu ihr um. Auch die beiden Männer am Tisch sahen Kate an, ebenso Hilary.

»Ich würde gern über die Sitzungen der Vereinten Nationen berichten«, sagte Kate. »In einer Sendung mit Hörerbeteiligung. Siehst du da eine Möglichkeit für mich?«

Sie spürte, wie Hilary sich versteifte.

Harvey seufzte. »Ich weiß, wie sehr du dich für politische Ereignisse interessierst, aber ...« Den Rest ließ er unausgesprochen.

Der ältere der beiden Männer am Tisch lachte. »Frauen setzen wir als Sprecherinnen in Hörspielen ein. Oder in Hilarys Sendungen. Joyce Jordan behandelt ebenfalls Frauenthemen. In ihrer letzten Sendung ging es um die Frage, ob Frauen in der Geschäftswelt bestehen können, ohne ihre Weiblichkeit einzubüßen. Das sind die einzigen Sendungen, die Frauen offenstehen.«

»Und Sarah McNillis, die als Großmutter fungiert, führt Interviews mit Hausfrauen«, ergänzte Hilary. »Über Hausfrauenthemen. Auch in der Sendung *Klatsch und Tratsch* arbeiten Frauen. Aber das ist alles.«

Kate blickte den Mann an, der gesprochen hatte. »Ich habe an der New York University Geschichte und Politologie studiert, war fast ein Jahr lang im Nachkriegseuropa als Reporterin im Einsatz. Davor habe ich in Washington drei Jahre lang freiberuflich für Rundfunkanstalten, Zeitungen und Western News Union gearbeitet. Wenn Sie hier im Sender eine passende Möglichkeit für mich sehen, wäre ich Ihnen dankbar.«

Der Mann griff nach den Unterlagen auf seinem Platz. »Ich hoffe, die Zusammenarbeit mit Hilary wird Ihnen Spaß machen. Die Männerthemen überlassen Sie bitte uns Männern. Oder glauben Sie, Sie könnten eine Sendung mit dem Thema ›Wissenschaft und Weltfrieden‹ zusammenstellen und dazu die Diskussion mit einem

Nobelpreisträger, einem Pulitzerpreisträger und dem Leiter des Wissenschaftsressorts der *Times* führen?«

»Das vielleicht noch nicht, aber ich könnte an der Vorbereitung der Sendung mitarbeiten. Genauso gut wie einer meiner männlichen Kollegen.«

Kate sah Harveys Stirnrunzeln. Das Lächeln war ihm offenbar vergangen.

»Ich dachte, ich hätte mich deutlich ausgedrückt«, sagte der ältere Mann ungehalten. »Aber ich kann es auch wiederholen: Für derartige Sendungen ziehen wir Frauen nicht in Betracht. Selbst wenn ich Ihnen die Arbeit zutrauen würde, unsere männlichen Hörer lehnen Frauen in politischen Sendungen ab. Bitte konzentrieren Sie sich auf Ihre Frauenthemen.«

Hilary öffnete die Tür und winkte Kate hinaus in den Flur.

Kate folgte ihr mit hochrotem Kopf. Wie es aussah, war sie von einer Kampfzone in die nächste geraten.

»Die Chefs unseres Senders sind leider sehr reizbar«, sagte Hilary leise. »Aber auch die Ressortleiter ziehen männliche Berichterstatter vor. Sie sind der Auffassung, dass es einer Frauenstimme an Autorität fehlt, und sowohl Männer als auch Frauen bei Nachrichten und politischen Informationssendungen die Stimme eines Mannes bevorzugen.« Sie zuckte mit den Schultern. »Das ist nun mal so.«

Kate schüttelte den Kopf. »Gewohnheiten lassen sich ändern. Oder gibt es eine höhere Gewalt, die die politische Berichterstattung nach Geschlechtern verteilt hat?«

Hilary lief weiter und gab ihr keine Antwort. Schließlich blieb sie vor einem Studio stehen.

»Da wären wir. *Tante Margaret* ist die beliebteste Frauensendung in New York. Willkommen in ihrem Aufnahmestudio.«

Tante Margaret war bereits da, eine Frau um die vierzig mit wachem Blick. Sie trug ein rotes Kleid mit schwarzem Lackgürtel. Das blonde, gelockte Haar reichte bis zu ihrem Kragen, den blauen Lidschatten hatte sie, wie Kate fand, im Übermaß aufgetragen. Kate begrüßte zuerst sie, dann den Tontechniker.

Von der Decke hingen zwei Mikrophone herab. Tante Margaret reichte Kate eins davon, dazu die überarbeitete Version des Texts, den Kate geschrieben hatte. Kate warf einen Blick darauf – und erkannte nichts davon wieder. Sie drehte sich zu Hilary um. »Einen Moment, das habe ich nicht …«

Doch Hilary war schon dabei, den Raum zu verlassen.

Tante Margaret setzte ihren Kopfhörer auf, reichte auch Kate einen. Der Tontechniker machte einen Soundcheck und bat Kate, dichter an das Mikrophon heranzutreten.

Dann waren sie auf Sendung. Tante Margaret stellte Kate der Hörerschaft vor und gab ihr das Zeichen, den Text zu lesen, den sie nicht geschrieben hatte und nie schreiben würde.

Über hundert hoffnungsvolle junge Frauen standen vor dem Waldorf Astoria Schlange, um Antworten auf die Frage zu erhalten, die jede ledige Frau in unserem Land umtreibt, nämlich, wie finde ich einen Ehemann.

Heiraten und Kinder bekommen, das ist die Glücksformel für eine Frau. Den Beweis haben wir auf dem Hochzeitskongress im Waldorf Astoria gesehen, der seit Kriegsende die meistbesuchte Veranstaltung in diesem Hotel war.

Auf dem Expertenpanel saßen ein Arzt, der Direktor einer Modelagentur, eine glücklich verheiratete Frau, eine Dame der Gesellschaft, der Herausgeber einer Frauenzeitschrift und einer der gefragtesten Junggesellen New Yorks. Das weibliche Publikum hing an ihren Lippen.

Während des Kriegs konnte es sein, dass schneidige junge Männer in Uniform junge Frauen im Sturm eroberten und ihnen dann bei einem Tanzabend, vor der Rückkehr an die Front, einen Heiratsantrag machten, doch diese Zeiten sind vorbei. Was also sollen unverheiratete Frauen heutzutage tun?

Die Panelteilnehmer machten ihnen deutlich, dass ihre Berufswahl bereits entscheidend sei. Anwaltsgehilfin, medizinisch-technische Assistentin, Krankenschwester, Stewardess zählen zu den Berufen, in denen Frauen die besten Heiratsaussichten besitzen. Darüber hinaus erteilten sie die folgenden Ratschläge: Suchen Sie sich auf der Fahrt zur Arbeit keinen Einzelplatz. Seien Sie mutig und setzen Sie sich zu einem Mann, der den Eindruck eines geeigneten Ehekandidaten erweckt. Seien Sie nett zu ihm, falls er sie anspricht, man kann nie wissen, was sich daraus ergibt. Fragen Sie Ihre Freundinnen und Freunde, ob es auf deren Arbeitsplatz alleinstehende Männer gibt. Wenn ja, lassen Sie sich mit diesen Männern bekannt machen oder finden Sie sich vor den Gebäuden ein, in denen sie arbeiten. Alternativ können Sie sich vor den Fachbereichen für Medizin oder Jura aufhalten, um dort künftige Ärzte oder Anwälte kennenzulernen. Auch Abendschulkurse bieten gute Gelegenheiten, dem Zukünftigen zu begegnen. Fragen Sie sich, ob die Mitbewohnerinnen ihres Apartments die richtigen sind, meiden Sie zurückgezogen lebende Frauen und Eigenbrötle-

rinnen. Sie brauchen Mitbewohnerinnen, die Sie zu Partys mitnehmen.

Wenn Sie den Mann Ihrer Träume gefunden haben, müssen Sie immer darauf achten, gut auszusehen. Fragen Sie ihn, welche Kleidung er an Ihnen bevorzugt, benutzen Sie das Parfum, das er liebt. Tragen Sie hochhackige Pumps. Achten Sie auf Ihre Gesundheit, und sprechen Sie nicht über Ihre körperlichen Schwächen. Männer mögen keine wehleidigen Frauen.

Das Wichtigste ist jedoch, dass ein Mann nie den Eindruck gewinnt, ihre berufliche Laufbahn könne Ihnen mehr als er bedeuten.

Das sind die Tipps, die wir heute für Sie haben, meine Damen. Nun drücke ich Ihnen die Daumen, dass Sie den Gesuchten bald finden. Und natürlich sollte es jemand sein, der Ihnen gefällt.

Nach der Aufnahme wusste Kate nicht, ob sie lachen oder weinen sollte.

Hilary kehrte zurück, um Kate abzuholen.

»Das haben Sie gut gemacht«, erklärte sie auf dem Weg zu ihrem Büro. Dort überreichte sie Kate einen Scheck. »Sie klingen natürlich und wirken charmant. Das ist für diese Sendung genau das Richtige. Ich bin sicher, Ihre Hörerinnen warten nun bereits auf Ihren nächsten Bericht.« Sie furchte die Stirn. »Ich glaube, ich habe sogar schon etwas für Sie.«

Kate versuchte zu lächeln. »Mein Bericht über die heiratswilligen Frauen ist stark redigiert worden. Von der Perspektive, die ich eingenommen hatte, war nichts mehr übrig.«

»Sie hatten eine sozialkritische Perspektive eingenommen, Kate. Die können wir uns in dieser Sendung nicht leisten.«

Kate seufzte. »Warum sollen Frauen außer an einem Mann, ihrem Haushalt und Kindern keine Interessen haben? In der Welt geschieht so viel, warum geht dieses Geschehen Frauen nichts an? Warum stellen wir das gängige Rollenbild nicht infrage? Warum sollen Frauen so klein gehalten werden? Glauben Sie nicht, dass Ihre Hörerinnen sich für die Nachkriegslage in Europa interessieren könnten? Für die politischen Ideologien und Wirtschaftssysteme, um deren Vorherrschaft dort zurzeit gekämpft wird, und wie der Ausgang dieses Machtkampfs den Rest der Welt beeinflussen wird?«

Hilary kramte in den Unterlagen auf ihrem Schreibtisch. »Ich kann Ihnen das Thema ›Frauenfrisuren im und nach dem Krieg‹ anbieten. Wenn Sie möchten, können Sie Hüte hinzunehmen.«

Kate sprach weiter. »Sollen politische Themen nur in Sendungen für Männer behandelt werden? Warum sollen sie Frauen vorenthalten werden?«

Erklär mir, warum Frauen sich nicht an der Diskussion um anstehende amerikanische Atomtests beteiligen dürfen, oder warum sie nichts über den chinesischen Bürgerkrieg erfahren dürfen. Das würde ich wirklich gern wissen, dachte Kate.

Hilary hob die Schultern. »Tut mir leid, Kate, aber politische Themen sind nicht Teil unseres Programms. Weitere Themen, die ich für Sie hätte, wären neue Frischhaltegefäße für Lebensmittel, die unter dem Namen Tupperware vertrieben werden. Und etwas Gewagteres, bei dem ich noch nicht weiß, wie unsere Hörerinnen darauf reagieren werden.«

»Und das wäre?«, fragte Kate resigniert.

»Ein neuer Badeanzug, der aus Frankreich kommt. Während des Kriegs sind die Badeanzüge kleiner geworden, was daran lag, dass

Stoff Mangelware war. Oftmals war es einfacher, aus unterschiedlichen Stoffen zweiteilige Badeanzüge herzustellen. Das, was nun aus Frankreich kommt, ist zweiteilig und lässt den Bauch frei.« Hilary verdrehte die Augen. »Typisch französisch.«

»Scheint mir auch so«, sagte Kate. Also keine Atomtests, Machtkämpfe und Bürgerkriege für sie. Stattdessen Frisuren, Hüte, Frischhaltegefäße und Badeanzüge.

»Hier sind die Stichpunkte für das Frisurenthema.« Hilary reichte Kate ein beschriebenes Blatt Papier.

Kate überflog die Seite und bedankte sich.

KAPITEL 13

Kate

New York, Mai 1946

Am Abend zog Kate eine bequeme alte Jeans und einen weiten Pullover an, setzte sich mit unterschlagenen Beinen und einem Becher Kräutertee auf ihr Bett und hörte Radio.

Zunächst verfolgte sie eine Sendung über den »Eisernen Vorhang« in Europa, ein Begriff, den der frühere britische Premierminister Winston Churchill bei einer Rede in Missouri geprägt hatte, als er über den Machtkampf zwischen sozialistischen und kapitalistischen Systemen gesprochen hatte und die Gefahren, die der sich ausweitende Einflussbereich der Sowjetunion sowohl für Osteuropa als auch die freie Welt beinhalte. Danach lauschte sie einer Diskussion über den Eisenbahnerstreik im Land, der den Verkehr stillgelegt und zahllose Pendler betroffen hatte. Über seine Auswirkungen auf die Wirtschaft, die so gravierend waren, dass Präsident Truman damit drohte, Streikbrecher einzusetzen und die streikenden Arbeiter zum Militärdienst zu verpflichten.

Erst gegen Mitternacht kleidete sie sich aus, schlüpfte unter die Bettdecke und fiel in einen unruhigen Schlaf.

*

Am nächsten Nachmittag recherchierte sie über die neuen zweiteiligen Badeanzüge aus Frankreich, die nach dem Atoll im Pazifik benannt worden waren, auf dem ihr Land, wie es hieß, Atomtests plante.

Auf dem Nachhauseweg kam ein böiger Wind auf, Kate musste ihren Hut in die Hand nehmen, um ihn nicht zu verlieren. Sie ließ sich die Informationen über den Bikini durch den Kopf gehen, die sie von einem Modedesigner, drei jungen Frauen, die diese Badeanzüge Kundinnen vorführten, und dem Leiter eines Kaufhauses erhalten hatte. Keine davon war wirklich interessant gewesen.

Plötzlich tippte jemand auf ihre Schulter. Sie fuhr herum und spürte das vertraute Kribbeln, das sie bei seinem Anblick durchzuckte.

»Kate«, sagte er und nahm den Hut ab, den er sich wegen des Winds tief in die Stirn gezogen hatte. Um seine braunen Augen, die so viel wahrnahmen, bildeten sich Lachfältchen, die jedoch gleich wieder verschwanden, als hätte er etwas auf dem Herzen.

Kate beschirmte ihre Augen gegen die Sonne. Mit halbem Ohr hörte sie den Verkehrslärm und die Stimmen vorbeilaufender Passanten, während ihr Gehirn fieberhaft nach einer Entschuldigung dafür suchte, dass sie im Moment keine Zeit für ihn habe.

»Tut mir leid, Rick, aber ich muss weiter. Bis morgen früh muss ich einen Bericht fertig haben.« Sie registrierte seine leichte Bräune. Anscheinend hatte er sich eine Zeit lang in der Frühlingssonne aufgehalten.

Einen Moment lang wirkte er enttäuscht, doch er fing sich sofort wieder. »Warte noch eine Sekunde, ich habe so oft versucht, dich zu erreichen. Harvey hat mir erzählt, dass du jetzt für WNYR arbeitest.«

»Richtig«, antwortete Kate knapp. »Und nun muss ich wirklich …«

Rick hielt sie fest. »Komm, ich lade dich zum Essen ein. Und dabei bringen wir einander auf den neuesten Stand. Danach hast du immer noch genug Zeit für deinen Bericht.«

Kate dachte an die Notizen über Bikinis, die sie sich gemacht hatte. Für den Bericht würde sie kaum länger als eine Stunde brauchen. »Ich weiß nicht, Rick, vielleicht ein andermal.«

Er seufzte. »Worüber musst du schreiben?«

Kate errötete, doch sie mochte ihn nicht belügen. »Ich habe die Wahl und kann entweder über Badeanzüge oder Frisuren schreiben. Oder ich drehe zu Hause den Gashahn auf und stecke meinen Kopf in den Ofen.«

Rick fasste ihren Arm. »Komm, lass uns wenigstens ein Glas trinken.«

Nur ein Glas, befahl sich Kate, mehr nicht.

»Hast du ein Lieblingslokal?«, fragte er.

Kate schüttelte den Kopf. »Ich möchte auch nichts Vornehmes, Rick. Irgendetwas Einfaches, so wie wir es gewöhnt sind.«

»Vielleicht sollten wir uns umgewöhnen.« Er deutete geradeaus. »Da lang.«

Was ich tue, ist unbedacht, sagte sich Kate. Doch sie wusste, wenn sie nicht mit ihm ginge, würde sie es später bedauern.

Bereits nach wenigen Schritten verspürte sie einen Anflug von Leichtigkeit, denn diesmal liefen sie nicht durch eine zerbombte europäische Stadt, sondern durch das unversehrte New York – ihre Heimatstadt.

*

Rick führte sie in Richtung Bryant Park. Vor einem Gebäude mit einem hohen, bogenförmigen Eingang blieb er stehen. »Das ist das Josephine's. Seit meiner Rückkehr aus Europa will ich mir das schon ansehen.«

Es musste ein gut besuchtes Restaurant sein, denn sie waren nicht die einzigen Gäste, die den Vorraum betraten, wo eine junge Frau in schickem dunklem Kostüm sie begrüßte.

Sie stellten sich in die Warteschlange.

»Die Besitzerin war früher Chefköchin im Valentino's«, sagte Rick leise. »Nach dem Krieg hat sie sich selbstständig gemacht.«

»Da klingelt bei mir was.« Kate blickte an den Wartenden vorbei ins Restaurant. »Ich glaube, das ist die Frau, die Tom Morelli geheiratet hat, einen Freund aus meinen Kindertagen. In meiner alten Gegend heißt es, dass sie weiß, was sie will.«

»Das wird sie sein, ihr Name ist Lily Morelli. Hat ihr Mann dir nichts von diesem Restaurant erzählt?«

»Ich habe Tom seit Ewigkeiten nicht mehr gesehen. Zuerst bin ich von New York nach Washington gezogen, dann kam der Krieg, in dem Tom gekämpft hat. Nach dem Krieg war ich in Europa.« Allerdings hatte ihre Mutter sie immer über die Morellis auf dem Laufenden gehalten, deshalb wusste sie, dass Tom ein gut gehendes Feinkostgeschäft namens Albertina's gekauft und seine Frau ein Restaurant eröffnet hatte. Ihr war nur nicht klar gewesen, dass es sich dabei um ein so nobles Restaurant wie das Josephine's handelte. »Hier ist es bestimmt teuer«, raunte sie Rick ins Ohr. »Sollen wir nicht lieber woandershin gehen?«

Er schüttelte den Kopf. »Ich lade dich ein, Katia. Du hast einen kleinen Trost verdient.« Er legte einen Arm um Kate und drückte sie kurz an sich.

Kates Herzschlag geriet ins Stolpern. Zur Beruhigung konzentrierte sie sich auf die Kellnerinnen, die mit verlockend duftenden Gerichten durch das Restaurant eilten. Die Gäste waren elegant gekleidet, aßen oder unterhielten sich leise. Hohe Bogenfenster verliehen dem großen Gastraum etwas Herrschaftliches. Hinter der lang gezogenen Bar sah man ein imposantes Buntglasfenster im Stil des Art déco.

»Das Ambiente erinnert mich an Wien und Budapest«, sagte Rick.

»Es sieht phantastisch aus«, entgegnete Kate. Toms Frau musste einen guten Geschmack haben, oder sie hatte Fachleute mit der Inneneinrichtung beauftragt. An der Wand hinter der Bar sah man ein Gemälde, das eine malerische Flusslandschaft zeigte. Im Mittelteil des Gastraums schufen schmiedeeiserne Tische mit Marmorplatten ein europäisches Flair, an den Wänden zogen sich mit rotem Velours bezogene Sitznischen entlang, und an der Decke hingen Kronleuchter aus Messing.

Dann hatten sie das Pult der Oberkellnerin erreicht. Kates Blick fiel auf ein altes, gerahmtes Foto, das auf dem Pult stand. Es zeigte eine schöne, lächelnde Frau, und sie fragte sich, ob sie vielleicht die Josephine war, nach der das Restaurant benannt worden war.

Die Oberkellnerin nahm zwei Speisekarten und führte sie zu einer der hinteren Nischen. Kate ließ sich in das Polster sinken.

Gleich darauf trat eine Kellnerin zu ihnen und reichte ihnen die Getränkekarten. Angenehm überrascht registrierte Kate, dass hier überwiegend Frauen angestellt waren. Normalerweise bedienten in hochpreisigen Restaurants nur Männer.

Rick bestellte eine Flasche Champagner.

Kate blickte sich um. Auch an den anderen Tischen servierten Frauen. »Ich wüsste gern, wie hart Toms Frau hat kämpfen müssen, um dieses Restaurant eröffnen zu können.« Noch einmal ließ sie den Blick durch den schönen Raum schweifen, dann wandte sie sich Rick zu.

Die Kellnerin kehrte mit der Flasche Champagner zurück, öffnete sie und schenkte ihnen ein.

»Ganz einfach wird es nicht gewesen sein.« Rick hob sein Glas und prostete Kate zu. »Aber ich kenne jemanden, der ebenso zielbewusst ist. Vielleicht ermutigt dich dieser Ort und führt dir vor Augen, wie viel eine Frau erreichen kann.«

Kate nahm einen Schluck Champagner.

»Erinnerst du dich noch an unsere kleine Freundin aus Berlin?«, fragte er.

»Hast du etwas von ihr gehört?«, fragte Kate aufgeregt. »Ich denke immerzu an dieses Kind.«

»Claudia hat mir geschrieben.« Rick zog einen Luftpostbrief aus der Innentasche seines Jacketts und schob ihn Kate zu. »Hier, lies.«

Kates Herzschlag beschleunigte sich. Vielleicht würde sie nun erfahren, wer das Mädchen war und ob man seine Familie gefunden hatte.

Lieber Rick,

mittlerweile habe ich einiges über die Lage der Kriegswaisen bei uns in Deutschland erfahren und habe Angst, dass das Mädchen, ebenso wie diese, bereits in zartem Alter sehr viel Schreckliches mitmachen musste.

Das Mädchen spricht noch immer nicht, ganz gleich, wie deutlich wir ihm unsere Zuneigung zu verstehen geben und versuchen, seine Wunden zu heilen. Auch bei meinen Nichten, die lieb zu ihm sind und sehr schön mit ihm spielen, bleibt es stumm.

Wir vermuten, dass es sein Grundvertrauen eingebüßt hat und seine Worte lieber für sich behält, als sie mit Menschen zu teilen, die es erst seit Kurzem kennt.

Doch die Vorstellung, was unterdessen in seinem Inneren vor sich geht, macht mir zu schaffen.

Dennoch habe ich bei meinen Nachforschungen einen kleinen Fortschritt gemacht.

Die Vereinten Nationen haben eine Nothilfe- und Wiederaufbauverwaltung, kurz UNRRA, eingerichtet, unter anderem um Flüchtlingen, Verschleppten und Vertriebenen zu helfen, ihre Familienangehörigen wiederzufinden. Ich habe mich an diese Organisation gewandt und ihnen ein Foto unseres Mädchens geschickt, zusammen mit dem Foto des Jungen, das es bei sich hatte, mit der Bitte, nach den Angehörigen der beiden zu suchen.

Vor Kurzem habe ich das Hauptbüro der UNRRA auch persönlich aufgesucht, es liegt bei uns im britischen Sektor. Dort hat man mir von ähnlichen Fällen wie dem unseres Mädchens berichtet und erklärt, dass es lange dauern kann, bis diese Kinder in der Lage sind, wieder jemandem zu vertrauen. Man hielt es für möglich, dass das Kind in einem Jugendverwahrlager der Nationalsozialisten war, schlimmstenfalls sogar in einem Konzentrationslager. Es hätte auch irgendwo im Osten Deutschland gelebt haben und vor der einmarschierenden Roten Armee geflohen sein können.

Ich solle dem Kind ein Gefühl der Sicherheit vermitteln, hieß es, ihm zeigen, dass wir es gernhaben, so dass es uns eines Tages vielleicht seine Geschichte erzählt.

Du hörst von mir, sobald ich mehr zu berichten habe.

Herzliche Grüße

Claudia

Kates Brust verkrampfte sich schmerzhaft. Wie klein ihre Probleme im Vergleich zu denen dieses Mädchens waren, das nicht einmal imstande war, über das, was es erlitten hatte, zu sprechen.

»Ich hätte das Kind nicht zurücklassen dürfen«, sagte sie. »Warum habe ich es nicht mit nach New York genommen?«

Rick griff nach ihrer Hand.

»Es muss etwas ganz und gar Grauenhaftes erlebt haben.« Kate entzog ihm ihre Hand. Das Mädchen verkörperte für sie all die Not und die Zerstörungen, die sie in Europa gesehen hatte. Gleichzeitig war es mit Rick verbunden, was Kates Gefühlstumult noch verstärkte. Nur für kurze Zeit hatten sie sich gemeinsam um das Kind gekümmert, dafür gesorgt, dass es gut untergebracht wurde – doch in diesen Stunden waren sie sich nahegekommen, und sie, Kate, hatte seit langer Zeit noch einmal das Gefühl gehabt, wirklich gebraucht zu werden.

»Du hast das Leben dieses Mädchens gerettet«, sagte Rick.

Die Bilder jenes Tages in Berlin flammten vor Kate auf und sie überlief ein Schauder. Plötzlich war ihr, als wäre sie wieder in Europa. Unruhig blickte sie zu den benachbarten Tischen hinüber, als drohte ihr von dort Gefahr, ein Gefühl, dass sie seit ihrer Rückkehr nicht mehr gehabt hatte.

»*Wir* haben das Kind gerettet«, sagte sie, schaute zu den großen

Fenstern und hinaus auf den New Yorker Verkehr. Draußen war die Abenddämmerung angebrochen und in den Fenstern gingen Lichterketten an.

Rick hatte noch eine Neuigkeit, doch er wartete, bis die bestellten Gerichte serviert worden waren: *Paupiettes de Sole Véronique* für Kate und panierte Hähnchenbrust in Wacholdersoße für ihn.

Kate hatte sich von den Beilagen gerade sautierte Brechbohnen und einen Löffel voll der kleinen Bratkartoffeln genommen, als Rick sagte: »WNYR hat mir eine eigene Radiosendung angeboten. Eine Nachrichtensendung.«

Kate ließ den Löffel sinken. »Also hast du dich doch entschieden, für den Rundfunk zu arbeiten?«

Rick zuckte mit den Schultern. »*Der frühe Abend mit Rick Shearer*, so lautet der Titel. Sendezeit ist werktags um sechs.«

Die beste Sendezeit!

»Das freut mich für dich. Glückwunsch«, sagte Kate und rang sich ein Lächeln ab. Natürlich hatte Rick ein solches Angebot bekommen. Er war ein großartiger Reporter.

Doch sie war ebenso gut, und sie hatte bereits einen Fuß in der Tür des Senders gehabt. Ihr jedoch hatte man deutlich zu verstehen gegeben, dass sie als Frau in Nachrichtensendungen nichts zu suchen habe.

Kate nahm einen Bissen, versuchte, sich auf das Essen zu konzentrieren.

»Bisher habe ich noch nicht zugesagt«, sprach Rick weiter.

Kate wunderte sich. »Aber das musst du. Es ist ein fabelhaftes Angebot.«

»Das dir zugestanden hätte.«

Kate kostete die zarte Seezunge und die cremige Soße mit den hellen Weintrauben.

Auch Rick schwieg und widmete sich seinem Mahl.

Tom Morellis Frau hatte es geschafft, sich in einer Männerwelt als Köchin und Restaurantbesitzerin durchzusetzen, dachte Kate. Was alles andere als einfach gewesen sein dürfte. An ihr sollte sie sich ein Beispiel nehmen und nicht vorzeitig aufgeben, ganz gleich, wie schwierig der Weg zu ihrem Ziel sein würde.

Sie musste beharrlich sein und einen Schritt nach dem anderen machen.

Aber zuvor musste sie herausfinden, wie der nächste Schritt auszusehen hatte.

KAPITEL 14

Kate

New York, Mai 1946

Kate hatte sich von Rick zu einem Nachtisch überreden lassen. Dabei handele es sich um eine der Spezialitäten von Lily Morelli, sagte er: ein Stück Tarte Tatin mit Honig, Birne, Karamell und Schokoladensoße. Zum Kaffee hatte sich jeder noch ein Petit Four ausgesucht. Sie wurden auf einer Etagere dargeboten und sahen so verführerisch aus, als kämen sie aus einer Pariser Pâtisserie – rosafarbene, mit Sahne gefüllte Baisers, gekrönt von winzigen roten Schokoladenherzen, kleine, mit Himbeeren und Sahne gefüllte Blätterteigtaschen, winziges Gebäck mit Kaffeeglasur und einer Pekannuss obenauf, häppchengroße Zitronentörtchen und Trüffelpralinen.

Als er die Rechnung beglichen hatte, begleitete Rick Kate nach Hause.

Dort angekommen, blieben sie stehen und ließen sich vom Lärm der Stadt umspülen, den hupenden Autos, den lachenden und plaudernden Passanten.

Schließlich sagte Kate: »In Europa hatte ich vergessen, wie lebendig New York ist. Was für ein Zauber von dieser Stadt ausgeht.«

»Du hast allen Zauber der Welt verdient.«

Kate schlang die Arme um sich. »Ich wünschte, ich könnte etwas für unser kleines Mädchen tun. Aber ich weiß nicht was und komme mir nutzlos vor.«

»Ich habe eine Idee.«

»Und die wäre?«

»Wir könnten morgen in ein Spielwarengeschäft gehen und ihr etwas aussuchen.«

Kate dachte an die Kosten, die sie sich nicht leisten konnte, geschweige denn die Frachtgebühren für die Sendung nach Deutschland.

»Ich komme dafür auf«, sagte Rick.

»Und wo willst du die Spielsachen kaufen?«

Rick setzte seinen Hut auf und rückte ihn zurecht. »Bei FAO Schwarz, wo sonst?«

»Aber Rick, die Spielsachen dort sind unheimlich teuer. Außerdem kommen die meisten aus Deutschland. Wollen wir dem Mädchen wirklich deutsches Spielzeug schicken?«

»Ich glaube nicht, dass die Deutschen in den letzten Jahren sehr viel Spielzeug produziert und exportiert haben«, erwiderte Rick. »Für das Mädchen wird es ein Päckchen aus Amerika sein, das ihm hoffentlich Freude bereiten wird.« Er wich einem Betrunkenen aus, der über den Bürgersteig getorkelt kam.

Nun stand Rick so dicht bei Kate, dass sie ihm am liebsten die Arme um den Hals gelegt hätte.

»Also gut. Allerdings werde ich nicht allzu viel beisteuern können.«

»Du steuerst gar nichts bei, sondern suchst die Sachen mit mir aus«, sagte Rick. »Ich allein wüsste kaum, was ich für ein zehnjähriges Mädchen auswählen sollte. Sag einfach, welche Uhrzeit dir am besten passt.«

Kate zuckte mit den Schultern. »Gegen Mittag. Ich muss ja nur einen Bericht über französische Badeanzüge fertig machen.«

»Also dann.« Rick tippte an seinen Hut und wandte sich ab. »Morgen um zwölf bei FAO Schwarz.«

Kate sah ihm nach, bis er in der Menschenmenge verschwunden war. Sie hatte sich nicht ein zweites Mal mit ihm verabreden wollen, dachte sie, hatte es nur getan, weil es darum ging, dem Mädchen eine Freude zu machen.

*

Am nächsten Mittag lief Kate bei strahlendem Sonnenschein und umgeben von elegant gekleideten Passanten die Fifth Avenue hinauf zu dem berühmten New Yorker Spielwarengeschäft. Als sie Rick im Eingang warten sah und ihr erneut bewusst wurde, wie attraktiv er war, machte ihr Herz einen kleinen Satz.

Rick trug einen Anzug, der maßgeschneidert wirkte, auch seinen Hut schien er auf den Anzug abgestimmt zu haben. Für einen Moment blitzte der Mann vor Kates Augen auf, der er in Europa gewesen war, die einfache, strapazierfähige Kleidung, die schweren Stiefel und das überlange, meist nur mit den Fingern gekämmte Haar.

Sie begrüßte Rick und trat mit ihm durch die Glastür, die von einem Portier aufgehalten wurde.

Drinnen ertönte leise Musik. Ein Verkäufer näherte sich ihnen und fragte, ob er ihnen behilflich sein könne.

In ihrem einfachen hellblauen Kleid mit dem Stoffgürtel kam Kate sich in dem teuren Geschäft fehl am Platz vor. Sie nahm ihren schlichten Hut ab und zupfte die ungewohnten weißen Handschuhe zurecht, die sie vor dem Verlassen ihrer Wohnung noch rasch übergestreift hatte.

Unsicher blickte sie zu den Glasvitrinen an den Seiten, in denen Plüschbären in allen Größen saßen, einige so winzig, dass sie in eine Hand passten, andere groß wie ein Kleinkind. Das Gleiche galt für Puppen und Spielzeugautos.

Durch die Gänge wanderten wohlhabend aussehende Kunden, einige mit Kindern, und unterhielten sich leise.

»Wir möchten einem ganz besonderen Kind eine Freude machen«, erklärte Rick. »Einem zehnjährigen Mädchen. Die Spielsachen müssten anschließend von Ihnen nach Deutschland geschickt werden.«

Kate dachte an die Höhe der Ausgaben, und ihr Griff um den Hut in ihrer Hand verstärkte sich. Sie warf Rick einen Blick zu. Er machte einen gelassenen Eindruck. Dann fiel ihr auf, dass an den Spielsachen keine Preisschilder waren. Anscheinend spielten Preise für die Kundschaft dieses Geschäfts keine Rolle.

Kate schluckte nervös und überlegte, ob Rick das Geld, das er in Europa verdient hatte, ebenfalls gespart, es jedoch, im Gegensatz zu ihr, noch nicht ausgegeben hatte. Jedenfalls schien Geld für ihn kein Problem zu sein. Dann sagte sie sich, dass Männer in ihrem Beruf für die gleiche Arbeit im Schnitt drei Mal so viel wie Frauen verdienten, vielleicht konnte er sich die Ausgaben auch einfach leisten.

An einer der Vitrinen blieb Rick stehen und deutete auf die Spiele hinter den Glastüren.

Das Stimmengemurmel der Kunden und Verkäufer in den Gängen wurde vom glücklichen Aufschrei eines Kindes unterbrochen.

»Was meinst du«, sagte Rick, »ob sie sich über Brettspiele freut? Sie könnte sie zusammen mit den anderen Kindern spielen.« Er wies auf einen Karton mit mehreren Brettspielen, auf dem ein großes rotes Herz abgebildet war.

Der Verkäufer hatte Schreibblock und Stift gezückt. »Was Sie hier sehen, sind unsere Ausstellungsstücke. Ich notiere mir Ihre Wünsche, lasse die Sachen verpacken und noch heute verschicken.« Er hatte sich an Rick gewandt, vielleicht war ihm Kate nicht gut genug gekleidet.

Kate betrachtete den Karton mit dem roten Herz und hätte gern gewusst, wie teuer die Spiele waren.

Dann entdeckte sie in der Nachbarvitrine einen Teddybären, der jedes Kinderherz höherschlagen lassen dürfte.

Rick bückte sich zu einem Schallplattenspieler hinab, schüttelte den Kopf und ging weiter.

Kate nahm den niedlichen Teddybären genauer in Augenschein. Er sah aus, als würde er lächeln, und die Augen, obwohl aus Glas, schienen freundlich zu blicken. Es wäre ein wunderbares Geschenk – ein Kuscheltier für ein Kind, das so viel verloren hatte.

Sie zeigte darauf und fragte den Verkäufer nach dem Preis.

»Dieser Bär ist von Steiff und das Fell aus Mohair. Kopf und Glieder lassen sich drehen, die Nase und der Mund sind handgestickt. Er stammt noch aus dem Jahr 1920 und wurde in Deutschland hergestellt. Nach dem Preis müsste ich mich erkundigen.« Der Verkäufer lächelte. »Sie haben einen guten Geschmack, Madam.«

»Wir nehmen ihn«, sagte Rick.

Kate sah ihn erschrocken an.

»Es ist für das Kind, das uns ans Herz gewachsen ist«, sagte Rick zu ihr und lächelte beschwichtigend. »Wir nehmen den Bär und die Brettspiele«, wandte er sich dann an den Verkäufer. »Ach, und das da.« Er deutete auf ein kleines Holzmodell von Manhattan. »Gefällt dir das auch, Kate?«

Hingerissen betrachtete Kate die geschnitzten kleinen Straßen, Bäume, Wohnhäuser und Wolkenkratzer, die blauen Streifen für den East River und den Hudson. »Das ist wunderschön«, sagte sie fast zu sich selbst.

»Es ist aus Buchenholz«, bemerkte der Verkäufer.

»Das gibt den Ausschlag.« Rick lachte. »Vielleicht sorgt das kleine Manhattan dafür, dass unser Mädchen sich uns näher fühlt.«

»Darf es sonst noch etwas sein?«, fragte der Verkäufer.

»Danke, das war's.«

Sie folgten dem Mann zur Kasse, wo Rick Claudias Adresse angab. Dann zückte er sein Scheckbuch.

Kate holte ihr Portemonnaie hervor.

»Steck das weg«, sagte Rick.

Kate schüttelte den Kopf. »Das geht doch nicht.«

»Wenn du deine Festanstellung hast, darfst du mich zum Essen einladen, aber heute geht die Rechnung an mich. Wichtig ist im Moment doch nur, dass das Mädchen das Gefühl bekommt, da ist jemand, der es lieb hat.«

Schließlich nickte Kate. Rick hatte recht. Das Mädchen sollte wissen, dass es in New York Menschen gab, die es ins Herz geschlossen hatten und niemals vergessen würden.

KAPITEL 15

Rick

New York, Mai 1946

Rick betrat den Club in der Park Avenue. In der Stille der Empfangshalle klapperten seine Ledersohlen auf dem Marmorfußboden. Das Geräusch wurde von den Wänden und der hohen Kassettendecke zurückgeworfen. Am Empfangstisch trug er seinen Namen in das Mitgliedsbuch ein.

Aus dem Raum, in dem Karten gespielt wurden, zog der Geruch edler Zigarren und vermischte sich mit dem Duft des üppigen Rosenstraußes auf dem Tisch im Eingangsbereich.

Rick versuchte, sich zu erinnern, wann er zum letzten Mal in diesem Club gewesen war. Seit Kriegsbeginn nicht mehr. Sein Vater und Großvater hingegen betrachteten den Club als zweites Zuhause. Ihm wurde bewusst, wie sehr er sich im Lauf der Kriegsjahre verändert hatte, wie fremd ihm nun diese Art exklusiver Herrenclubs war.

Rick blickte an sich hinunter, prüfte, ob alles war, wie es sein sollte. Zwar war er elegant gekleidet, doch sein Vater würde noch an der kleinsten Knitterfalte Anstoß nehmen und sie nutzen, um ihm Vorhaltungen zu machen.

An diesem Tag jedoch wollte Rick ihm dazu keine Gelegenheit geben.

Er zog seine Anzugsjacke glatt und betrat den Gesellschaftsraum. Unwillkürlich sah er zu der dekorativen Decke. Dann glitt sein Blick über die Männer mittleren Alters, die in kleinen Gruppen zusammensaßen, jeder von ihnen teuer und makellos gekleidet. Hier mischten sich in den Zigarrenrauch klassische Herrendüfte – Colonia Leather und Blenheim Bouquet.

Sein Blick traf den seines Vaters, und sogleich zuckte in dessen Augen etwas Missbilligendes auf, ein Ausdruck, den Rick seit Langem kannte. Sein Vater stand auf, entschuldigte sich bei den Männern, mit denen er zusammengesessen hatte, und trat auf Rick zu.

Förmlich schüttelten sie einander die Hand. Dann winkte sein Vater Rick mit sich in eine Ecknische, wo ein großes Fenster zur Park Avenue hinausging.

Sie ließen sich in gegenüberstehenden Ohrensesseln nieder.

Rick sah die Menschen und den Verkehr auf der Park Avenue und wünschte, er könnte hinausrennen, in einen der Busse springen und davonfahren.

»Wie schön, dass man sich auch mal sieht«, sagte sein Vater mit einem süffisanten Unterton. Er winkte einen Kellner herbei, wählte aus der Zigarrenkiste, die ihm prompt dargeboten wurde, eine aus und bestellte einen Whiskey Sour.

Rick bat um einen Gin Tonic.

»Ich wollte dich aus einem bestimmten Grund sehen.«

»Das dachte ich mir.« Ricks Vater schnitt seine Zigarre an, entzündete einen Zedernspan und ließ die Zigarrenspitze über der Flamme rotieren.

Rick wartete, bis die Zigarrenspitze glühte und sich darum herum ein dünner schwarzer Rand gebildet hatte. Bereits als Junge hatte er gelernt, seinen Vater während dieses Rituals nicht zu stören. Erst als dieser zum ersten Mal an der Zigarre gepafft hatte, sagte Rick: »Außerdem wollte ich wissen, wie es dir geht.«

Sein Vater ließ den Blick schweifen, schien sich mehr für die anderen Gäste als Rick zu interessieren. Schließlich sagte er: »Warum fragst du? Mir geht's gut. Wie immer.«

Der Kellner brachte ihre Getränke und stellte sie auf dem Tischchen zwischen ihnen ab.

Rick bedankte sich und griff nach seinem Glas.

Sein Vater schlug die Beine übereinander. »Wahrscheinlich hast du mit deiner Mutter gesprochen, die dir irgendeinen Floh ins Ohr gesetzt hat. Auf ihre Worte würde ich an deiner Stelle nichts geben.«

Warum nicht?, fragte sich Rick. Zählte das, was seine Mutter sagte, nicht? Sie war vielleicht zu diskret, um über Familienprobleme zu reden, doch das bedeutete nicht, dass sie diese nicht erkannte. Eine offene Meinung behielt sie sich in der Regel für Gespräche über Bücher, interessante Zeitungsartikel und politische Ereignisse vor. Erst im Älterwerden hatte Rick erkannt, dass diese Zurückhaltung seiner Mutter nicht gut für sie war, erst recht, wenn es bedeutete, dass sie ihre Gefühle unterdrückte.

»Stimmt zu Hause etwas nicht?«, fragte Rick. Eigentlich hätte er fragen sollen, *was* zu Hause nicht stimmte. Als er seine Mutter am Tag seiner Rückkehr gesehen hatte, war er erschrocken. Sie war blass gewesen und viel zu dünn. Auch hatte sie einen unglücklichen Eindruck gemacht, ganz gleich, wie sehr sie versucht hatte, diesen zu kaschieren. Doch er hatte gelernt, die Stimmung seiner Mutter anhand kleinster Hinweise zu erkennen.

Sein Vater nahm einen Schluck Whiskey Sour. »Ich bin nicht der Ansicht, dass ich persönliche Dinge mit dir besprechen muss.«

Rick zuckte mit den Schultern. »Dann fange ich mit meinem Anliegen an.«

Sein Vater runzelte die Stirn.

»Ich habe eine Frau kennengelernt, die ich sehr mag. Ich möchte sie nach Farmington einladen und dir und Mutter vorstellen.«

»Ist es etwas Ernstes?«

»Noch nicht. Deshalb soll sie euch jetzt schon kennenlernen. Bevor etwas Ernstes daraus wird, soll sie sehen, worauf sie sich einlassen würde.«

Ricks Vater schwieg.

»Ich glaube, das wäre nur fair«, fuhr Rick fort. »Sie soll wissen, woher ich komme, und entscheiden, ob sie damit umgehen kann.«

Sein Vater stieß den Zigarrenrauch aus. »Also gehört sie nicht zu einer der namhaften Familien.«

»Nein, sie stammt aus anderen Kreisen.«

»Und woher kommt sie? Auf welcher Schule war sie? Wo hat sie studiert?«

Wie typisch, dass ihn vor allem das interessiert, dachte Rick. »Sie ist in Greenwich Village aufgewachsen und wird dort eine ganz normale staatliche Schule besucht haben. Später hat sie an der NYU studiert. Sie ist Journalistin.«

Sein Vater zog den silbernen Aschenbecher auf dem Tischchen zu sich heran und streifte die Zigarrenasche ab. »Hat sie auch einen Namen?«

Rick überlegte. Wenn er Kates Namen nannte, würde sein Vater Nachforschungen anstellen lassen.

»Der Name tut nichts zur Sache. Verlass dich einfach auf meine Menschenkenntnis und meine Fähigkeit, meine Freunde und Freundinnen mit Verstand auszuwählen. Und versuch bitte nicht, den Namen herauszufinden und die Familie überprüfen zu lassen. Da gibt es nichts aufzudecken.«

Sein Vater lachte. »Sei nicht naiv, Rick, jede Familie hat eine Leiche im Keller.«

In unseren Kreisen vielleicht, dachte Rick.

Sein Vater lachte erneut. »Sobald sie Woodlands sieht, wird sie dich anflehen, dich mit ihr zu verloben.«

Rick betrachtete seinen Vater kopfschüttelnd. »Du bist noch immer der Alte, oder? Ich dachte, der Krieg und das damit verbundene Leid der Menschen hätten dich vielleicht weicher gestimmt.«

Sein Vater tat, als hätte er Ricks Worte nicht gehört. »Ich kann dir nur eins sagen, Rick.« Sein Blick kehrte zu seinem Sohn zurück. »Es bedarf eines bestimmten Typs Frau, um unserem Leben gerecht zu werden. Wenn du eines Tages meine Nachfolge in der Bank antrittst, dann wirst du …«

»Bitte nicht«, fiel Rick ein. Sein Bein hatte begonnen, nervös zu wippen, wie früher, wenn er aus dem Internat gekommen war und sein Vater mit ihm über seine Zukunft gesprochen hatte. Er drückte eine Hand auf seinen Schenkel.

Sein Vater kniff die Augen zusammen, bis nur noch zwei blaue Schlitze zu erkennen waren. Mit gesenkter Stimme sagte er: »Deine Mutter ist in den richtigen Kreisen groß geworden und jeder Situation gewachsen. Eine Frau aus einem anderen Milieu wäre gesellschaftlich gesehen eine Katastrophe. Deine selbstsüchtige und unpassende Berufswahl habe ich bisher geduldet. Doch eine unangemessene Liaison, die unserem Ruf schadet, werde ich nicht akzeptieren. Eine Frau aus Greenwich Village!« Ricks Vater schnaubte verächtlich. »Vergiss sie. Vergiss, dass du ihr jemals begegnet bist.«

»Das werde ich nicht.« Rick rieb seine Schläfen, hinter denen sich dröhnende Kopfschmerzen anbahnten. Der Gedanke, einfach aufzustehen und zu gehen, wurde noch verlockender. Er warf einen Blick durch den altmodischen Clubraum, auf die Männer, die leise plaudernd zusammensaßen, rauchten und tranken. Er dachte an europäische Hotelzimmer, wo er auf dem Fußboden gesessen und aus angeschlagenen Bechern billigen Rotwein oder Weinbrand getrunken und sich mit seinen Freunden und Kollegen über Themen unterhalten hatte, die zählten. Gesellschaftliche Unterschiede hatte es für sie nicht gegeben. Auch jetzt war die Frage für ihn nicht, ob Kate gut genug für seine Familie war, sondern höchstens, ob seine Familie gut genug für Kate war.

Ein Bediensteter des Clubs trat zu seinem Vater und räusperte sich. »Ein Anruf für Sie, Mr. Shearer.«

Unwillig zog Ricks Vater die Brauen zusammen. »Wer ist es?«

Der Mann errötete. »Miss Daisy McKinnon. In Kabine drei.« Dann machte er kehrt und verschwand.

Rick sah seinen Vater verdutzt an. »Daisy McKinnon, die Theaterschauspielerin? Was will sie von dir?«

Sein Vater legte seine Zigarre im Aschenbecher ab. »Es gibt zwei Sorten Frauen. Eine, die man heiratet, und eine andere, mit der man sich amüsiert. Du solltest lernen, den Unterschied zu erkennen.«

»Weiß Mom von dieser Affäre?«

»Natürlich nicht.«

Rick stand auf. »Ich möchte mit dir nicht mehr im selben Raum sein.«

Sein Vater wollte ihn festhalten, doch Rick stieß seine Hand fort.

Mit großen Schritten durchquerte er den Clubraum zum Empfang. Den Portier, der ihm die schwere Ausgangstür aufhielt, nahm er in seiner Wut kaum wahr.

Draußen lief er blindlings die Park Avenue hinunter. Er schämte sich für seinen Vater, wenn er an den Kummer dachte, der seiner Mutter bevorstand, und sein Herz zog sich zusammen. Was hatte sie getan, um von ihrem Mann mit solcher Achtlosigkeit behandelt zu werden?

Aber nun wusste er wenigstens, woran er bei seinem Vater war und wie groß die Schwierigkeiten sein würden, sollte Kate bereit sein, mit ihm eine Beziehung einzugehen.

*

Am Abend, in seiner Wohnung in der Central Park West, trug Rick noch immer den Anzug, den er den ganzen Tag über angehabt hatte. Nach der Begegnung mit seinem Vater war er die Park Avenue hinuntergestürmt, dann durch Midtown Manhattan gelaufen und wieder hinauf zum Rockefeller Center. In der Nähe des Central Parks hatte er in einem Restaurant eine Kleinigkeit gegessen und ein Bier getrunken. Danach war er auf Kollegen gestoßen, die ihn beschwatzt hatten, mit ihnen etwas trinken zu gehen. In der Zeit war seine Wut verraucht.

Nun zog er die Krawatte ab, warf die Anzugjacke auf einen Stuhl und trat an das große Fenster seines Wohnzimmers. Gegenüber erstreckte sich die dunkle Masse des Central Parks, nur entlang der Wege brannten Laternen. Dahinter, auf der Upper East Side, funkelten die Lichter der Wohnhäuser und Wolkenkratzer, bildeten geometrische Muster. Solche Muster hatten ihn als Kind fasziniert, wenn er in dieser Wohnung war, die ihm inzwischen gehörte.

Eine schöne Wohnung.

Kate hatte ihm erzählt, dass vor ihrem Wohnzimmerfenster eine Feuerleiter war.

Daisy McKinnon, der Name sagte ihm einiges. Die Schauspielerin war mit bekannten Mitgliedern der Geschäftswelt liiert gewesen, nun offenbar auch mit Willard Shearer.

Wie klischeehaft sein Vater sich benahm.

Und er, Rick, hatte nun die unangenehme Wahl, seiner Mutter entweder nichts von diesem Verhältnis zu erzählen und ungewollt zum stillen Komplizen seines Vaters zu werden, oder es ihr zu erzählen und sie noch unglücklicher zu machen, als sie ohnehin schon war.

Rick wandte sich vom Fenster ab, betrachtete die schwarz-weißen Ledersessel, das dazu passende schwere Ledersofa, den kostbaren chinesischen Teppich, die Vase mit den frischen Hortensien in verschiedenen Blautönen, die seine Haushaltshilfe auf den gläsernen Couchtisch gestellt hatte. Er setzte sich auf das Sofa, knipste die Stehlampe an und griff nach dem Telefonhörer, um seine Mutter anzurufen.

Dann legte er den Hörer wieder auf. Es war nicht seine Aufgabe, seiner Mutter von der Untreue ihres Mannes zu erzählen, sondern die seines Vaters.

Er ging in sein Arbeitszimmer, setzte sich an den Schreibtisch und holte Füller und Briefpapier aus der Schublade. Das schwere Papier mit seinem aufgeprägten Namen war ein Geschenk seines Vaters gewesen. Dieser hatte das gleiche Papier mit seinem eigenen Namen. Rick erinnerte sich an dessen gewichtige Miene, wenn er Familienmitglieder, Freunde oder Bekannte schriftlich zu sich einlud.

Er schrieb seinem Vater, es sei seine Pflicht, seiner Frau das Verhältnis mit Daisy McKinnon zu beichten und es anschließend zu beenden.

Den Umschlag adressierte er an seinen Vater unter der Adresse des Clubs.

Danach griff er erneut zum Telefon, diesmal um Kate anzurufen. Dann fiel ihm ein, dass Kate gar kein Telefon hatte. Nicht einmal ein Telefon konnte sie sich leisten.

Sein Blick wanderte zu der Treppe, die zu den oberen Räumen führte, dem Esszimmer mit dem großen Walnusstisch und den bodentiefen Fenstern, die einem das Gefühl gaben, direkt über den Bäumen des Central Parks zu wohnen. Die große, voll ausgestattete Küche mit den Arbeitsflächen aus Marmor. Die indirekt beleuchteten modernen Gemälde und Skulpturen, die sein Vater erworben hatte und die jedes Jahr wertvoller wurden.

Die Wohnung hatte Rick zum einundzwanzigsten Geburtstag geschenkt bekommen.

Was würde Kate bei ihrem Anblick empfinden? War es überhaupt fair, an eine Beziehung mit ihr zu denken? Obwohl er wusste, dass seine Familie an ihrer Herkunft Anstoß nehmen und es Kate fühlen lassen würde?

Selbst seine Mutter könnte gegen die Verbindung sein.

Er warf sich auf das Sofa. Musste er Kate nicht vor den Verletzungen, die ihr bevorstünden, bewahren? Aber er hatte sich in sie verliebt, daran gab es keinerlei Zweifel mehr. In Europa hatten einige ihrer Kollegen versucht, mit Kate anzubändeln, er nicht. Er war Kate ein Freund gewesen, hatte erkannt, dass sie mehr nicht wünschte. Doch dann war seine Bewunderung für sie, die zehn Monate lang als einzige Frau in einer Gruppe Journalisten gearbeitet und sich behauptet hatte, in etwas anderes umgeschlagen.

Auch ihr Mitgefühl für die Europäer hatte ihn beeindruckt. Sogar auf ihre Feinde hatte sie es ausgedehnt, im Gegensatz zu einigen unter ihnen, die kalt und unversöhnlich geblieben waren.

Kate sah wundervoll aus, war intelligent, einfühlsam, humorvoll und arbeitete hart … wie hätte sie ihm nicht gefallen können? Dass sie mehr als eine Kollegin für ihn war, hatte er spätestens in der Nacht begriffen, als sie an ihn gelehnt eingeschlafen war.

Noch einmal ließ er seinen Blick durch das Wohnzimmer gleiten. Sie würde seinen Wohlstand ablehnen, sich an seinen Privilegien stören, seinen Vater als den Snob erkennen, der er war.

Rick stand auf. Er musste raus an die frische Luft, um wieder einen klaren Kopf zu bekommen.

Er streifte seine Anzugsjacke über und verließ die Wohnung.

Auf dem Weg nach unten fragte er sich plötzlich, ob er wie sein Vater werden könnte. Würde er eine Frau jemals so hintergehen, wie es sein Vater tat?

In der Eingangshalle blieb er stehen. Hatte sein Vater für seine Frau einmal das empfunden, was er für Kate empfand? Und wenn ja, was war mit ihm geschehen, dass er sie nun betrog? Hatte er aufgehört, seine Frau zu lieben, war das etwas, das mit der Zeit einfach geschah?

Wie der Vater so der Sohn?

Er öffnete die Haustür und trat hinaus in die Nacht.

KAPITEL 16

Bianca

New York, Juni 1946

Der Tisch war gedeckt, die Platten mit den Appetithäppchen bereitgestellt. Bianca ließ einen letzten kritischen Blick über den Tisch wandern und spürte ihre Nervosität, denn bei einem der Gäste, die zum Dinner erscheinen würden, handelte es sich um Kate.

Zum hundertsten Mal begutachtete sie ihr Werk: Äpfel, die sie zu Igeln geschnitzt und mit Cocktailwürstchen gespickt hatte, Schinkenröllchen mit gebratenen Hühnerleberstreifen gefüllt, Kartoffelchips mit Blauschimmelkäse und gehackten Zwiebeln, Selleriestangen mit Frischkäse, mit Mandeln gefüllte Oliven, Teufelseier.

Die Hoffnung auf Versöhnung, mit der sie der Begegnung mit Kate entgegensah, würde sich vielleicht nicht erfüllen, doch wenn es ihr nicht gelingen würde, Kate künftig wenigstens ab und an zu sehen, würde sie untergehen. Nach der Geburt des Kindes werde er ihr ein Beruhigungsmittel verschreiben, hatte ihr Arzt gesagt. Als könnten Tabletten etwas daran ändern, dass sie von ihrer Schwiegermutter und ihrer Schwägerin noch immer nicht zu gesellschaftlichen Anlässen gebeten wurde und ihre Anwesenheit in der Familie Green nur geduldet wurde, wenn sie in Begleitung ihres Mannes kam.

Als Reaktion darauf hatte sie sich vor einer Weile entschlossen, dass, wenn Marshalls Familie nicht gewillt war, mit ihr zu verkehren, sie eben ihre eigene Familie zu sich einladen würde, denn das hatte sie bisher nur ein einziges Mal gewagt.

Bianca band ihre Schürze ab und strich sich vorsichtig über ihr frisch frisiertes Haar. Gott sei Dank litt sie nicht mehr unter Übelkeit, sonst hätte sich ihr bei der Zubereitung des Kochschinkens mit Ananas, Weintrauben, Cocktailkirschen und Kartoffelpüree, den Marshall sich als Hauptgericht gewünscht hatte, der Magen umgedreht.

Noch einmal blickte sie an dem neuen roten Kleid hinunter, das Marshall ihr gekauft hatte. Es hatte den weiten Rock, den man jetzt trug und saß wie angegossen. Von ihrer Schwangerschaft war glücklicherweise noch nichts zu sehen. Sie atmete tief ein und aus und betete, dass es ein schöner Abend werden würde.

Ihre Mutter hatte ihr vor Kurzem erzählt, dass Kate für einen Rundfunkbeitrag zum Thema Damenfrisuren während des Kriegs recherchierte. Bianca hatte sich überlegt, das als Aufhänger zu nutzen, um auf Kate zuzugehen. Nach einigem Hin und Her hatte sie ihre Schwester schriftlich eingeladen und dabei eine Bekannte aus ihrem Gymnastikkurs erwähnt, die vor der Geburt ihrer Kinder als Frisörin gearbeitet hatte und Kate bei ihrem Thema womöglich behilflich sein könne.

Kate hatte die Einladung angenommen.

Betty gegenüber, die Bianca zusammen mit ihrem Mann eingeladen hatte, hatte sie angedeutet, dass Kate sich in ihrer Sendung vielleicht namentlich bei ihr für die fachlichen Tipps bedanken werde. Betty war begeistert gewesen und hatte gefragt, ob sie auch ihre Freundin Ruth mitbringen dürfe, sie sei ebenfalls Frisörin gewesen.

Als Nächstes war Bianca die zündende Idee gekommen, Marshalls Geschäftsfreund Roy Hammond einzuladen, einen netten, wohlhabenden Mann, der alleinstehend war und somit ideal für Kate. Er hatte gleich um die Ecke ein Haus, das nur darauf wartete, eine Familie zu beherbergen.

Die Kate, die Bianca kannte, hätte sich nie im Leben für Frisuren interessiert. Sie schien sich inzwischen für Frauenthemen zu erwärmen, vielleicht sogar an Heirat zu denken, freute sich Bianca. Wäre Kate erst mit Roy verheiratet und käme sie, Bianca, zusammen mit Florence und Patricia besuchen, würde Kate diesen Frauen klarmachen, wie wenig angebracht deren Hochmut war.

In diesem Augenblick ertönte die Türklingel.

Bianca eilte zur Haustür und zog sie auf.

Draußen stand Kate, trug ein einfaches grünes Gürtelkleid und hatte ihr gelocktes Haar mit Schildpattkämmen zurückgesteckt. Ihr Blick haftete auf dem frisch gemähten Rasen des Vorgartens, so akkurat getrimmt wie alle Rasen in den Forest Hills Gardens. Sie wandte sich zu Bianca um.

Mit einem Mal trafen Bianca die Erinnerungen an jenen Tag, an dem ihr Vater gestorben war. Und Kate schien es ähnlich zu gehen. Wortlos starrten die Schwestern einander an. So viel Unausgesprochenes stand zwischen ihnen.

»Bianca«, sagte Kate schließlich.

Bianca trat zur Seite. »Komm rein.« Das schien schwieriger zu werden als gedacht. Sie war gut darin, sich eine Situation in den rosigsten Farben auszumalen, aber wie oft hatte sie nachher feststellen müssen, dass die Realität ganz anders aussah. Sie führte Kate ins Wohnzimmer.

Kate blickte sich um. »Hier sieht es ja aus wie in einer Wohnzeitschrift.«

Bianca schluckte die aufsteigenden Tränen hinunter. Seit Kurzem genügte bereits eine Kleinigkeit, um ihr Wasser in die Augen zu treiben. Sie bat Kate, sich einen Platz auszusuchen.

*

Später, als alle Gäste am Esstisch saßen, reichte Bianca die Appetithäppchen an.

Vor dem Essen hatten sie Cocktails getrunken, die Roy und Marshall gemixt hatten. Nun schenkte Marshall Weißwein aus. Bianca trank nur Tomatensaft. Die Männer unterhielten sich über Golf. Betty und Ruth stürzten sich auf Kate.

»Toll, dass du für einen Rundfunksender arbeitest«, sagte Betty und sah Kate mit neugierig funkelnden Augen an. »Ich muss gestehen, dass ich froh war, als ich meinen Beruf als Frisörin nach meiner Hochzeit an den Nagel hängen konnte.«

»Ging mir genauso«, erklärte Ruth und biss in eine gefüllte Selleriestange hinein.

»Wie schön für euch«, sagte Kate.

Bianca musste sich ein Lächeln verkneifen. Sie hatte vergessen, wie ironisch ihre Schwester sein konnte.

Biancas Plan war, nach dem Essen dafür zu sorgen, dass Kate und Roy auf dem Sofa nebeneinandersitzen würden. Im Idealfall würden Ruth, Betty und ihre Ehemänner sich frühzeitig verabschieden, und sie würde Roy ermuntern, noch zu bleiben, eine Zigarre zu rauchen.

Kate wusste nicht immer, was gut für sie war, und brauchte mitunter einen kleinen Schubs.

»Das verstehst du erst, wenn du verheiratet bist«, sagte Betty und lächelte bedeutungsvoll.

»Tja, beim Thema Ehe muss ich leider passen.« Kate holte Stift und Notizblock aus ihrer Handtasche. »Warum erzählt ihr mir nicht ein wenig über die Frisuren während des Kriegs. Vielen Dank übrigens, dass ihr mir bei meiner Recherche helfen wollt.«

Bianca rutschte ungeduldig auf ihrem Stuhl hin und her. Sie wollte so schnell wie möglich zum wesentlichen Teil des Abends übergehen und dafür sorgen, dass Kate und Roy sich näherkamen.

»Die Frauen legten Wert auf kurzes Haar.« Betty warf ihr langes, gewelltes Haar zurück. »Eine Schande, wenn man mich fragt, Frauen sollten langes Haar tragen. Aber mit dem langen Haar wurde die Arbeit in den Fabriken zu gefährlich, immer wieder kam es an den Maschinen zu Unfällen. Schließlich hat Veronica Lake sich das Haar kurz schneiden lassen, und viele Frauen haben es ihr nachgetan.«

Kate machte sich Notizen. »Und wie ist es jetzt?«

»Jetzt wollen wir die grauen Kriegsjahre hinter uns lassen«, sagte Ruth. »Es war eine öde Zeit.«

»Öde?« Kate zog die Brauen hoch. »Das würden nur wenige Menschen über den Krieg sagen. Für die meisten Leute war er das Gegenteil.«

Bianca signalisierte Kate mit einem Blick, es gut sein zu lassen.

»Wie auch immer«, sagte Ruth. »Inzwischen gibt es wunderbare neue Produkte für das Haar, und wir können das Unerfreuliche des Kriegs ein für alle Mal vergessen.«

Kate betrachtete sie für einen Moment, deutete ein Kopfschütteln an und widmete sich wieder ihren Notizen.

Bianca lächelte, als wäre nichts gewesen.

Marshall lachte schallend über etwas, das Ruths Ehemann gesagt hatte. Bianca stieß ihn unter dem Tisch mit dem Fuß an. Sie hatte ihm aufgetragen, dafür zu sorgen, dass Roy seine Aufmerksamkeit auf Kate richtete. Er reagierte nicht.

»Und wie sehen die Frisuren nun nach Beendigung alles Unerfreulichen und Öden aus?«, fragte Kate.

»Seitenscheitel sind in, Turbane out«, antwortete Betty. »Im Krieg haben Frauen tagsüber unter einem Turban Lockenwickler getragen und die Locken, bevor sie abends ausgingen, ausgeschüttelt. Lockere Wellen waren modern, nicht mehr die fest in Form gepressten Wellen der Zwanziger- und Dreißigerjahre.«

Bianca seufzte und beschloss, das Hauptgericht aufzutragen.

»Glattes Haar ist unmodern, daran hat sich nichts geändert«, sprach Betty weiter.

Niemand unterbrach sein Gespräch, als Bianca die Teller mit dem hübsch dekorierten Schinkengericht servierte. Nur Marshall schickte ihr einen Luftkuss.

Enttäuscht ließ Bianca sich auf ihrem Platz nieder und wünschte, sie könnte Wein trinken, um ihre Laune zu heben.

»Haar sollte Volumen haben«, sagte Ruth. »Das erreicht man mit Lockenwicklern im feuchten Haar. Wenn das Haar trocken ist, bürstet man die Locken vorsichtig aus.«

»Kate hat natürlich gelocktes Haar«, erklärte Bianca. »Sie braucht weder Lockenwickler noch Wasserwellen. Ich dagegen muss mit einem Haarnetz auf den Lockenwicklern schlafen.«

»Kate könnte aber mehr aus ihrem Haar machen«, sagte Betty und drehte sich zu Kate um. »Du solltest zu Silvio in der Austin Street gehen.«

Kate gab ihr keine Antwort.

»Doch, wirklich«, beharrte Ruth. »Er wird deine wilden Locken zähmen und dir dazu den neuesten Klatsch und Tratsch erzählen. Hinterher wirst du eine ganz neue Frau sein. Vielleicht findest du dann auch einen Ehemann.« Ruth zwinkerte Kate zu. »Das ist heute nicht mehr so einfach wie früher. Seit Kriegsende gibt es mehr Frauen als Männer.«

Ganz meine Meinung, dachte Bianca.

Betty musterte Kate nachdenklich. »Ich denke an eine Einschlagrolle. Das mögen Männer.« Sie krauste die Stirn. »Ja doch, eine Banane.«

»Eine Banane?«, fragte Kate und lehnte sich zurück. »Entschuldige, dass ich nicht auf dem Laufenden bin, aber ich war zu lange in Ländern, in denen gehungert wurde und die Leute wahrscheinlich nicht einmal mehr wussten, wie eine Banane aussah.«

Die Männer am Tisch hörten auf zu reden.

Kate, dachte Bianca, musst du unbedingt hungernde Menschen erwähnen? Glaubst du, das macht dich attraktiv?

Einen Moment lang wirkte Betty verwirrt. Dann lachte sie auf. »Ich meinte ein Haarkissen in Form einer Banane, du Dummerchen. Im Krieg haben wir dazu Socken benutzt.« Sie sah Kate an, als käme sie vom Mond.

Bianca betrachtete ihre Schwester. Sie könnte sich tatsächlich ein wenig aufhübschen lassen. Roy hatte Kate bisher kaum einen Blick geschenkt.

»Und wie sehen die Accessoires für die Haare aus?«, fragte Kate nun.

»Schildpattkämme, wie du sie trägst, sind angesagt. Auch Spangen und Haarreifen aus Bakelit. Haarnetze über schweren Knoten. Ach, und noch was fällt mir ein: Im Krieg haben wir das Haar manchmal geflochten, jetzt nicht mehr.«

Das Thema langweilte ihre Schwester, erkannte Bianca. Kates Problem war, dass ihre Interessen nicht mehr zeitgemäß waren. Auch ihre Art zu leben war passé. Nun wünschten Frauen wieder Ehemänner, ein eigenes Haus und Kinder. Bei der nächsten Gelegenheit würde sie mit Kate ein ernstes Wörtchen reden müssen.

»Für mich war die schickste Frisur die *Victory Roll*«, erzählte Ruth.

»Eine gute Frisur ist das A und O für eine Frau«, sagte Betty.

»Kommt gleich nach der Ehe«, ergänzte Ruth und hob zur Betonung den Zeigefinger. »Schönes Haar zieht Männer an.« Sie drehte sich zu den Männern um. »Ist doch so, oder?«

»Absolut.« Marshall lächelte Ruth zu.

Ruth errötete. Roy nickte und lachte.

Kate griff nach ihrem Weinglas und richtete die Augen kurz himmelwärts.

Ruth konzentrierte sich wieder auf Kate. »Um noch mal auf das Thema Ehe zurückzukommen. Warum hat eine hübsche Frau wie du noch keinen Ehemann?«

»Ja«, sagte Marshall, der Biancas mahnenden Blick bemerkt hatte. »Auch ich kann mir kaum eine attraktivere Frau als Kate vorstellen.«

Kate wirkte peinlich berührt.

Bianca beschloss, sich einzuschalten. »Meine Schwester sucht eben noch den Mann, der sie verdient.« Sie klatschte in die Hände. »Und nun hole ich das Zitronenbaiser, das es zum Nachtisch gibt.«

»Sie sind ein Juwel«, sagte Ruths Mann.

Marshall schenkte Wein nach.

Bianca setzte ein fröhliches Lächeln auf und räumte das benutzte Geschirr ab, das sie in der Küche rasch abspülte. Sie war auf dem richtigen Weg, sagte sie sich. Hier in ihrem Haus konnte ihre Schwester erkennen, was in ihrem Leben fehlte – ein Ehemann, ein schönes Heim, abends Gäste. Doch wenn sie, Bianca, erst dafür gesorgt hatte, dass Kate und Roy zueinanderfanden, wäre dieser Mangel bald behoben.

Dann wäre sie die glücklichste Frau der Welt.

Nein, die zweitglücklichste nach Kate.

*

Bis auf Roy hatten sich alle Gäste verabschiedet. Roy war Marshall in dessen Arbeitszimmer gefolgt, um mit ihm eine Zigarre zu rauchen.

Bianca streifte ihre Schuhe ab und legte sich im Wohnzimmer müde aufs Sofa. Kate saß ihr im Sessel gegenüber, in der Hand eine Tasse Kaffee.

»Bist du hier glücklich?«, fragte sie.

Bianca lebte wieder auf. Wollte Kate womöglich auch in die Forest Hills Gardens ziehen? Hatte sie deshalb gefragt?

»Natürlich bin ich hier glücklich.« Bianca setzte sich auf. »Wie findest du Roy?«

»Den Tapetenfabrikanten?«

»Gibt es an Tapetenfabrikanten etwas auszusetzen? Du musst aufhören, in der Vergangenheit zu leben, Kate. Denk an die Zukunft, lass uns für dich nach einem passenden Ehemann suchen. Vielleicht könntest auch du dann hier in der Gegend wohnen.« Bianca lächelte hoffnungsvoll. »Das wäre doch schön, oder? Du hast mir gefehlt.«

Kate stellte ihre Kaffeetasse auf den Couchtisch.

Biancas Herz begann heftiger zu pochen. Sie und Kate könnten wieder zueinanderfinden, eine würde der anderen zur Seite stehen, genau wie früher. Sie würde sich für die Vorwürfe entschuldigen, die sie Kate nach dem Tod ihres Vaters gemacht hatte, und Kate würde ihr verzeihen.

Als Kate weiterhin schwieg und nur die gedämpften Stimmen von Marshall und Roy aus dem Nebenzimmer zu hören waren, legte Bianca sich wieder zurück. »Mit dir wäre ich hier glücklicher.« Erst recht, wenn sie das Baby bekommen hätte, wäre es wundervoll, wenn ihre Schwester in der Nähe wohnte.

»Warum sagst du nicht, wie dir Roy gefällt«, versuchte Bianca es erneut. »Würdest du mit ihm ausgehen, wenn er dich fragt?«

»Mit dem Tapetenmann?« Kate schnaubte ein Lachen hervor. »Ist das dein Ernst?«

Gekränkt dachte Bianca, dass sie ihrer Schwester nur einen Gefallen hatte tun wollen. Doch Kate hatte ihn zurückgewiesen. Sie erinnerte sich an den Tag, als sie einander geschworen hatten, immer für die andere da zu sein. Wie oft hatte Kate sie in der Schule vor anderen Kindern beschützt. Und Bianca hatte zu ihr aufgeschaut. Allerdings war Kate schon damals stets für das eingetreten, woran sie glaubte. Als Kate zwölf oder dreizehn war, hatte sie angefangen, sich für Politik zu interessieren, war von Lehrern gefördert worden – und von ihrem Vater.

Damals hatte Bianca sich einsam gefühlt, war sich wie ein kleines Boot vorgekommen, verloren auf hoher See. Also hatte sie Zuflucht in ihren Träumen gesucht und sich eine Zukunft ausgemalt, die anders als die von Kate sein würde und in der sie nicht mit ihrer Schwester konkurrieren musste.

»Möchtest du nicht heiraten und Kinder kriegen, Katie?« So hatte sie ihre Schwester früher genannt.

Kate runzelte die Stirn.

»Ich finde, das ist besser, als wie ein Mann sein zu wollen«, fuhr Bianca fort. »Außerdem bekomme ich ein Baby, das habe ich dir noch gar nicht erzählt. Du könntest dich mit deinem Mann in meiner Nähe niederlassen. Und wenn du selbst Kinder hast, könnten sie mit meinen spielen. Vielleicht würden sie sich so nahestehen, wie wir es einmal getan haben.«

»Bianca.« Kate seufzte. »Falls ich dich vor den Kopf gestoßen habe, tut es mir leid. Es hat mich einfach gewundert, dass du glaubst, jemand wie Roy könnte mich interessieren. Du denkst, ich versuche, wie ein Mann zu sein? Das hat nichts mit meiner Wirklichkeit zu tun.«

Vielleicht brauchte ihre Schwester noch eine kleine Weile, um umzudenken, überlegte Bianca. »Bitte, denk noch mal darüber nach. Ich brauche dich hier, Kate.«

»Ich habe dich lieb«, sagte Kate. »Aber du musst mich mein eigenes Leben führen lassen. Du gehörst hierher, ich nicht. Und Roy käme für mich niemals infrage.« Kate stand auf. »Vielleicht sollte ich lieber aufbrechen, bevor er zurückkehrt und auf falsche Gedanken kommt.«

Bianca richtete sich auf. »Bitte, bleib doch noch«, versuchte sie die Schwester umzustimmen.

»Besser nicht.« Kate beugte sich zu Bianca hinab und drückte ihr einen Kuss auf die Wange. »Bis bald.«

Später, nachdem sich auch Roy verabschiedet hatte, stellte Marshall das Radio an, um die Spätnachrichten zu hören. »Du träumst, wenn du glaubst, du könntest deine Schwester ändern«, sagte er.

Bianca ging in die Küche, um das Geschirr abzuwaschen. Nach der Nachrichtensendung, wenn Marshall sich schlafen legte, würde sie im Wohnzimmer Ordnung schaffen. Sie hatte alles, was sie sich jemals gewünscht hatte, und doch fühle sie sich innerlich so leer.

KAPITEL 17

Kate

New York, November 1946

Tom Morelli, in weißem T-Shirt, Jeans und grüner Schürze, kam aus der Küche des Albertina's. »Telefon für dich, Kate.«

Kate war dabei, für eine Kundin ein Töpfchen mit Oliven zu füllen. Seit August arbeitete sie in Toms Deli. Zwar schrieb sie weiterhin Beiträge für Hilarys Sendungen, doch sie brauchte zusätzliche Einkünfte, um finanziell über die Runden zu kommen.

»Für mich?«, fragte sie verwundert. Normalerweise rief hier niemand für sie an. Toms Mutter trat zu ihr und übernahm die Kundin, die Kate bedient hatte. Hinter ihr hatte sich eine Schlange gebildet, die bis zur Ladentür reichte.

Kate wischte sich die Hände an einem Handtuch ab und lief nach hinten zu Toms Büro, vorbei an Natalia, die Cannoli in einen kleinen Karton legte. Die Cannoli, die Tom mit Vanillecreme statt Ricotta füllte, waren der absolute Hit.

Seit Mai hatte Kate für ihre Beiträge für WNYR und Western News Union 1.456 Dollar eingenommen. Von den Kollegen, die mit ihr in Europa gewesen waren, wusste sie, dass sie in derselben Zeit nicht nur ein Vielfaches von ihr verdient hatten, sondern auch mit großzügig bemessenen Spesenkonten ausgestattet waren.

Rick dagegen hatte sie nur noch selten gesehen. Dann und wann, wenn sie mit Kollegen von WNYR abends etwas getrunken hatte, waren sie aufeinandergetroffen und hatten ein, zwei Worte gewechselt. Weiter nichts. Wahrscheinlich war es auch besser so. Dennoch fragte sie sich gelegentlich, warum er sich nicht mehr meldete. Aber vielleicht hatte sie sich seine Zuneigung nur eingebildet.

Auch Claudia hatte nicht mehr geschrieben. Dafür hatte das Mädchen sich mit einem wunderschön gemalten Bild, das sie mit ernster Miene vor Claudias Haus zeigte, für die Spielsachen bedankt. Daraufhin schickte Kate ihm einen Brief mit Fotos von New York. Noch lieber wäre sie nach Deutschland gereist, hätte das Mädchen nach Manhattan geholt und sich hier um sie gekümmert.

Doch das waren selbstsüchtige Gedanken. Was hätte sie diesem Mädchen zu bieten? Wie viel Zeit könnte sie überhaupt für ein Kind erübrigen?

Als der drückend heiße New Yorker Sommer zu Ende ging und sich das Laub der Bäume im Central Park bunt färbte, hatte Kate sich gezwungen, ihrer finanziellen Situation kritisch ins Auge zu blicken. Also hatte sie Tom um Arbeit gebeten. Als er sie auf Teilzeitbasis einstellte, war sie dankbar gewesen.

Ihren Traum, eines Tages eine politische Reportage zu schreiben, würde sie dennoch nicht aufgeben. Doch in New York waren die großen Zeitungen und Rundfunkanstalten des Landes zu Hause und demzufolge zahllose Journalisten, die um gute Storys und Aufträge wetteiferten – Kollegen, die feste Verträge und Zugang zu allen einschlägigen Informationsquellen besaßen.

In Toms Büro nahm sie den Hörer auf, der auf dem Schreibtisch lag, und fragte sich beunruhigt, ob ihrer Mutter etwas zugestoßen sein könnte. Oder Bianca, die nun im siebten Monat war.

Kate hatte des Öfteren vorgehabt, ihre Schwester anzurufen. Manchmal hatte sie in Toms Büro sogar schon nach dem Hörer gegriffen – und die Hand wieder zurückgezogen. Sie würden sich doch nur streiten, wie bei jeder Begegnung. Stets warf Bianca Kate vor, auf eine berufliche Karriere fixiert zu sein, sich nicht für eine Ehe und ein eigenes Heim zu interessieren, nicht in Biancas Nähe ziehen zu wollen.

Hier und da fühlte Kate sich bei diesen Vorwürfen schuldig. Sie hatte die Einsamkeit ihrer Schwester erkannt, sich daran erinnert, wie sie der Jüngeren früher zur Seite gestanden und sie beschützt hatte. Doch sie war nicht mehr geeignet, die Menschen, die sie liebte, vor irgendetwas zu bewahren, das hatte sie bewiesen, als ihr Vater ihretwegen umgekommen war.

Sie hielt sich den Hörer ans Ohr und meldete sich.

Hilary war am anderen Ende. »Im Staat New York streiken die Lkw-Fahrer, und all unsere Reporter sind unterwegs, um darüber zu berichten.« Sie machte eine kleine Kunstpause. »Wir brauchen jemanden, der das Treffen der Großen Vier übernimmt, genauer gesagt, das der jeweiligen Außenminister, die heute Mittag im Waldorf Astoria zusammenkommen. Ich habe dich vorgeschlagen und geschworen, dass du zu dieser Berichterstattung in der Lage bist. Es hat geklappt, Kate.«

»Wirklich?«, flüsterte Kate überwältigt. »Danke, Hilary, vielen Dank.«

Sie erinnerte sich daran, wie oft Hilary sie nachdenklich gemustert und erklärt hatte, sie sei sicher, dass Kates politische Expertise eines Tages zum Tragen käme.

»Wie bald kannst du in dem Hotel sein?«

»Im Handumdrehen.« Am liebsten hätte Kate einen Luftsprung gemacht. Wie gut, dass Tom ihr erklärt hatte, sie könne ihre Arbeitszeit flexibel gestalten, je nach ihrer Auftragslage, er wisse schließlich, wie schwierig es für eine Frau sei, in einer Männerwelt Fuß zu fassen, und werde ihr nicht im Weg stehen.

Kate begann die Bändel ihrer Schürze zu lösen.

»Du kennst die Einstellung unserer Rundfunkchefs in puncto Journalistinnen«, sprach Hilary weiter. »Ich musste für dich kämpfen. Bitte enttäusch mich nicht.«

»Das werde ich nicht«, versprach Kate.

»Falls die Leitung unseres Senders mit deinem Beitrag zufrieden ist, darfst du vielleicht auch in Zukunft als politische Reporterin berichten.«

»Das wäre schön.« Kate zog ihre Schürze ab.

Hilary gluckste. »Unsere leitenden Herren scheinen zu glauben, Frauen hätten nur begrenztes Denkvermögen und seien überdies zu zartbesaitet, um sich an politische Themen zu wagen.«

Kate lachte. »Bei dem Treffen geht es um noch ausstehende Fragen der Friedensordnung in Europa. Darüber berichten zu dürfen, betrachte ich als Privileg. Dass du dich für mich eingesetzt hast, werde ich dir nie vergessen, Hilary.«

Kate betrachtete das Foto von Lily Morelli, das in einem schlichten Silberrahmen auf Toms Schreibtisch stand. Frauen wie Lily würden sich mit ihr freuen, dessen war sie sich sicher.

»Mach dich nicht zu schick«, sagte Hilary. »Einfaches Kleid und einfacher Schmuck. Du musst seriös wirken, oder du kannst jeden Folgeauftrag vergessen.«

»Schon klar.«

»Und später bei der Sendung sprichst du, als würdest du dich nur an einen Hörer oder eine Hörerin wenden. Das wirkt eindringlich und spricht die Leute an.«

»Ja, Hilary.«

»Rundfunksendungen müssen etwas Intimes haben, ganz gleich um welches Thema es geht.« Hilary seufzte. »Und nun los.«

Kate legte den Hörer auf und drückte die Hände auf ihre erhitzten Wangen.

Die Tür zum Allerheiligsten der Männer hatte sich einen Spaltbreit aufgetan, und nun würde sie sich mit aller Kraft dagegenstemmen und sie noch weiter öffnen.

*

Vor dem Hoteleingang an der Park Avenue wehten die Fahnen der Vereinigten Staaten, der UdSSR, Großbritanniens und Frankreichs. Kate zeigte einem Sicherheitsbeamten ihren Presseausweis und wurde von einem zweiten in die Hotelhalle geführt. Sie folgte anderen Reportern über weiche Teppiche, vorbei an schwarzen Marmorsäulen und exquisitem Mobiliar, zu den Aufzügen.

Kate versuchte, gegen ihre Nervosität anzugehen und sich einfach nur zu freuen, dass man ihr die Möglichkeit geboten hatte, über ein so wichtiges weltpolitisches Ereignis zu berichten.

Vor dem Konferenzraum hielten Angehörige der amerikanischen Militärpolizei Wache. Die Reporter, die vor Kate gekommen waren, standen in einer langen Schlange an, um eingelassen zu werden.

Schließlich war es so weit, und Kate betrat den Saal, wo über die weitere Ausgestaltung des Friedens in Europa diskutiert werden würde.

*

Am Abend betrat Kate ein Aufnahmestudio von WNYR. An der Tür hatte Hilary sie begrüßt und erklärt, sie werde sich die Sendung im Hauptkontrollraum anhören.

Kate nahm ihren Platz am Mikrofon ein. Die Nervosität, die sie beim Betreten des Studios erfasst hatte, ließ nach.

Sie atmete durch, erinnerte sich daran, dass ihre Stimme tief und fest klingen musste, und begann ihren Bericht.

Als sie das Studio verließ, stand Hilary draußen und lächelte anerkennend. Auf dem Weg über den Flur sagte sie: »Das war gut, Kate. Ich hoffe, nun wird es mehr Aufträge dieser Art für dich geben. Sieh zu, dass du auch weiterhin in der Lage bist, einem Ruf von jetzt auf gleich zu folgen.«

Kate bedankte sich noch einmal.

Am Ende des langen Flurs fiel Kates Blick auf zwei neue Starfotos. Auf einem war Rick zu sehen, den Hut schräg und verwegen aufgesetzt, das Lächeln selbstbewusst. Das andere zeigte Harvey Milton, der über das ganze Gesicht strahlte, was so ansteckend wirkte, dass auch Kate lächeln musste. Wie sie wusste, war Rick im Begriff, einer der maßgebenden Reporter des Senders zu werden, wohingegen Harvey dabei war, eine Managementebene nach der anderen zu erklimmen.

Kate blieb stehen. »Ich arbeite so hart wie ein Mann. Sogar härter.«

»Das brauchst du mir nicht zu sagen«, entgegnete Hilary und deutete auf Kates Kleid. »Das graue Kleid und die schlichte Silberkette waren übrigens genau richtig.«

*

Dank des Honorars für ihren Beitrag über das Außenministertreffen konnte Kate sich einen Telefonanschluss leisten.

Bereits wenige Tage später rief Hilary morgens an – Kate war gerade aus der Dusche gekommen – und sagte: »Du bist in *Newsweek*. Offenbar hast du bei dem Außenministertreffen Aufsehen erregt.«

Kate, die Kaffeewasser hatte aufsetzen wollen, hielt inne. »Du machst Witze, oder?« Sie erinnerte sich an das Ablehnungsschreiben von *Newsweek*, das auf ihre Bewerbung gefolgt war.

»Erste weibliche Reporterin«, las Hilary vor. »Auch dein Äußeres wird beschrieben – hochgewachsen, schlank, dunkle Locken, fotogen. Deine Stimme sei melodiös, heißt es.«

Kate verdrehte die Augen. »Wie schön, dass meine Sachkenntnis keine Rolle gespielt hat.«

»Hm«, machte Hilary. »Wärst du noch hübscher, hätte man dich nicht eingesetzt, auch das steht hier.«

»Soll man darüber nun lachen oder weinen?«

»Beides«, schlug Hilary vor.

Wenig später machte Kate sich zu ihrer Schicht im Albertina's auf.

*

Als das Telefon am Abend klingelte, war Rick am anderen Ende, und Kate fragte sich, woher er ihre Telefonnummer hatte. Und warum er anrief, nachdem er so lange nichts von sich hatte hören lassen.

»Ich bin froh, dass du jetzt ein Telefon hast«, sagte er. »Und entschuldige, dass ich mich so lange nicht gemeldet habe.«

Er klang förmlich. Kate setzte sich auf ihr Sofa und zog die Beine unter sich. Jemand im Sender musste ihm ihre Telefonnummer gegeben haben. Doch abgesehen davon hätte er, auch ohne dass sie ein Telefon hatte, ein Lebenszeichen von sich geben können.

»Wie geht es dir?«, fragte sie.

Rick schien mit der Antwort zu zögern. Dann sagte er: »Danke, mir geht's gut.«

Danach schwieg er, und Kate überlegte krampfhaft, was sie als Nächstes sagen könnte.

»Ist mit dir alles in Ordnung?« Verdammt, die Frage war eigentlich schon abgehakt.

»Ja. Und wie ist es bei dir? Geht's dir auch gut, Kate?«

Aha, nicht mehr Katia, sondern Kate. Aber das war auch besser so, kein Grund, es sich zu Herzen zu nehmen. »Ja, mir geht es auch gut.«

»Das ist schön.«

Kate verspürte den Drang aufzustehen und im Zimmer hin und her zu laufen, doch dazu war die Telefonschnur zu kurz. Also blieb sie auf dem Sofa sitzen und fragte sich, warum um alles in der Welt Rick anrief. Um nichtssagende Sätze mit ihr zu tauschen?

»Kate?«

»Ja.«

»Hättest du Lust, am Samstagabend zu mir zum Essen zu kommen?«

Er hatte die Frage so hastig hervorgestoßen, dass Kate einen Moment lang nicht wusste, wie sie reagieren sollte. »Am Samstag? Ich weiß nicht, Rick …«

»Ich habe auch andere eingeladen. Ein paar der Leute, mit denen wir in Europa waren. Ich dachte, du würdest sie vielleicht gern wiedersehen.«

Sie sollte zusagen, dachte Kate. Es war kein Date, sie musste sich keine unnötigen Gedanken machen.

»Dann können wir uns alle auf den neuesten Stand bringen«, fuhr Rick fort. »Meine Schwester und ihr Verlobter werden auch da sein. Ich weiß nicht, ob ich meine Schwester schon einmal erwähnt habe.«

»Doch«, sagte Kate. »In Europa. Ihr Name ist Eloise.«

»Richtig. Also kommst du? So gegen acht?«

»Danke, Rick … ich komme gern.«

Rick gab ihr seine Adresse durch, und Kate glaubte, ihren Ohren nicht zu trauen. Central Park West? Das war eine der besten Gegenden von Manhattan, mit großartigen Wohnhäusern, Concierges und Portiers. Dort wohnten keine Reporter. Wie also kam Rick dorthin? Der Rick, den sie kannte, legte keinen Wert auf eine Statusadresse. Aber vielleicht teilte er sich eine Wohnung mit Kollegen.

Harvey Milton hätte sie diese Adresse zugetraut, auch Joe Ackerman, der mit einem kultivierten New-England-Akzent sprach, aber Rick? Dann fiel ihr die Selbstverständlichkeit ein, mit der er bei FAO Schwarz teure Spielsachen erstanden hatte, das Essen im Josephine's …

»Prima«, sagte er und klang erleichtert. »Ich freue mich, dich wiederzusehen.«

»Ebenso«, sagte Kate, »und danke noch mal für die Einladung.«

*

Am Samstagabend nahm Kate die U-Bahn nach Manhattan. An der Station Columbus Circle stieg sie aus, knöpfte ihren Wintermantel zu und lief die Central Park West hinauf. Auf dem Weg bewunderte sie die weihnachtlichen Dekorationen in den Fenstern der Wohnhäuser, die blinkenden roten und grünen Lichterketten, die Kränze aus Stechpalmenzweigen über den Hauseingängen. Von irgendwoher kam der Duft gerösteter Kastanien.

An der Adresse, die Rick ihr durchgegeben hatte, überprüfte sie noch einmal, ob sie wirklich richtig war. Sie konnte noch immer nicht recht glauben, dass er in diesem vornehmen Gebäude wohnen sollte. Doch anscheinend tat er das.

Ein livrierter Portier hielt ihr die Eingangstür auf. In der Eingangshalle mit dem glänzenden Marmorfußboden musste sie ihm ihren Namen nennen, den er mit Einträgen in einem schweren Besucherbuch verglich. Danach führte er sie zu den Aufzügen, deren Holztüren kunstvolle Einlegearbeiten zeigten.

Als der noble Aufzug sich in Bewegung setzte, wurde Kate panisch. Mit einem Mal war sie sicher, dass alles an ihr falsch war, ihr Kleid, ihre Schuhe, ihre Handtasche und ihre Frisur.

Als sie nach einer neunstündigen Schicht im Albertina's nach Hause gekommen war, hatte sie die einzigen beiden eleganten Kleider, die sie besaß, nebeneinander aufs Bett gelegt und sich gewünscht, sie hätte sich für den Abend etwas Neues zugelegt. Doch dann rief sie sich die Zeit in Europa ins Gedächtnis, wo sie und ihre Kollegen abends auf dem Fußboden eines ihrer Hotelzimmer gesessen und Rotwein aus angestoßenen Keramik- oder Emaillebechern getrunken hatten. Wie peinlich es wäre, wenn sie als Einzige aus dem alten Kreis in Abendkleidung zu Ricks Essen erscheinen würde. Es war ja nicht so, als wäre sie seine Freundin und müsste seine Schwester beeindrucken.

Verzweifelt holte sie andere Kleider aus dem Schrank, legte sie aufs Bett und begutachtete sie, doch nichts war richtig.

Zu guter Letzt entschied sie sich für das mitternachtsblaue Cocktailkleid mit Schulterpolstern. Der Rock umschmeichelte ihre Knie, das Oberteil bestand aus zwei überkreuzten Stoffbahnen, was dem Kleid einen griechischen Touch verlieh, die Ärmel waren dreiviertellang. Dazu passend hatte sie gleichfarbige Abendhandschuhe. Als sie noch in Washington lebte, hatte sie das Kleid und die Handschuhe bei offiziellen abendlichen Veranstaltungen getragen. Es war professionell, festlich und feminin zugleich. Hoffte sie jedenfalls. Schließlich hatte sie noch einen Choker umgelegt, der aus mehreren Reihen Strass bestand.

Und was, wenn alle anderen in Jeans und T-Shirt kämen? Sollte sie dann wieder nach Hause fahren, sich umziehen und einen zweiten Anlauf nehmen?

Kate umklammerte ihre blaue Handtasche und befühlte ihre Frisur. Sie hatte ihre Locken auf dem Kopf zusammengefasst und festgesteckt, so wie man die Haare zurzeit trug.

Doch als sich die Aufzugstür im zwölften Stock öffnete, hatte sie das Gefühl, dass sie völlig unpassend gekleidet war.

Sie betrat ein Entrée, von dem zwei Türen abgingen. Auf einem antiken Tischchen stand eine Vase mit weißen Lilien.

Auf dem kleinen Schild an der linken Tür war nur Ricks Name zu sehen. Die Wohnung, die demnach eine halbe Etage umfasste, dürfte von der Lage her zum Central Park hinausgehen. Und anscheinend wurde sie von Rick allein bewohnt. Warum hatte er sie nicht vorgewarnt? Warum ihr nie mehr über sich erzählt? Warum war er so zurückhaltend gewesen?

Kate drückte auf den Klingelknopf.

Eine Dienstbotin öffnete die Tür. Von innen drangen Musik und Stimmengewirr zu Kate hinaus. Ihr Magen verkrampfte sich. Sie befahl sich, ruhiger zu werden, da hörte sie Ricks Stimme.

Und dann stand er vor ihr, gab ihr zur Begrüßung einen Kuss auf die Wange und nahm ihr den Mantel ab.

Er trug einen Abendanzug, hatte das dunkle Haar zurückgekämmt und sah sie lächelnd an. Seine braunen Augen hatten kleine hellere Einsprengsel, das war ihr bisher nie aufgefallen.

»Wie schön, dass du gekommen bist.«

Kate registrierte den teuren Herrenduft, den er trug.

»Du siehst wundervoll aus«, sagte er.

Kate hatte es die Sprache verschlagen.

»Komm rein.«

»Hast du einen reichen Freund, der dir seine Wohnung überlassen hat?«, brachte sie schließlich hervor. »Das hier scheint mir Lichtjahre von unseren Unterkünften in Europa entfernt zu sein.«

Rick fasste ihren Arm und führte sie weiter in die Wohnung hinein.

Bei der Berührung setzte ihr Herz einen Schlag lang aus.

Er ließ sie los und blieb stehen. »Bevor wir zu den anderen gehen, habe ich noch Neuigkeiten für dich.«

Er führte sie durch die Eingangshalle, von der aus sich eine freitragende, honigfarbene Holztreppe in den oberen Stock schwang. An den Wänden hingen moderne Gemälde, unten an der Treppe stand eine Skulptur. Kates Blick fiel auf einen Spiegel und sie sah ihre weit aufgerissenen Augen.

»Rick, was für eine unglaublich schöne Wohnung.«

»Freut mich, dass sie dir gefällt.«

Rick öffnete die Tür zu einem Raum, bei dem es sich wohl um sein Arbeitszimmer handelte. An den Wänden zogen sich Holzregale voller Bücher, die bis unter die Decke reichten, zwei mit cremefarbenem Velours bezogene Sofas standen sich gegenüber, daneben befand sich ein Ohrensessel, und auf dem Sims über dem Kamin stand eine filigran verzierte goldene Uhr, deren Preis Kate sich nicht einmal ansatzweise vorstellen konnte. Auf einem schweren Schreibtisch aus Mahagoni war Ricks Schreibmaschine als einziger profaner Gegenstand zu sehen.

Ricks Miene war ernst geworden, und Kate ahnte schon, worüber er mit ihr sprechen wollte. »Es geht um unser kleines Mädchen, oder?« Ricks Wohnung war vergessen, vor sich sah sie nur noch zwei große blaue Kinderaugen.

Rick nickte.

»Claudia hat sich gemeldet.«

Kate lehnte sich an den Ohrensessel. Sie hatte dem Mädchen mehrfach geschrieben, und seit Wochen nichts mehr von ihm gehört.

»Was hat sie gesagt?«, fragte Kate angespannt.

»Die Eltern und der kleine Bruder des Mädchens sind tot. Das hat Claudia inzwischen herausgefunden.«

Und wie war die Familie umgekommen?, fragte sich Kate. Bei einem Luftangriff der Alliierten? Vielleicht sogar der Amerikaner? Sie ließ sich auf ein Sofa sinken.

»Aber es gibt noch mehr«, fuhr Rick fort.

Kate starrte auf ihre Hände, die sich auf ihrem Schoß ineinander gekrallt hatten.

»Die gute Nachricht ist, dass wir nun den Namen der Kleinen kennen. Sie heißt Mia. Mia Stein.«

»Mia«, wiederholte Kate leise.

»Ihr Bruder hieß Philipp.«

Philipp. Das war sicherlich der Junge auf dem Foto, das Mia bei sich gehabt hatte. Eine Woge des Kummers und des Mitleids stieg in Kate auf.

Rick setzte sich ihr gegenüber. »Und noch etwas. Die Großeltern des Mädchens sind gefunden worden.«

Kate atmete auf. »Das ist gut.« Sicher würden die Großeltern wissen, ob noch weitere Verwandte des Kindes überlebt hatten – Cousins, Cousinen, Tanten und Onkel.

Rick beugte sich zu ihr vor, überlegte es sich anders und lehnte sich wieder zurück. »Allerdings leben sie im sowjetisch besetzten Teil Deutschlands.«

»Bitte nicht.«

»Die Rote Armee hat das Dorf zerstört, in dem sie gewohnt hatten, und den Gutshof der Familie niedergebrannt. Die Großmutter ist halb gelähmt und sitzt im Rollstuhl. Womöglich ist ihr deshalb das Schicksal, vergewaltigt zu werden, erspart geblieben. Nun wohnen die Großeltern in einem kleinen Nachbardorf, und Claudia meint, das einzig Richtige wäre, Mia dorthin zu bringen.«

»Nein.« Mia hatte ihre ersten Jahre unter der Naziherrschaft verbracht, sie sollte nicht von einer Diktatur in die andere geraten. »Dagegen muss ich etwas unternehmen«, sagte sie.

Ricks Blick wurde forschend. »Möchtest du nach Deutschland reisen?«

»Was? Du meinst, einfach so?« Kate schüttelte den Kopf. »Wie soll ich denn dahinkommen?«

Mit einem Mal wirkte Rick verlegen. »Vielleicht hätte ich es dir schon früher sagen sollen, doch dazu hat es nie einen Anlass gegeben. Mein Vater gehört zum Vorstand einer New Yorker Bank und sitzt in mehreren Aufsichtsräten, unter anderem dem von Pan American. Wenn du nach Deutschland fliegen möchtest, könnte ich dir einen kostenlosen Flug besorgen.«

Kate gab sich Mühe, auch diese Information zu verarbeiten. »Also kommst du aus einer vermögenden Familie.« Sie blickte sich um. »Ist diese Wohnung etwa Eigentum deiner Familie?«

Auf Ricks Gesicht breitete sich eine leichte Röte aus. »Die Wohnung gehört mir. Sie war ein Geschenk meiner Eltern. Ich hoffe, du läufst jetzt nicht davon.«

Kate zog die Brauen zusammen. Was wollte er damit sagen? Dass sie nicht in der Lage sei, seinen Wohlstand zu verkraften? Oder dass es sie interessierte, aus welcher Familie er oder überhaupt jemand kam?

Sie betrachtete den Perserteppich auf dem Fußboden. Ihre Füße standen in zwei Blütenornamenten, so ineinander verschlungen, dass man nicht erkannte, wo die eine Blüte begann und die andere endete. Wie verwirrend das alles war. Mias Eltern und ihr kleiner Bruder waren im Krieg umgekommen, aber ihre Großeltern lebten noch, allerdings im sowjetisch besetzten Teil Deutschlands. Rick gehörte zu einer vermögenden Familie, die ihrem Sohn eine exklusive Wohnung am Central Park schenken konnte. Sie selbst musste jeden Penny umdrehen und sollte nun mir nichts, dir nichts nach Deutschland fliegen?

»Lass es dir durch den Kopf gehen«, schlug Rick vor. »Heute Abend können wir ohnehin nichts mehr für Mia tun.« Er stand auf. »Und entschuldige, dass ich dich nicht auf das hier« – er umfasste den Raum mit einer Armbewegung – »vorbereitet habe.«

Warum hättest du das tun sollen, dachte Kate. Wir sind ja kein Paar. Sie erhob sich ebenfalls. Einen Moment lang standen sie sich gegenüber, sahen sich an. Dann wandte er sich zur Tür um – die Möglichkeit, noch etwas zu sagen oder mit einer Geste etwas zum Ausdruck zu bringen, war vertan.

Während sie die Eingangshalle durchquerten, überlegte Kate, ob sie Ricks Angebot, nach Deutschland zu fliegen, tatsächlich annehmen sollte.

Sie betraten ein großes Wohnzimmer. An den Fenstern stand ein Stutzflügel; in einem Kamin brannte ein Feuer. Der Duft der brennenden Holzscheite vermischte sich mit dem des üppigen Straußes Chrysanthemen in einer Bodenvase aus feinem weißen Porzellan.

Auf einem großen Ledersofa saß ein attraktives Paar, eine junge Frau und ein junger Mann. Auch Leonard Andrews war da, in Begleitung einer Frau seines Alters, wahrscheinlich seine Ehefrau. Bei ihnen stand Harvey Milton und war dabei, gestenreich etwas zu erzählen.

Jemand hatte eine Schallplatte aufgelegt. *Let it Snow* erklang, und wie auf Kommando wirbelten vor den Fenstern Schneeflocken durch die Luft.

Kate machte Anstalten, zu Harvey und den anderen zu gehen, doch in dem Moment stand die junge Frau vom Sofa auf. Ihr dunkles Haar war modisch gewellt, der Blick ihrer braunen Augen liebenswürdig. Sie trug ein schwarzes, schulterfreies Cocktailkleid und ein Diamantcollier – zumindest war Kate sich sicher, dass es sich um Diamanten und nicht um Strass handelte.

»Rick, du Heimlichtuer«, sagte sie. »Wer ist diese entzückende Frau?«

»Das ist meine Kollegin Kate Mancini.« Rick drehte sich zu Kate um. »Meine Schwester Eloise.«

»Schön, dich kennenzulernen.« Ricks Schwester strahlte Kate an. »Wie beeindruckend, dass du Reporterin bist.«

Rick betrachtete seine Schwester liebevoll.

»Ich wünschte, ich wäre ebenso klug und mutig wie mein Bruder. Sicherlich bist du auch so wie er.«

Wie kam es, dass Rick als einfacher Reporter nach Europa gereist war?, fragte sich Kate. Musste er nicht in die Fußstapfen seines Vaters treten? Aber auch seinen Vater hatte er früher nie erwähnt.

Kate gab sich einen Ruck. »Ich freue mich, dich kennenzulernen, Eloise«, begrüßte sie Ricks Schwester.

»Du musst mir alles über eure Zeit in Europa erzählen«, forderte Eloise sie auf. »Rick verrät mir ja nichts.«

»Wie bitte?« Rick zog die Brauen hoch.

Eloise bedachte ihn mit einem nachsichtigen Lächeln. »Ich weiß, dass du mir die Einzelheiten deiner Erlebnisse im Pazifik und in

Europa ersparen wolltest, aber ich bin härter im Nehmen als du denkst.« Sie richtete ihren Blick auf Kate. »Hast du auch einen Bruder?«

»Nein.« Eloises ungezwungene Art half Kate, sich ein wenig wohler zu fühlen, doch in ihrem Kopf überschlugen sich die Gedanken. Warum sollte Rick sich jemals für sie interessieren? Sicherlich gab es genügend wohlhabende und schöne junge Frauen, die besser zu ihm passten. »Aber ich habe mir immer einen Bruder gewünscht.« Dass sie eine Schwester hatte, behielt sie für sich. Über sie zu sprechen, hätte bedeutet, sich erneut all ihre Unterschiede vor Augen zu führen.

»Ich glaube, dass wir richtig gute Freundinnen werden«, sagte Eloise charmant und gesellte sich wieder zu den anderen Gästen.

»Wie reizend deine Schwester ist«, sagte Kate an Rick gewandt.

Rick sah sie einfach nur an, mit einem Blick, den Kate nicht deuten konnte.

»Rick«, flüsterte Kate. »Was ist?«

»Nichts.« Er nahm ihren Arm und führte sie zu der Fensterfront, wo Harvey nun allein mit einem Glas Champagner stand und nach draußen blickte.

»Hallo, Harvey«, sagte Kate.

Er drehte sich zu ihr herum. »Kate!« Er küsste sie auf die Wange. »Du siehst großartig aus.«

»Möchtest du auch Champagner?«, fragte Rick dicht an Kates Ohr.

»Gern.« Kate spürte seinen Atem auf ihrer Wange, sanfter als ein Streicheln. Rick verschwand, und ein Teil von Kate wünschte, er wäre für sie wieder das, was er in Europa gewesen war – nur ein Kollege und Freund.

»Wie geht es dir?«, fragte Harvey.

Kate riss sich aus ihren Erinnerungen und konzentrierte sich auf ihn.

»Ich hatte schon ewig vor, dich auf einen Drink einzuladen und zu hören, wie dir die Zusammenarbeit mit Hilary gefällt.«

»Es ist alles bestens. Allerdings würde ich ebenso gern mit dir zusammenarbeiten. Aber das weißt du ja.«

»Ich weiß«, entgegnete Harvey mit betrübter Miene. »Ich selbst hätte auch nichts dagegen. Doch ganz gleich, wie sehr ich mich für dich einsetze, die Antwort meiner Chefs lautet stets nein.«

»Ich dachte, du bist selbst auf der Chefebene angekommen.«

»Sicher, aber die anderen sind noch eine Stufe höher und können mich überstimmen.« Er zuckte die Achseln. »Dabei war dein Beitrag über das Außenministertreffen richtig gut.«

»Danke.« Kate beschloss, ihn nicht weiter zu bedrängen.

Rick kehrte mit zwei Gläsern Champagner zurück. Eines reichte er Kate und prostete ihr und Harvey zu.

»Ich würde Kate gern einen festen Vertrag als politische Reporterin geben«, sagte Harvey zu Rick. »Aber du weißt, wie es ist.«

In diesem Moment rief Eloise nach ihrem Bruder. Rick entschuldigte sich und ging zu ihr.

»Es ist schwierig, sich die Karriereleiter hinaufzukämpfen«, sagte Harvey. »Ich spreche aus eigener Erfahrung.«

Kate sah ihn überrascht an. »Du?«

»Ja, ich. Mein Vater war Fernfahrer, und meine Mutter hat in einem Hotel in Cleveland die Zimmer geputzt. Ich hatte es nicht so leicht wie …« Er sah zu Rick hinüber.

»Hat er es leicht gehabt?«, wunderte sich Kate. »Nur weil die Familie Geld hat?«

»Ich neide ihm nichts«, fuhr Harvey fort. »Aber alles, was ich erreicht habe, habe ich mir selbst erarbeitet. Abgesehen davon bin ich der Auffassung, dass Frauen die gleichen Chancen haben sollten wie Männer, und hoffe, dass es eines Tages so weit ist.«

Kate stimmte ihm zu und nippte an ihrem Champagner.

Harvey erzählte ihr von seiner Arbeit, erwähnte die steigende Zahl der Fernsehgeräte im Land.

Dann und wann schaute Kate zu Rick hinüber, der sich noch immer mit seiner Schwester unterhielt.

»Ich kann mir nicht vorstellen, jemals fürs Fernsehen zu berichten«, sagte sie. »Aber wahrscheinlich kann man auch das lernen.«

»Natürlich kann man das. Vielleicht werden wir mit unseren Beiträgen dann noch schneller sein als beim Rundfunk und unsere Inhalte noch komprimierter schreiben müssen. Aber so oder so, wir müssen mit den technischen Errungenschaften mithalten, und zu ihnen gehört zweifellos das Fernsehen.«

»Zweifellos«, wiederholte Kate. Wieder wanderte ihr Blick zu Rick und Eloise.

Harvey war ihrem Blick gefolgt. »Die beiden sind sehr elegant, nicht? Es hat Zeiten gegeben, da hätte mich ihre Gegenwart befangen gemacht und ich hätte verzweifelt versucht, meine Unsicherheit zu verbergen. Inzwischen habe ich gelernt, mich in ihren Kreisen zu bewegen, ohne aufzufallen.«

Kate lachte. »Ich bin nicht sicher, ob mir das jemals gelingen wird.«

Harvey sah sie verwundert an. »Wusstest du nicht, dass Rick vermögend ist?«

Kate schüttelte den Kopf.

»Seine Familie lebt in Connecticut. In Farmington genauer gesagt. Sie besitzt dort ein hübsches Anwesen und ein großes Stück Land. Sein Vater kommt aus einer Familie von Bankern, ist selbst auch einer.«

Kate dachte an ihre Mutter, die, um nach dem Tod ihres Mannes ihre Familie ernähren zu können, Bügelwäsche angenommen hatte, zusätzlich zu ihrem Job in der Schule. Weder sie noch Kate würden jemals zu einer Wohnung wie dieser passen. Oder zu einem Anwesen in Connecticut. Wahrscheinlich würde Ricks Familie sie nicht einmal als seine Freundin akzeptieren, geschweige denn als mehr. Und sollte sie doch jemals mehr als seine Freundin werden, würde es ihr vermutlich wie Bianca ergehen, die darunter litt, nicht in Marshalls Familie aufgenommen zu werden.

Dann war Rick wieder da und wollte wissen, ob sie hungrig seien, das Dinner sei oben im Esszimmer angerichtet. »Len und die anderen sind schon vorgegangen.«

Er blickte Kate an und ein unbestimmter Ausdruck huschte über sein Gesicht. Es sah aus, als wolle er etwas sagen, doch er begnügte sich mit einem Räuspern.

Als er jedoch eine Hand auf Kates Rücken legte, lehnte sie sich der Hand unwillkürlich entgegen, bevor sie einen Schritt von ihm fort machte und sich daran erinnerte, welchen Kreisen er angehörte. Es rückte ihn in endlos weite Ferne.

KAPITEL 18

Frances

New York, November 1946

Das Montgomery House auf der Upper East Side war eine der besten Restaurantadressen Manhattans. Hier, an einem der Tische, umgeben von weichem Licht, hatte Frances in den vergangenen Jahren zahllose Male mit ihrem Mann zu Abend gegessen. Alles war stets tadellos gewesen, so auch an diesem Abend. Und ebenso wie die meisten anderen Gäste hätten sie und Willard ein betuchtes, gut aussehendes Paar mittleren Alters sein können, das sich bei Kerzenlicht gegenübersaß.

Nur dass Frances litt.

Noch immer war es ihr nicht gelungen, die Mauer, die ihr Mann um sich errichtet hatte, zu durchbrechen. Die Aufgabe, es irgendwann zu schaffen, und die damit verbundene Hoffnung beschäftigten sie unentwegt, sogar nachts in ihren Träumen. Natürlich ließ sie sich nichts davon anmerken.

Sie sprach sich Mut zu, indem sie sich versicherte, dass es schließlich noch immer etwas gebe, das sie und Willard verband.

Ihre Kinder, die sie gemeinsam großgezogen hatten und liebten.

»Rick möchte eine Freundin zu Ellies Verlobungsfeier mitbringen«, sagte Frances und zupfte einen der Trompetenärmel ihres dunkelgrünen Cocktailkleids zurecht. »Bist du damit einverstanden?«

Willard runzelte die Stirn. »Hängt davon ab, wer diese Freundin ist.« Seine blauen Augen, die sie einmal so betörend gefunden hatte, blickten so kalt, dass Frances unwillkürlich zusammenzuckte. »Ich erinnere mich, dass er vor einer Weile von einer Freundin gesprochen hat, die nicht zu unseren Kreisen gehört und mir nicht willkommen wäre. Von ihr wird hoffentlich nicht die Rede sein.«

Wie gereizt er schon wieder ist, dachte Frances. Und seit wann war er so oberflächlich, dass er eine Frau allein aufgrund ihrer Herkunft ablehnte? »Ihr Name lautet Kate.«

»Und ihr Nachname?«, hakte Willard nach.

Frances hob die Schultern. »Den kenne ich nicht. Warum, spielt der für dich eine Rolle? Meinst du nicht, spätestens seit dem Krieg hätten sich gewisse Kriterien geändert? Abgesehen davon wüsste ich nicht, warum wir unserem einzigen Sohn diesen Wunsch abschlagen sollten.«

Willard wirkte verärgert. »Der Nachname eines Menschen wird immer eine Rolle spielen, Frances. Und Rick haben wir bereits mehr Wünsche erfüllt, als gut für ihn war.«

»Die Frau ist ebenfalls politische Journalistin.« Frances nahm ihre Serviette vom Schoß und faltete sie zusammen. Sie betrachtete ihren Ehering.

Er steckte wenigstens noch an ihrem Finger.

Sie sprach weiter. »Rick hat diese Frau während seiner Zeit in Europa kennengelernt. Er bezeichnet sie als gute Freundin, möchte aber, dass mehr daraus wird. Ich finde es äußerst rücksichtsvoll, dass er sie zuvor mit uns bekannt machen will.« Sie hätte gern noch mehr gesagt, ihrem Mann klargemacht, dass er Ricks Freundin zumindest als Gast auf der Verlobungsfeier ihrer Tochter akzeptieren solle, doch Willard wirkte so feindselig, dass sie es unterließ.

»Auf der Verlobungsfeier will ich keine politische Journalistin sehen. Und erst recht nicht in unserem Leben. Das fehlt mir gerade noch, dass über uns geschrieben wird. Oder dass diese Person während der Feier politische Diskussionen führt und unsere Gäste verärgert.«

Dass eine Frau politische Diskussionen führte, war er nicht gewöhnt, dachte Frances. Sie hatte ihre Überlegungen ja stets für sich behalten.

Willard nahm seine Serviette vom Schoß und warf sie auf den Tisch. »Mit anderen Worten, nein, Rick wird diese Frau nicht zu Eloises Verlobungsfeier mitbringen.«

Unter dem Tisch begann Frances, nervös ihre Finger zu kneten. »Ich weiß nicht, ob wir es Rick verbieten können, er ist kein kleiner Junge mehr. Schlimmstenfalls könnte er sich entscheiden, nicht zu der Feier zu kommen, und das wäre entsetzlich. Es könnte außerdem unangenehmes Aufsehen erregen.«

Willard blickte zu dem attraktiven jungen Paar am Nebentisch, das zu kichern begonnen hatte.

Frances errötete. Hatte sie zu laut gesprochen? Private Gespräche führte man am besten unter vier Augen. Für Nobelrestaurants in Manhattan eigneten sie sich nicht.

»Herrgott noch mal«, zischte Willard. »Musst du alles herausposaunen?«

»Entschuldige.« Vielleicht hätte sie vor dem Essen, als sie hier in der Bar auf Willard gewartet hatte, nicht zwei Champagnercocktails trinken sollen. Oder sie hätte mehr essen sollen, statt nur an ihrem Geflügelgericht zu picken.

Sie spürte, wie die Angst sie wieder zu übermannen drohte. Sie wusste einfach nicht mehr weiter. Willard, der sich ihr immer mehr entzog und womöglich sogar mit dem Gedanken einer Trennung spielte. Rick, der eine Freundin mitbringen wollte, die Willard von vornherein ablehnte. Der Zwist zwischen Vater und Sohn, der sich daraufhin verstärken würde.

Und was würde aus ihr, sollte Willard sich tatsächlich scheiden lassen wollen? Wer wäre sie, wenn sie nicht mehr seine Frau wäre?

Sie hatte ihrem Mann Raum gegeben, hatte wie immer die Regeln befolgt. Und was hatte sie davon? Sie wünschte, sie hätte wenigstens sagen können, was von ihrer Ehe geblieben war.

»Wie viel müssen wir dieser Journalistenfreundin von Rick zahlen, damit sie sich von unserer Familie fernhält?«

Frances starrte ihren Mann fassungslos an. Dann riss sie sich zusammen. »Ich finde, du solltest Rick gestatten, sie mitzubringen. Vielleicht magst du sie ja. Oder sie erkennt, dass sie nicht zu uns passt und zieht sich von selbst zurück.«

»Vielleicht benutzt sie die Verlobungsfeier aber auch, um bei uns herumzuschnüffeln, die Gäste zu behelligen und anschließend in einem Artikel über uns herzuziehen. Womöglich möchtest du ihr dabei behilflich sein und ihr bei einer Plauderei ein paar Geheimnisse anvertrauen.«

Du hast Geheimnisse, nicht ich, dachte Frances.

»Überall in unserem Land gibt es russische Wirtschaftsspione«, fuhr Willard aufgebracht fort. »Aber von so etwas hast du natürlich keine Ahnung. Vielleicht ist diese Frau ja auch eine Rote und lechzt danach, einen Anlass wie Eloises Verlobungsfeier zu nutzen, um Informationen über uns und unsere Gäste zu sammeln.«

Um ein Haar hatte Frances gelacht. Natürlich wusste sie, dass die Sowjetunion ihren Status als Verbündeter verloren hatte, und mit Sicherheit gab es in Amerika russische Spione. Nur würden diese sich kaum die Mühe machen, die Verlobungsfeier ihrer Tochter zu infiltrieren.

»Ich frage mich, was ein russischer Spion in Woodlands suchen sollte.«

Willard funkelte sie zornig an. »Alles Mögliche.«

Frances griff nach ihrem Weinglas, sah wie ihr mit Brillanten und Saphiren besetzter Verlobungsring im Kerzenlicht schimmerte. Sie nahm einen Schluck. »Es ist nur eine Verlobungsfeier, Willard. Bitte, lass uns Rick nicht vor den Kopf stoßen.«

Ihr Mann schenkte sich Wein nach, ihr nicht.

Der Kellner näherte sich ihnen mit zögerndem Schritt. »Mr. Shearer«, sagte er leise.

Willard zog die Brauen zusammen. »Was ist?«

Der Kellner überreichte ihm einen zusammengefalteten Bogen Papier auf einem Silbertablett und raunte: »Miss Daisy McKinnon wartet in der Bar. Ich soll Ihnen ausrichten, dass die Probe früher beendet wurde.«

Willard nahm den Papierbogen, faltete ihn auf und las den handschriftlichen Text.

Der Kellner verschwand.

»Dieses dumme Ding«, murmelte Willard. »Was bezweckt sie mit diesem Unsinn?«

Miss Daisy McKinnon. Frances wurde übel. Und dann war ihr, als würde ihr Herz – nein, ihr ganzes Leben – in tausend Scherben zerspringen.

»Entschuldige mich.« Willard stand auf und hastete aus dem Speisesaal.

Frances starrte auf den leeren Platz und wünschte, sie hätte den Mut, sich gehen zu lassen und hier vor aller Augen zu weinen.

*

Nach Willards überstürztem Aufbruch beglich Frances die Rechnung und verließ das Montgomery House. Auf der Straße winkte sie ein Taxi herbei und ließ sich einfach durch Manhattan fahren. Die Auswahl der Straßen überließ sie dem Taxifahrer.

Sie empfand das Licht der Straßenlaternen als tröstlich und hätte ewig so weiterfahren können, sie wusste ohnehin nicht, wohin sie sich wenden sollte. Die Stadtwohnung kam nicht infrage und nach Woodlands wollte sie ebenso wenig.

War Woodlands überhaupt noch ihr Zuhause? Und wenn ja, wie lange noch?

Nur allein wollte sie nicht sein, so viel stand fest.

Sie wünschte, sie hätte nie etwas von einer Daisy McKinnon erfahren oder würde sich weder für diese Frau noch Willards Untreue interessieren, wie es so viele Frauen in ihren Kreisen an ihrer Stelle getan hätten.

Doch sie war tief getroffen. Sie wünschte sich eine intakte Familie, wollte ihren Mann und das Leben, das sie liebte, zurückhaben.

In der Park Avenue geriet das Taxi in einen Stau. Vor und hinter ihnen wurde gehupt. Frances überlegte, wie es wäre, den Rest ihres Lebens auf dem Rücksitz dieses Taxis zu verbringen.

Vor einer Weile hatte es zu regnen begonnen, dicke Tropfen liefen die Fensterscheiben hinunter, das Licht der Straßenlaternen verschwamm.

Sie beugte sich zu dem Fahrer vor. »Fahren Sie mich zur Central Park West.«

»Wie Sie wollen.« Er zuckte mit den Schultern. »Ist Ihr Geld, Lady.«

Frances lehnte sich zurück. Wie lange sie nicht mehr in einem Taxi gefahren war. Willard hatte einen Firmenwagen mit Chauffeur, den sie benutzen konnte, wenn sie in New York war. Wahrscheinlich saß nun Daisy McKinnon mit ihrem Mann in diesem Wagen.

Nachdem Willard verschwunden war, hatte sie sich im Restaurant die *New York Times* bringen lassen, um nach Informationen über Daisy McKinnon zu suchen. Sie glaubte, den Namen im Zusammenhang mit einer geplanten Broadway-Aufführung gehört zu haben, sogar vor nicht allzu langer Zeit.

In der Rubrik »Kultur und Unterhaltung« war sie fündig geworden, hatte dort sogar das Foto dieser Frau entdeckt. Eine blutjunge Blondine mit mandelförmigen Augen, die im Broadway-Musical *A Family Affair* demnächst die Rolle der Sally spielen würde. Die Hauptrolle also. Es hatte sie Kraft gekostet, die Zeitung wieder zusammenzufalten und den Kellner, der fragte, ob er noch etwas für sie tun könne, mit einem freundlichen Lächeln zu bitten, ihr die Rechnung zu bringen.

Sie hatte sich nichts anmerken lassen, dessen war sie sich sicher.

War sie erleichtert zu wissen, dass das Rätsel gelöst war und Willards Kälte ihr gegenüber mit dieser jungen Frau zusammenhing?

Nein. Vielmehr war ihr Kummer noch größer geworden.

Sie war Willard stets treu gewesen.

Als sie anfangs mit ihm ausging, hatte es durchaus noch Männer gegeben, die Annäherungsversuche gestartet hatten. Sie war nie darauf eingegangen.

Doch Willard schien sie nicht einmal mehr zu respektieren, geschweige denn zu lieben.

Daisy McKinnon war eine attraktive junge Frau, die, wie sie nun wusste, schauspielern, singen und tanzen konnte. Hatte das genügt, um Willard den Kopf zu verdrehen?

Einen passenderen Titel als *A Family Affair* – eine Familienangelegenheit – konnte dieses Musical gar nicht haben.

Wie auch immer, sie würde jetzt zu Rick fahren. Er hatte ihr oft genug erklärt, sie könne ihn jederzeit besuchen. Und falls sie übers Wochenende in New York sein wolle und es ihr in der Stadtwohnung zu einsam wäre, könne sie sein Gästezimmer benutzen.

Ob Rick wusste, dass es im Leben seines Vaters eine Frau mit Namen Daisy McKinnon gab? Wussten es noch andere? Bekannte von ihnen in Farmington und New York? Eloise und Teddy? Die Mitglieder von Willards Club? Bemitleidete man sie oder gab es Leute, die über sie lachten?

Frances holte ihre Puderdose aus der Handtasche und begutachtete sich in dem trüben Licht, das von außen hereinfiel. Soweit sie erkennen konnte, war alles in Ordnung, nur ihre Lippen musste sie nachziehen.

Der Wagen hielt vor dem Haus an, in dem Rick wohnte.

Sie reichte dem Fahrer einen Fünfzig-Dollar-Schein und sagte: »Stimmt so.«

Der Mann starrte ungläubig auf den Schein, bevor er sich bedankte.

Frances begrüßte den Portier und durchquerte die Eingangshalle zu den Aufzügen. Falls Rick nicht zu Hause war, würde sie sich ein Hotelzimmer nehmen, beschloss sie.

Sie fuhr in den zwölften Stock, stand vor Ricks Wohnungstür und drückte auf die Klingel.

Als ihr Sohn die Tür öffnete – im Abendanzug, nicht im Bademantel, weil er schon geschlafen hatte –, hätte sie sich ihm am liebsten weinend in die Arme geworfen.

»Mom«, sagte er überrascht.

Frances setzte ein Lächeln auf. »Entschuldige, dass ich dich so überfalle. Ich habe den Schlüssel für die Stadtwohnung vergessen und hoffe, ich darf bei dir übernachten. Falls es keine Zumutung ist.«

Warum log sie? Und wann hörte sie endlich auf, sich klein zu machen?

»Ich bitte dich, Mom, warum sollte es eine Zumutung sein?«

Frances betrat die Eingangshalle.

In der Tür zum Wohnzimmer tauchte eine hochgewachsene junge Frau auf. »Ein später Gast?«, sagte sie, stutzte und taxierte Frances genauer. »Sie müssen Ricks Mutter sein, die Ähnlichkeit ist unverkennbar.« Die junge Frau errötete. »Ich freue mich, Sie kennenzulernen.« Sie sah Rick an. »Vielleicht ist es besser, wenn ich gehe?«

Rick machte eine abwehrende Handbewegung. »Dazu gibt es keinen Grund.« Er wandte sich Frances zu. »Das ist Kate, Mom.«

Frances betrachtete die junge Frau, von der sie bisher nur gehört hatte. Sie war hübsch, hatte ausdrucksvolle braune Augen. Das lockige Haar hatte sie aufgesteckt, doch ein, zwei Locken hatten sich gelöst, was sie nur noch liebenswerter machte. Eine Journalistin mit dunklen Absichten stellte sie sich anders vor.

Dennoch hätte sie es vorgezogen, sie wäre Kate ein andermal begegnet, nicht an einem Abend, an dem sie sich nichts sehnlicher wünschte als zu weinen.

Mit unsteten Händen streifte sie ihre Handschuhe ab. Dabei fiel ihr die Handtasche herunter.

Rick bückte sich und hob die Tasche auf. »Ist mit dir alles in Ordnung, Mom?«

»Natürlich«, sagte sie. »Allerdings möchte ich dich nicht stören. Am besten ich ziehe mich gleich in dein Gästezimmer zurück.«

Sie stopfte die Handschuhe in die Handtasche. »Ich habe die Schlüssel zu unserer Stadtwohnung vergessen«, erklärte sie Kate, als müsse sie sich auch bei ihr für ihre Anwesenheit entschuldigen.

Rick fasste ihren Arm. »Komm, Mom. Trink einen Schluck.«

Die junge Frau – Kate – lächelte aufmunternd und nickte.

Was für eine reizende Person, dachte Frances. Wie gern hätte sie Rick und seiner Freundin ihr Herz ausgeschüttet und von Willards Untreue berichtet.

Erst in diesem Augenblick nahm sie die Stimmen und das Gelächter wahr, die aus dem Wohnzimmer kamen.

»Du hast noch mehr Gäste.« Sie entzog Rick ihren Arm. »Als Mutter wäre ich doch nur fehl am Platz. Lass mich zu Bett gehen.«

»Nur ein Glas, Mom.« Rick schob sie Richtung Wohnzimmer. »Eloise und Teddy sind da und werden sich freuen, dich zu sehen.«

Eloise und Teddy? Nein, den beiden wollte Frances an diesem Abend unter keinen Umständen begegnen. Sie spürte die aufsteigende Panik, sah bereits den Schein des Kaminfeuers. Wieder ertönte Gelächter. Es war das Lachen junger Menschen, und sie war alt, gehörte nirgendwo mehr hin. Ihr einziger Wunsch war, in ein Bett zu kriechen, sich die Decke über den Kopf zu ziehen und nie mehr darunter hervorzukommen.

Sie schüttelte den Kopf. »Nein, Rick, heute Abend nicht.«

Ricks Freundin schien zu spüren, dass etwas nicht stimmte, und kehrte ins Wohnzimmer zurück, um sie und Rick allein zu lassen.

»Mom, was hast du?«, fragte Rick. »Du gehörst doch zu uns. Wie um alles in der Welt kannst du annehmen, du wärst bei uns fehl am Platz?«

Ihr lag auf der Zunge zu sagen, ein Zusammengehörigkeitsgefühl könne schon im Lauf eines Abends zerstört werden, doch sie schluckte die Worte hinunter.

Rick legte einen Arm um sie und zog sie an sich. Und bevor Frances sich Einhalt gebieten konnte, schossen Tränen in ihre Augen.

KAPITEL 19

Kate

New York, November 1946

»Du musst zu Teddys und meiner Verlobungsfeier kommen«, sagte Eloise, während sie Kate zum Abschied umarmte. »Sie findet am dreißigsten statt, das ist der letzte Samstag in diesem Monat.«

Kate spürte das weiche Material des Kaschmirmantels, den Eloise trug.

Die meisten Gäste waren bereits gegangen. Auch Ricks Mutter hatte sich vor einer Weile zurückgezogen.

Kate löste sich von Ricks Schwester und bedankte sich für die Einladung. »Ist euch das auch wirklich recht?«

»Natürlich ist uns das recht«, entgegnete Eloise. »Wir haben einen so schönen Abend zusammen verbracht und möchten dich wiedersehen. Außerdem werden noch mehr von Ricks Freunden kommen.« Sie drehte sich zu Harvey um, der dabei war, seinen Mantel überzustreifen. »Du kommst doch auch, Harvey, oder?«

Harvey zwinkerte ihr zu. »Würde ich mir niemals entgehen lassen.«

»Ich bin sicher, dass du ein hervorragender Tänzer bist.« Eloise strahlte Harvey an. »Alle Frauen werden sich in dich verlieben und den ganzen Abend mit dir tanzen wollen.«

»Ich tanze gern«, bekannte Harvey. »Aber Fred Astaire bin ich nicht.«

Eloise drückte Rick einen Kuss auf die Wange. »Du holst Kate und Harvey ab und bringst sie nach Woodlands. Und nach der Feier bleibt ihr alle über Nacht.«

Und dann waren die drei fort, doch als sie im Aufzug nach unten fuhren, hörte man Eloise noch immer lachen.

»Ich mag deine Schwester«, sagte Kate. »Und deine Mutter.« Allerdings hatte sie den Eindruck gehabt, dass Ricks Mutter sich nicht wohlgefühlt hatte. Bei ihrer Ankunft war sie blass gewesen, und als sie das Wohnzimmer betreten hatte, hatte es ausgesehen, als hätte sie geweint.

Kate griff nach ihrem Mantel.

»Warte noch einen Moment«, bat Rick. »Trink noch was. Wenn du magst, mache ich dir einen Tee.«

Kate dachte an das Unwetter, das auf den Schneeregen gefolgt war. Noch immer war in der Ferne Donnergrollen zu hören. »Gut«, sagte sie, »ich warte, bis es aufhört zu donnern.«

Sie kehrten ins Wohnzimmer zurück, dass nun, da die Gäste verschwunden waren, noch größer wirkte.

»Warum komme ich nicht mit dir in die Küche«, sagte Kate, »und schaue dir bei der Arbeit zu.«

Die Küche war ebenfalls überwältigend. Hellgrüne Schränke, weiße und grüne Fliesen, die Mosaike bildeten, ein gewaltiger eingebauter Herd mit ausziehbaren Kochplatten, eine Kücheninsel mit Marmorplatte und gepolsterte Hocker mit dunkelgrünem Bezug. Und nirgendwo war auch nur der kleinste Schmierfleck zu entdecken.

Kates Blick fiel auf den Küchentisch, der bereits zum Frühstück gedeckt war, in der Mitte ein weihnachtliches Blumenarrangement aus Tannenzweigen und Amaryllis. Das musste die Frau getan haben, die Kate bei ihrer Ankunft die Tür geöffnet, später das Essen serviert und dann die Küche wieder in Schuss gebracht hatte.

»So eine Küche habe ich noch nie gesehen«, sagte Kate beeindruckt.

Rick zuckte mit den Schultern und öffnete einen der Schränke. »Möchtest du einen bestimmten Tee?«

»Kräutertee wäre schön.«

Er spähte in den Schrank, begann darin zu kramen und zog eine Packung Teebeutel hervor. Sie gehörten zu einer Sorte, die Kate stets zu teuer gewesen war, um sie zu kaufen.

*

Wieder im Wohnzimmer entfachte Rick das Feuer im Kamin neu. Kate ließ sich mit ihrem Becher Tee auf dem großen Sofa nieder.

Rick setzte sich ihr gegenüber. Auch er hatte sich Tee eingeschenkt. »Wahrscheinlich hätte ich dir schon früher von meiner Familie erzählen sollen.«

»Warum hast du es nicht getan? Dachtest du, das würde meine Meinung von dir beeinflussen?«

Rick schien zu überlegen. »Das vielleicht nicht, aber ich hatte Angst, meine Herkunft könnte dir unangenehm sein.« Er stand auf, trat an den Kamin, stocherte in den glühenden Holzscheiten und legte welche nach. »Die Shearers sind eine privilegierte Familie. In Europa darüber zu sprechen, wäre mir obszön vorgekommen. Abgesehen davon war dort alles andere wichtiger.« Er drehte sich zu Kate um. »Du warst wichtiger.«

Als das Feuer wieder brannte, setzte er sich zu Kate aufs Sofa und sagte: »Wenn ich an die Menschen denke, die wir in Europa gesehen haben, und dann an meine Familie – an diese Wohnung, dann erschrecke ich angesichts des Ungleichgewichts. Und der Ungerechtigkeit.«

»Ja«, sagte Kate. »Es ist ungerecht. Aber wir haben beide Glück gehabt, nicht nur du. Uns geht es gut, und als wir aufgewachsen sind, wurden wir geliebt. Wie hatten immer genug zu essen und mussten nicht fürchten, bei einem Bombenangriff ums Leben zu kommen.« Ein Lächeln huschte um ihre Lippen. »Wenigstens haben wir ein Kind gerettet. Mia hat dafür gesorgt, dass wir uns nähergekommen sind.«

Rick beugte sich vor, und für einen Moment sah es aus, als wolle er Kate küssen. Doch dann hob er die Hand und streichelte nur ihre Wange. »Wenn du wüsstest, wie oft ich an dich denke. Und wie froh ich war, als du meine Einladung für heute Abend angenommen hast.«

Er ließ seine Hand sinken. »Mir war sofort klar, dass meine Schwester dich mögen würde. Auch meine Mutter hat es getan. Ich hoffe, dass du uns einfach als ganz normale Menschen betrachtest. Aber mein sehnlichster Wunsch ist, dass du für mich das Gleiche empfindest wie ich für dich, Katia. Meinst du, du könntest mich lieben?«

Kate schaute in seine warmen braunen Augen und spürte, wie sie von etwas Tiefem und Schönem erfüllt wurde. Das war der Mann, mit dem sie so vieles gemeinsam erlebt, der ihr von Anfang an seine Freundschaft angeboten hatte. Sie hatte es sich lange nicht eingestehen wollen und doch schon seit einer Weile gewusst, dass aus dieser Freundschaft für sie mehr geworden war. Nur hatte sie nicht zu hoffen gewagt, dass es ihm ebenso ergangen war.

Mit einem Mal sah sie das Gesicht ihres Vaters vor sich. Er hatte zu den Menschen gehört, die ihr gezeigt hatten, was es bedeutete, jemanden zu lieben. Diesmal zog sich ihr Herz bei der Erinnerung nicht schmerzhaft zusammen, stattdessen spürte sie das Lächeln, das sich auf ihre Lippen schlich.

»Rick«, flüsterte sie.

Er schien zu zögern, doch dann umfasste er ihr Gesicht und küsste sie.

Kate spürte ein wunderbar süßes Ziehen in der Brust. Sie schloss die Augen und schlang die Arme um Ricks Hals.

KAPITEL 20

Kate

Sowjetisch besetzte Zone, November 1946

Das Dorf, in dem Mias Großeltern wohnten, war vor dem Krieg vermutlich idyllisch gewesen. Es lag in einer schönen Gegend mit Seen und Wäldern, hatte einen kopfsteingepflasterten Marktplatz, umgeben von kleinen Häusern aus hellem Stein, einer Kirche aus rotem Backstein, und einer von Bäumen bestandenen Einfahrt zu einem Herrenhaus.

Nun erkannte man jedoch, dass einige der Häuser verlassen waren, in den Fenstern Scheiben fehlten oder nur noch als gezackte Ränder existierten. Aus dem Kirchturm waren Steine herausgebrochen, und das Tor zu der Einfahrt hing schief in den Angeln.

Als in einem der Häuser ein Licht anging, griff Mia nach Kates Hand und drückte sich ängstlich an sie.

Auf der langen Fahrt von Celle tief hinein in die sowjetische Zone waren sie immer wieder von russischen Soldaten angehalten worden, die den Wagen und ihre Ausweise kontrolliert hatten.

Doch Kate war froh, dass Rick es geschafft hatte, von Amerika aus einen Wagen für sie zu organisieren und sie nicht mit den nach wie vor unzuverlässig verkehrenden Zügen fahren mussten.

Während der Fahrt hatte Claudia versucht, Kate und Mia zu unterhalten. Auf Deutsch und auf Englisch hatte sie von ihrer Kindheit erzählt, dass sie und ihre Freunde im Winter gerodelt waren oder in den verschneiten Straßen von Celle versucht hatten, sich an Pferdefuhrwerken festzuhalten, um mit den Schlitten gezogen zu werden. Sie hatte Weihnachtsfeste im Kreis ihrer Familie geschildert und Sommerferien entweder an der Nordsee oder der Ostsee. Sie und ihre Schwester hatten Sandburgen gebaut und waren Dünen hinuntergerutscht.

Mia hatte Kates Hand gefasst – und noch immer kein Wort gesprochen.

Zuvor hatte Kate versucht, von Claudia und ihrem Vater zu erfahren, wie die sowjetischen Besatzer gegenüber den Deutschen auftraten, ob man Mia tatsächlich in deren Zone bringen oder sie das Kind lieber mit nach Amerika nehmen solle. Sowohl Claudia als auch ihr Vater waren der Meinung gewesen, das Wichtigste für Mia sei, wieder bei ihren Großeltern zu sein, ganz gleich unter welchen Bedingungen sie lebten. Außerdem seien die Großeltern überglücklich, nach dem Tod von Mias Eltern und Bruder wenigstens noch eine Enkelin zu haben. Um in eine der von den Westalliierten besetzten Zonen umzusiedeln, seien sie zu alt und schwach.

Vielleicht würde Mia bei ihren Großeltern zu sprechen beginnen, sagte sich Kate. Ihnen berichten, wie sie auf die Stufen der Villa geraten war, von der Kate nun wusste, dass Mia dort tatsächlich einmal mit ihren Eltern gelebt hatte.

Claudia umfuhr den Marktplatz und deutete auf das schiefe Tor und die davorstehenden Wachen in den Uniformen der Roten Armee. »Sieht aus, als hätten die russischen Besatzer das Herrenhaus requiriert.«

Kate versuchte, das Haus hinter der Einfahrt zu erkennen, sah jedoch nur winterkahle Bäume. Sie strich Mia über das feine Haar. Bei ihrer Ankunft in Celle war das Mädchen ihr entgegengerannt, als wäre sie seine seit Langem vermisste Mutter. Im Nu war Kates Müdigkeit nach der langen Anreise verflogen. Sie hatte das Mädchen an sich gedrückt und die dünnen Arme gespürt, das aufgeregt klopfende Herz.

»Die Besitzer sind wahrscheinlich geflohen«, sprach Claudia weiter. »Die Besatzer werden die Räume geplündert haben. Vielleicht wird das Gebäude irgendwann zu einer Schule umfunktioniert. Oder einem Krankenhaus.«

Sie hielt den Wagen an. »Das Haus der Großeltern liegt gleich dahinten.«

Sie stiegen aus. Draußen griff Mia sofort wieder nach Kates Hand. Kate blickte sich um. Welche Art Leben erwartete Mia hier?

Kate blickte sich um. In den noch intakten Fenstern der umliegenden Häuschen meinte Kate Bewegungen wahrzunehmen, hier und da tauchte ein bleiches Gesicht auf, das gleich wieder verschwand.

Die ganze Szenerie machte Kate beklommen, und sie fragte sich, ob sie Mia tatsächlich hier zurücklassen sollte. Wie würde ihre Jugend in diesem vom Krieg gezeichneten Dorf aussehen, wo das Mädchen außer den gebrechlichen Großeltern niemanden kannte? Welche Geschichten würde man Mia in diesem Dorf erzählen? Sicherlich würde jedermann über den Krieg und den Einmarsch der Roten Armee reden. Und die Großeltern würden über ihr Leid sprechen, das durch den Tod von Mias Eltern und Bruder entstanden war.

Würde Mia in dieser Umgebung jemals ihre Stimme wiederfinden?

Kate beugte sich zu Mia hinab, richtete ihren Schal und strich ihr über die Wange. Wenigstens waren die Wangen dank der Fürsorge von Claudia und ihrer Familie runder geworden.

Sie deutete auf das Haus, in dem Mias Großeltern lebten. »Deine Großeltern warten auf dich, mein Schatz.«

Claudia übersetzte.

Mias Brust entrang sich ein zittriger Seufzer.

Noch einmal sah Kate sich um.

Seit sie ausgestiegen und die Wagentüren zugeworfen hatten, war in diesem Dorf kein Laut mehr zu hören gewesen. Auch die russischen Wachleute am Eingangstor zum Herrenhaus begnügten sich damit, stumm zu ihnen hinüberzublicken.

Das Licht des Tages begann nachzulassen, die harten Winterfarben wurden weicher, und für einen Moment war es, als wäre der Tag unschlüssig, ob er noch bleiben oder dem Abend Platz machen solle.

»Komm«, sagte Kate zu Mia, und das Mädchen setzte sich mit ihr in Bewegung.

*

Auf ihr Klingeln öffnete Mias Großvater die Tür seines Häuschens. Kate musste den Kopf einziehen, als sie mit Mia über die Schwelle trat. Claudia folgte ihnen mit dem kleinen Koffer, den sie für Mia gepackt hatte.

Der alte Mann streckte die Arme nach Mia aus.

Kate ließ das Mädchen los.

Mia schmiegte sich an ihren Großvater, der sie weinend an sich drückte.

Kate und Claudia blickten verlegen zur Seite.

Schließlich betraten sie ein kleines Wohnzimmer mit einer verblichenen rosafarbenen Tapete und Spitzengardinen an den Fenstern.

Dort saß eine alte Frau im Rollstuhl, das dünne graue Haar im Nacken zusammengebunden. Das Blau ihrer Augen war verblasst, doch früher einmal dürfte es ebenso tief wie das ihrer Enkelin gewesen sein.

Bei Mias Anblick schlug sie sich die Hände vor den Mund und betrachtete das Mädchen, als könne sie nicht fassen, es wiederzusehen. Sie ließ die Hände sinken und flüsterte Mias Namen.

Mia zögerte, bevor sie zu ihrer Großmutter ging und ihr förmlich die Hand reichte.

Mias Großvater wischte mit der Hand über seine Augen und sagte etwas.

»Er glaubt, dass Mia ihre Großmutter nicht wiedererkennt«, sagte Claudia. »Die Seelenqualen, die sie nach dem Tod ihrer Tochter und ihres Enkels ausgestanden haben, haben sie beide altern lassen. Seine Frau mehr noch als ihn.«

Mias Großmutter hatte begonnen, sanft auf das Mädchen einzureden.

Der Großvater bat Claudia und Kate, die beiden allein zu lassen und ihm in die Küche zu folgen.

Er lud Claudia und Kate zum Abendessen ein. Als Claudia ihm erklärte, sie müssten bald wieder zurückfahren, bestand er darauf, dass sie wenigstens eine heiße Suppe zu sich nahmen.

Der Abschied von Mia fiel Kate unendlich schwer. Ein ums andere Mal strich sie dem Mädchen über das Haar und fragte sich, ob sie es jemals wiedersehen würde.

Anschließend verabschiedete sie sich von der Großmutter, die ihr einen Blick inniger Dankbarkeit schenkte.

Der Großvater brachte sie und Claudia zur Tür. Dort überreichte er Kate einen Briefumschlag.

Kate schüttelte den Kopf. Nicht einmal im Traum würde sie daran denken, von diesem alten Paar Geld anzunehmen.

»In dem Umschlag ist ein Foto«, erklärte Claudia. »Von seiner Tochter, Mia und Philipp. Zur Erinnerung.«

Kate wartete, bis sie das Dorf hinter sich gelassen hatten. Dann fing sie an zu weinen.

KAPITEL 21

Kate

New York, November 1946

Rick fuhr Kate und Harvey in einem schnittigen, cremefarbenen Viersitzer nach Connecticut. Auf den Landstraßen herrschte nur wenig Verkehr, und sie fuhren durch eine schöne spätherbstliche Landschaft. Der Himmel war nahezu wolkenlos blau, an den Laubbäumen am Wegesrand zitterten letzte goldene Blätter im Wind.

Kate fühlte sich gut. Sie lehnte sich zurück und beschloss, die Fahrt zu genießen, ohne unterdessen an Mia zu denken und sich um die Zukunft des Mädchens zu sorgen.

Mit halbem Ohr hörte sie, dass die beiden Männer sich über die Musik unterhielten, die sie auf Eloises Verlobungsfeier hoffentlich erwarte – eine Band, die die neuesten Songs von Frank Sinatra, Bing Crosby, Perry Como und Duke Ellington spielte.

Aus Rücksicht auf Kates Karriere hatten Rick und Kate ihre Beziehung bislang geheim gehalten, sich abends jedoch regelmäßig getroffen. Und Rick hatte alles getan, um Kate aufzumuntern und darüber hinwegzutrösten, dass Mia nun ein neues Leben begonnen hatte.

Meistens hatten sie in kleinen New Yorker Restaurants bei Kerzenlicht gesessen. Doch nach dem Essen hatte einer stets die Hand des anderen gesucht, nur um sich berühren zu können.

Als die beiden Männer ihre Diskussion über die neueste Musik beendet hatten, sagte sie: »Mir ist ein Gedanke gekommen, zu dem ich gern eure Meinung erfahren würde.«

Rick warf ihr einen überraschten Blick zu.

»Wie sieht der aus?« Harvey trommelte mit den Fingern auf Kates Rückenlehne, zu einer Musik, die nur er hören konnte.

Eigentlich war es nur ein Testballon, den Kate starten wollte, um erste Reaktionen einzuholen. »Letzte Woche haben Hilary und ich über eine eigene Sendung für mich gesprochen. Die Reportagen, die ich bisher geliefert habe, sind gut angekommen. Offenbar wird im Sender über die Möglichkeit diskutiert, mich vormittags regelmäßig über Frauenthemen berichten zu lassen.«

»Möchtest du das?«, fragte Rick. »Frauenthemen?«

»Nicht so wie bisher. Ich möchte mit Frauen darüber sprechen, wie Rundfunk und Presse ihr Interesse an Wirtschaft und Politik steigern können. Bei der ersten Runde würde ich dazu Ehefrauen von Geschäftsmännern befragen. Was haltet ihr davon?«

»Warum nicht«, entgegnete Rick, den Blick weiterhin auf die Straße gerichtet. »Zum Auftakt wäre das gar nicht schlecht.«

Harvey schwieg einen Moment. »Gute Idee«, sagte er dann. »Ich werde sie Montagmorgen beim Treffen des Managementkomitees vortragen. Apropos …«

»Was?« Kate drehte sich zu ihm um.

»Warum fängst du nicht heute schon mit den Interviews an? Auf Eloises Verlobungsfeier werden jede Menge Ehefrauen von Geschäftsmännern sein. Vielleicht haben sie Lust mitzumachen.«

»Meine Mutter zum Beispiel«, bemerkte Rick.

»Bist du sicher? Würde es sie nicht stören, wenn ich auf der Feier arbeite?«

Rick lachte. »Mom wird sich auf das Thema stürzen und froh sein, leerem Geschwätz zu entkommen.«

Kate verspürte ein aufgeregtes Kribbeln in der Magengrube. Wenn sie am Montag bereits Interviewresultate hätte, würde Hilary womöglich bereit sein, ihren Vorschlag zu unterstützen. Hatte sie nicht immer gesagt, Kate solle versuchen, an eine Exklusivstory zu gelangen?

»Gleich sind wir da«, verkündete Rick und bog von der Landstraße ab.

Sie holperten über Bodenschwellen, und Kate hielt sich am Armaturenbrett fest. Sie freute sich auf die Feier und die Wiederbegegnung mit Eloise und Ricks Mutter. Darüber hinaus würde sie nun das Haus sehen, in dem Rick aufgewachsen war – und Ricks Vater kennenlernen.

*

Sie durchfuhren die Main Street von Farmington, eine typisch neuenglische Straße mit hübschen Geschäften und weißen Schindelhäusern, umgeben von großen Rasenflächen und hohen Bäumen. Die Menschen, die mit Einkaufskörben über die Bürgersteige liefen, wirkten wohlhabend, und die Herbstluft, die von draußen in den Wagen drang, roch wunderbar frisch.

Rick und Harvey waren still geworden, und Kate spürte nun doch einen Anflug von Nervosität.

Hinter dem Ort bog Rick in eine lange Zufahrt ein. Sie wurde von Nadelbäumen gesäumt und Sträuchern, an denen noch letzte schwarzrote Apfelbeeren leuchteten.

Der Weg öffnete sich zu Wiesen und Feldern. Gleich darauf

machte er eine Biegung. Dann waren sie da, und Rick hielt den Wagen an.

Sprachlos starrte Kate auf das Anwesen vor ihr. Es war ein Landhaus mit Wirtschaftsgebäuden, alle mit weißen Schindeln verkleidet, doch es strahlte einen solchen Reichtum aus und alles war dermaßen gepflegt, dass wahrscheinlich niemand auf den Gedanken gekommen wäre, es hier mit einem bewirtschafteten Bauernhof zu tun zu haben. Kate jedenfalls hatte solche Häuser bisher nur auf Fotos gesehen.

Harvey pfiff durch die Zähne, nahm seine Sonnenbrille ab und beugte sich vor, um besser sehen zu können.

Kate spürte Ricks Blick, doch sie konnte sich nicht von dem Anblick des Hauses lösen. Es war phantastisch, überwältigend – und Furcht einflößend.

An einer Seite des Hauses war ein Festzelt errichtet worden. Livrierte Kellner und Kellnerinnen liefen hinein, trugen Vasen voller Herbstblumen und Tabletts mit noch leeren Champagnergläsern.

Plötzlich senkte sich eine schwere Last auf Kates Brust. Sie dachte an das, was die Frau erwartete, die Rick heiraten würde. Sie würde Ehefrau sein, den Haushalt führen, Feste geben, eine Größe des gesellschaftlichen Lebens sein müssen. Das war ein Ganztagsjob, für den eine Journalistin aus Greenwich Village kaum infrage kommen dürfte. Erst recht nicht eine, die mit Frauen über Wirtschaft und Politik reden wollte und nicht gewillt war, sich dem Frauenbild, das in der Nachkriegszeit propagiert wurde, zu unterwerfen.

Sie konnte Rick nicht ansehen, konnte sich nicht einmal mehr vorstellen, dass es für sie eine gemeinsame Zukunft geben sollte.

Dennoch liebte sie ihn. Er hatte es geschafft, die Mauer zu überwinden, die sie vor Jahren um ihr Herz errichtet hatte, war der erste Mann, der sie als ihm gleichberechtigt betrachtete.

Doch zu dem Haus, in dem er aufgewachsen war, und dem Milieu, dem er entstammte, würde sie niemals passen.

*

Als die Festgäste in dem beheizten Zelt zusammenstanden, gab es nichts, das auch nur im Entferntesten an die Kriegsjahre erinnert hätte. Die Frauen trugen Kleider der allerneuesten Mode – wadenlange Röcke in allen Farben, die Oberteile ausgeschnitten und mit abgerundeten Schultern.

Champagner wurde gereicht, während die Gäste sich langsam an dem reichhaltigen Büfett einfanden. Kate traute ihren Augen kaum, als sie die hochbeladenen Platten und Schüsseln sah: mit braunem Zucker lasierte Fleischklößchen in Cranberry-Soße, Meeresfrüchtecocktails aus Krabben, Garnelen und frischem Gemüse, Würstchen im Schinkenmantel, mit Schinken gefüllte Pilze, Canapés mit Lachsmousse, zahllose Schälchen mit Dips, dreierlei Fondues, Steak-Crostini, Körbe mit mehreren Brotsorten.

Nach dem Essen und bevor der Tanz begann, hielt Teddy eine Rede und sprach voller Zärtlichkeit über Eloise und seine Liebe zu ihr. Eloise, in saphirblauem Chiffonkleid und dem dazu passenden Schmuck, strahlte ihn verliebt und überglücklich an.

Kate betrachtete das Paar und die Eltern der beiden, die hinter ihnen standen, alle einer Gesellschaftsschicht angehörend, in die sie niemals aufgenommen werden würde.

Während des Nachmittags tanzte sie überwiegend mit Rick. Harvey dagegen hatte sich offenbar vorgenommen, mit jeder Frau zu tanzen, ohne die kleinsten Ermüdungserscheinungen zu zeigen.

Als die Sonne hinter den Bäumen verschwand, löste sich die Festgesellschaft langsam auf.

Die verbliebenen Gäste nahmen im großen Wohnzimmer Platz, wo im Kamin ein Feuer aus Holz und Tannenzapfen brannte, das einen vorweihnachtlichen Duft verströmte.

Frances hatte Kate gebeten, sich zu ihr aufs Sofa zu setzen. Ihnen gegenüber unterhielten sich Rick, Teddy und Harvey mit anderen jungen Männern über die wirtschaftliche Nachkriegsentwicklung in Amerika und Europa.

Harvey weiß sich tatsächlich unbefangen zu benehmen, ging es Kate durch den Kopf. Vielleicht lag es aber auch an seiner unbeschwerten Art und seinem natürlichen Charme, dass sowohl Frauen als auch Männer von ihm eingenommen waren.

Kate blickte sich nach Ricks Vater um, doch er war verschwunden.

»Ich danke Ihnen, dass Sie gekommen sind«, sagte Frances zu ihr und stellte ihre Kaffeetasse auf einem Beistelltisch ab.

»*Ich* muss mich für die Einladung bedanken«, entgegnete Kate. »Es war ein tolles Fest.«

Frances lächelte. »Das sollte es auch sein.« Sie schien noch etwas sagen zu wollen, doch dann überlegte sie es sich anders und schüttelte den Kopf.

Sie wirkt wehmütig, dachte Kate. Sie erinnerte sich an den Abend bei Rick, als seine Mutter ausgesehen hatte, als hätte sie geweint. Vielleicht war ihr Leben doch nicht so glänzend, wie es den Anschein hatte.

»Rick hat mir erzählt, wie sehr Sie sich für Geschichte und Politik interessieren, Mrs. Shearer«, sagte Kate. »Und dass er Ihnen sein Interesse an diesen Themenbereichen verdankt.«

»Bitte nennen Sie mich Frances.« Ricks Mutter hob die Schultern. »Leider war es mir nicht vergönnt, die beiden Fächer zu studieren. Ich muss mir alles anlesen. Aber das bereitet mir große Freude.« Sie strich den Rock ihres violetten Taftkleids glatt. »Unter den Leuten, mit denen wir verkehren, finde ich jedoch nur selten Frauen, die meine Interessen teilen.«

Kate lachte. »Dann sollten Sie vielleicht mit anderen Frauen darüber reden.«

Für einen winzigen Moment blitzte in Frances' Augen etwas Übermütiges auf. »Vielleicht.«

Wer weiß, welche Träume sie einmal gehabt hat, dachte Kate. Bevor sie den üblichen Weg eingeschlagen und geheiratet hat.

»Erzählen Sie es niemandem«, sagte Frances. »Aber vor dem Krieg habe ich im American Newspaper Women's Club zwei Vorträge gehalten. In einem ging es um die Rolle der Frau in Politik und Gesellschaft, in dem anderen um den Einfluss von Frauen auf kulturelle und politische Ereignisse. Mein Mann war da jedes Mal im Ausland, sonst hätte er meine Auftritte vermutlich verhindert.« Sie lachte bitter.

»Und warum haben Sie damit aufgehört?«

Frances zuckte die Achseln. »Das war vor sieben Jahren, es war eine andere Zeit. Für Amerika hatte der Krieg noch nicht begonnen, und wir wussten nicht, dass Frauen in der Lage sind, eine Kriegswirtschaft aufrechtzuerhalten. Meine Freundin Bernice hatte mich zu den Vorträgen eingeladen – eine Frau, die von jeher ihr eigenes Leben geführt hat. Doch jetzt ist alles anders, die Frauen kehren ins Haus zurück und behalten alle weiteren Interessen für sich.« Frances seufzte. »Wer will schon unangenehm auffallen?«

Kate betrachtete Ricks Mutter mitfühlend. Es klang, als wäre sie mit ihrem Leben tatsächlich nicht gänzlich zufrieden.

Sie dachte an ihre Interviews, mit denen sie bisher nicht weit gediehen war. Zwar hatte sie sich mit einer Reihe Ehefrauen von Geschäftsmännern unterhalten, doch der Übergang zu der Frage, wie man das Interesse von Frauen an Wirtschaft und Politik steigern könne, war ihr kein einziges Mal gelungen. Sie beschloss, ihr Glück bei Frances zu versuchen.

»Glauben Sie nicht, dass man das Interesse von Frauen an anderen Themen als Ehe, Haushalt und Kindern fördern sollte?«

»Kann man das?« Frances blickte zu den Männern hinüber, die sich nun lebhaft über die politische Zukunft Europas unterhielten. »Wir hatten die Great Depression und anschließend einen verlustreichen Krieg in Europa, Nordafrika und im Pazifik. Das sind alles Ereignisse, die unsere Gesellschaft erschüttert haben. Frauen, die zu Hause bleiben und sich um ihren Haushalt, ihren Mann und ihre Kinder kümmern, sind zu einem Stabilitätsfaktor geworden. Sie stehen für die Normalität, nach der sich die Menschen in unserem Land sehnen. Eine der Folgen ist leider auch, dass die Frauen wieder in zu jungen Jahren heiraten.«

»Was meinen Sie mit zu jung«?

»Dass sie vor der Ehe weder eine vernünftige Ausbildung bekommen noch Berufserfahrung gesammelt haben.«

Das Gleiche hatte Kate sich schon oft überlegt, doch es wunderte sie, dass auch Frances diese Ansicht vertrat. Aber vielleicht war

Ricks Mutter nicht die einzige Ehefrau, die diese neue Entwicklung kritisch sah.

»Die Anzahl der Studentinnen sinkt seit Jahren«, fuhr Frances fort. »Es ist auch kaum jemand da, der junge Frauen ermuntert, etwas zu lernen und einen Beruf zu ergreifen, der sie geistig befriedigt.«

»Sie sprechen mir aus der Seele«, sagte Kate. »Ich frage mich, wie viel die Medien dazu beitragen können, diesen Zustand zu ändern.«

»Gegen den Strom zu schwimmen, ist schwierig.« Frances lächelte resigniert. »Der Druck auf Frauen, zu Hause zu bleiben und den Männern zu dienen, die im Krieg gekämpft haben, ist groß. Wer wagt schon, sich dagegen aufzulehnen und die Werte, die damit verbunden sind, infrage zu stellen?« Sie lachte auf. »Wahrscheinlich würde man die Frau, die das wagt, sofort als Kommunistin bezeichnen.«

Neben ihr tauchte ihr Mann auf. Er bedachte Kate mit einem kurzen, frostigen Blick, bevor er sich an seine Frau wandte. »Ich muss zurück in die Stadt. Du hast hier alles im Griff, oder?«

»Natürlich, Willard.«

Kate wunderte sich. Nicht einmal sie, Rick und Harvey hatten es eilig, nach Manhattan zurückzukehren, immerhin war es Samstagabend und die Feier noch nicht zu Ende.

Um Ricks Eltern nicht zu stören, entschuldigte sie sich und verließ den Raum. Sie hatte ohnehin vorgehabt, zur Toilette zu gehen.

Als sie die Toilette verließ, stieß sie auf Mr. Shearer, der die Eingangstür ansteuerte. Dann blieb er stehen, drehte sich zu Kate um. »Haben Sie einen Moment, Miss Mancini?« Er kehrte zurück und öffnete die Tür zu einem Zimmer, machte Licht und bedeutete Kate einzutreten.

Es war ganz augenscheinlich sein Arbeitszimmer, eine etwas größere Version von Ricks Arbeitszimmer in Manhattan, die Einrichtung nahezu identisch. Beeindruckt registrierte Kate die Regale an den Wänden, die auch hier bis zur Decke reichten und vollgestellt mit Büchern waren.

»Das war einmal die Bibliothek meines Vaters«, erklärte Shearer.

Dann schwieg er, und Kate fragte sich, warum er sie in dieses Zimmer gebeten hatte.

Bevor die Stille unangenehm werden konnte, sagte sie: »Ich hatte noch keine Gelegenheit, mich bei Ihnen für die Einladung zu bedanken. Das hole ich hiermit nach. Es war eine großartige Feier.«

Ricks Vater zuckte nur die Achseln. Ohne ihr einen Sitzplatz anzubieten, trat er ans Fenster und blickte hinaus in die Dunkelheit.

Kate ließ ihren Blick über die Bücher wandern. Wie schön es sein musste, eine solche Bibliothek zur Verfügung zu haben und hier abends in einem der tiefen Sessel zu sitzen und zu lesen.

Shearer wandte sich um. »Ich will offen zu Ihnen sein.«

Sein Ton war so scharf, dass Kate zusammenfuhr.

»Ich möchte nicht … nein, anders … ich werde nicht dulden, dass Sie meine Familie für Ihre journalistischen Interessen ausnutzen oder mit meiner Frau gesellschaftspolitische Themen erörtern.«

Kate runzelte die Stirn. Hatte er sie und Frances belauscht, ohne dass sie ihn bemerkt hatten?

»Die gesellschaftspolitischen Ansichten meiner Frau sind naiv und werden bitte nicht in einer Ihrer Sendungen diskutiert. Haben Sie das verstanden?«

Kate wollte etwas erwidern, doch in seinen Worten hatte etwas so Drohendes mitgeschwungen, dass sie keinen Laut über die Lippen brachte. Doch sie fing sich schnell wieder. »Ich habe nicht vor, Ihre Frau oder ein anderes Mitglied Ihrer Familie auszunutzen. Ich verstehe nicht einmal, wie Sie auf diesen Gedanken kommen können.«

Ricks Vater nahm einen Briefbeschwerer von seinem Schreibtisch – eine kostbar aussehende, mehrfarbige Glaskugel, die er im Licht funkeln ließ und wieder ablegte. »Ich glaube, die Antwort liegt auf der Hand.«

Kate schüttelte den Kopf. »Für mich nicht.«

Shearer seufzte. »Gut, dann spreche ich es aus. Ich bin über Ihre Herkunft im Bilde und kann mir vorstellen, wie begehrenswert alles, was Sie hier sehen, für jemanden wie Sie sein muss.«

Kate spürte, wie das Blut aus ihren Wangen wich. Wie kränkend dieser Mann war.

»Sollten Sie davon geträumt haben, Teil meiner Familie zu werden, muss ich Sie enttäuschen. Mein Rat wäre, dass Sie sämtliche Ambitionen in dieser Richtung vergessen.«

Er hat kein Recht, so mit mir zu sprechen, fuhr es Kate durch den Kopf. Das musste sie sich nicht bieten lassen. »Ich bin Teil meiner Familie«, erwiderte sie so ruhig wie möglich. »Und andere familiäre Ambitionen habe ich zurzeit nicht. Allerdings wehre ich mich gegen die Unterstellung, Ihr Wohlstand sei für mich ein Grund, in Ihre Familie aufgenommen werden zu wollen.«

Shearer lachte. »Erzählen Sie das einem anderen.«

Plötzlich hörte Kate die Stimme ihres Vaters. *Deine Herkunft ist nichts, für das du dich schämen musst.*

»Außerdem glaube ich nicht, dass Ihr Sohn Ihre Ansichten teilt. Für Rick zählen die inneren Werte eines Menschen, alles andere interessiert ihn nicht.«

Shearer betrachtete sie kopfschüttelnd. »Als Nächstes werden Sie mir weismachen wollen, der Krieg habe dafür gesorgt, dass die Herkunft eines Menschen keine Rolle mehr spielt. In Wahrheit hat der Krieg die Fundamente unseres Landes gefestigt, und Menschen wie Sie werden unserer Gesellschaftsschicht niemals angehören. Finden Sie sich damit ab, Miss Mancini.«

»Und noch etwas«, fuhr Ricks Vater nach einer kurzen Pause fort. »In meinem Testament habe ich ausdrücklich festlegen lassen, dass weder mein Schwiegersohn noch meine Schwiegertochter in irgendeiner Weise von meinem Vermögen profitieren werden. Vielleicht reicht Ihnen das aus, um von meinem Sohn abzulassen.«

Vor Zorn hatte Kate zu zittern begonnen. »Wie können Sie es wagen, mir zu …«

Mit einer unwirschen Handbewegung gebot Shearer ihr zu schweigen. Dann trat er an seinen Schreibtisch und holte ein Scheckbuch aus der Schublade. »Wie viel wollen Sie? Wie viel kostet es, Sie loszuwerden?«

Kate spürte die Röte, die ihr über den Hals ins Gesicht schoss. »Ihr Vermögen interessiert mich nicht. Als ich Rick kennenlernte, wusste ich nicht das Geringste über seine Familie. Und wenn, hätte es keine Rolle gespielt. Für mich ist nur wichtig, dass Rick glücklich ist – mit mir, wenn er das möchte.«

»Wie Sie wünschen.« Shearer warf das Scheckbuch zurück in die

Schublade und sah Kate mit kaltem Blick an. »Trotzdem rate ich Ihnen, sich Rick aus dem Kopf zu schlagen. Sollten Sie weiterhin tun, als wären Sie zu dieser Verbindung berechtigt, ist Ihre Karriere beendet, bevor sie überhaupt begonnen hat. Es wird keine Zeitung und keine Rundfunkanstalt mehr geben, die Sie einstellt. Vielleicht ist wenigstens das für Sie von Interesse.«

Kate betrachtete den Mann kopfschüttelnd. »Und wer berechtigt Sie, sich in mein Leben einzumischen? Oder in das Ihres Sohnes?«

»Ich sage es noch mal, Miss Mancini. Wenn Sie Rick nach diesem Wochenende wiedersehen, mache ich Sie fertig.«

Kate verschränkte ihre bebenden Hände. Wer war dieser Mann? Wie kam er dazu, sich auf diese unsägliche Weise zu benehmen? Wie hatte Rick diesen Vater ertragen?

Um Shearers Mund deutete sich ein überlegenes Lächeln an. »Ich sitze im Aufsichtsrat von WNYR und einer Reihe weiterer Rundfunkanstalten. Denken Sie daran, wenn Sie mit dem Gedanken spielen, sich mir zu widersetzen. Rick weiß zurzeit nicht, was er tut. Seine berufliche Tätigkeit, seine Beziehung zu Ihnen, das sind bestenfalls Aufwärmübungen für den Tag, an dem er eine führende Position in der Wirtschaft übernimmt und entsprechend heiratet.«

»Sie benehmen sich wie ein …« Kates Stimme verebbte. Es gab nichts, mit dem sie diesen Mann vergleichen konnte.

Sie wandte sich zur Tür.

»Ich nehme an, wir sind uns einig«, sagte Ricks Vater.

Draußen auf dem Flur lehnte Kate sich gegen die Wand und versuchte, ihren Atem wieder unter Kontrolle zu bekommen. Sie schloss die Augen, atmete tief ein und aus.

Dann hörte sie Ricks Stimme. »Katia, was hast du?«

Sie öffnete die Augen, im Ohr noch immer die gehässige Stimme seines Vaters. »Ich muss nach Hause. Und zwar sofort.«

»Was? Warum?« Rick griff nach ihrer Hand. »Ist was passiert?«

Kate schüttelte den Kopf. Sein Vater war zu mächtig, um gegen ihn anzugehen. Würde sie sich über seine Drohung hinwegsetzen, würde er nicht nur ihr, sondern auch Rick das Leben zur Hölle machen. Und die Drohung hatte er ernst gemeint, daran hatte sie nicht den geringsten Zweifel. Sie dachte an Frances, diese liebenswürdige Frau, die diesen Ehemann ertragen musste. Die zwar ein privilegiertes Leben führte, dafür jedoch einen hohen Preis zahlte, indem sie ihre Interessen unterdrückte – im Grunde sich selbst unterdrückte.

Sie, Kate, aber kämpfte für ein anderes Leben, hatte einen Traum, den sie nicht aufgeben wollte.

Nur eine Handvoll Frauen hatte es bisher geschafft, als Reporterinnen für den Rundfunk zu arbeiten, und sie war eine von ihnen. Auf diese Arbeit, die sie liebte, würde sie niemals verzichten.

Sie sah Rick an. »Es ist nichts passiert«, log sie und schämte sich für ihre Feigheit. Doch es war ihr unmöglich, jetzt mit Rick über die Drohung seines Vaters zu sprechen. »Ich bin nur ein wenig müde. Bleib du hier, ich nehme den Zug zurück nach New York.«

In New York würde sie ihm schreiben, beschloss sie. Vielleicht wäre es das Beste zu erklären, sie habe festgestellt, dass sie ihn doch nicht genug liebe.

Rick machte einen verwirrten Eindruck. »Warum schläfst du nicht wie geplant hier, wenn du müde bist? Oder fühlst du dich nicht wohl? Soll ich einen Arzt rufen?«

»Nein, Rick, lass mich einfach gehen.«

Sanft schob sie ihn zur Seite. Dann lief sie den endlos langen Flur hinunter, horchte, ob er ihr nachkam, doch das tat er nicht.

Sie holte ihre Handtasche und ihren Mantel, stieß die schwere Eingangstür auf und verließ das Haus.

Draußen wirbelten Schneeflocken durch die kalte Luft. Schritt für Schritt machte sie sich auf den Weg nach Farmington, wo sie einen Zug nach New York nehmen würde.

Wie dumm sie gewesen war, ging es ihr durch den Sinn. Hatte sie nicht gewusst, dass es entweder Liebe oder eine Karriere geben konnte, niemals beides zugleich? Jedenfalls nicht für eine Frau.

Nun würde sie dahin zurückkehren, wo sie hingehörte. Ricks Wohnung und sein Elternhaus zählten eindeutig nicht dazu.

Sie versuchte, den kalten Blick von Shearer zu vergessen und sich stattdessen die warmen braunen Augen ihres Vaters in Erinnerung zu rufen. Wie sie immer aufgeleuchtet hatten, wenn er sie sah. Die einfache Wohnung, in der sie groß geworden war, war ein sicherer Ort gewesen. Dort war sie von ihrem Vater geliebt und ermutigt worden, ihren Träumen zu folgen. Er hatte ihr versprochen, dass Träume in einer Stadt wie New York Wirklichkeit werden konnten.

Daran hatte sie geglaubt.

Doch ihr Vater hatte sich geirrt. Oder er war nie jemandem wie Willard Shearer begegnet.

Männer wie Shearer waren mächtig. Sie saßen in Vorständen und Aufsichtsräten, beherrschten ihre Familien, entschieden, mit wem sich ihre Kinder liierten.

Sie, Kate, war nur ein kleiner Fisch, der nun das Weite suchte, bevor er von Menschen wie Shearer gefressen wurde.

*

Am Wochenende schneite es auch in New York. Ebenso am Montag, als Kate sich auf den Weg Richtung Greenwich Village machte. Sie hatte beschlossen, den gefürchteten Brief an Rick weder in ihrer Wohnung noch irgendwo in Manhattan zu schreiben. Dieser Stadtteil mit seinen Geschäftshäusern und Banken stand ihr im Moment zu sehr für die Welt von Willard Shearer, und die wollte sie beim Schreiben nicht vor Augen haben.

Sie erreichte die weihnachtlich geschmückte Bleecker Street mit ihren Cafés, kleinen Läden, Marktständen und Straßenverkäufern. Hier kannten sich die Bewohner und bildeten eine Gemeinschaft, und überall roch es nach gerösteten Kastanien und frischem Gebäck.

Sie umging das Haus, in dem ihre Mutter wohnte. Ebenso wenig wie ihre Wohnung sollte es künftig mit Erinnerungen an den Brief verbunden sein.

Stattdessen betrat sie das altehrwürdige Washington Square Hotel und lief durch die Eingangshalle zu dem kleinen Café, wo es angenehm warm war. Der Hotelbesitzer, den Kate persönlich kannte, nahm ihr den Mantel ab und räumte einen Tisch am Fenster für sie frei.

Kate ließ sich nieder, wickelte ihren Schal ab und bat ihn um eine heiße Schokolade.

Während sie auf das Getränk wartete und sich sammelte, schaute sie aus dem Fenster in die tanzenden Schneeflocken, die auf der dünnen Schneeschicht des Bürgersteigs landeten.

Eine Kellnerin stellte die heiße Schokolade vor ihr ab.

Kate bedankte sich und begann, gedankenverloren in dem Getränk zu rühren.

Seit ihrer Rückkehr aus Farmington hatte sie kaum geschlafen, sich nur im Bett hin und her gewälzt. Wenn das Telefon klingelte, hatte sie sich nicht gemeldet, war nicht bereit gewesen, mit Rick zu sprechen.

Doch manchmal hatte sie sich vorgestellt, wie es wäre, Willard Shearer in seiner Bank aufzusuchen und zu erklären, sie lasse sich von ihm keine Angst einjagen. Sie hatte sich ausgemalt, wie sie ihm von ihrer Liebe zu Rick erzählte, ihn davon überzeugte, dass sie nicht den geringsten Wert auf das Geld der Familie Shearer lege … und die Idee wieder begraben. Zu glauben, dass Shearer sich von ihren Worten beeindrucken ließe, war absurd.

Schließlich zog sie Block und Stift aus ihrer Handtasche hervor und begann den Brief, mit dem sie sich noch unglücklicher machen würde.

Als der Brief geschrieben war, starrte Kate eine Zeit lang aus dem Fenster. Hinter dem Triumphbogen des Washington Square spielten Kinder. Einige hatten begonnen, den liegen gebliebenen Schnee zusammenzuraffen und Schneebälle zu formen. Sie erinnerten sie an ihre Kindheit, als sie auf diesem Platz mit Bianca, Natalia, Elena und Tom gespielt hatte. Wie schön es gewesen wäre, eines Tages im Sommer auf einer der Bänke zu sitzen und den Kindern zuzusehen, die sie und Rick gehabt hätten.

Sie dachte daran, wie sie beide sich kennengelernt hatten. Wie oft hatte seine Freundschaft ihr geholfen, die Szenen des vom Krieg zerstörten Europa zu verkraften. Gemeinsam mit ihm hatte sie Mia gerettet. Er hatte dafür gesorgt, dass sie nach Deutschland fliegen konnte, um das Mädchen zu seinen Großeltern zu bringen. Dann sah sie sein Gesicht vor sich, als er ihr seine Liebe gestanden hatte, und ihre Augen füllten sich mit Tränen.

Sie faltete den Brief zusammen, steckte ihn in einen Umschlag und klebte den Umschlag zu, während ihr Herz schwer und schwerer wurde.

TEIL II

KAPITEL 22

Kate

New York, Juni 1948

Wie an jedem Wochentag riss das Klingeln zweier Wecker Kate um halb fünf aus dem Schlaf. Stöhnend streifte sie ihre Schlafmaske ab, drückte die schrillen Geräuschquellen aus und setzte sich auf. Bliebe sie liegen, liefe sie Gefahr, wieder einzuschlafen. Einen Moment lang saß sie einfach da, dann raffte sie sich auf.

Gähnend und noch mit halb geschlossenen Augen tappte sie über den Flur ins Bad, holte auf dem Weg frische Unterwäsche aus dem Schrank. Im Bad nahm sie eine Dusche. Erst danach war sie richtig wach.

Wieder im Zimmer zog sie eine weiße Bluse an, dünne Kniestrümpfe, einen dunklen Hosenanzug, schlüpfte in Halbschuhe.

Um halb sechs begrüßte sie den Portier am Rockefeller Center, fuhr mit dem Aufzug hinauf zu WNYR und kochte sich im Personalraum Kaffee. Dazu gab es zwei trockene Toastscheiben. Das war ihr Frühstück.

Wie jeden Morgen war sie die Erste im Sender.

Einen festen Vertrag hatte sie zwar noch immer nicht, arbeitete jedoch drei Mal so viel wie ihre fest angestellten männlichen Kollegen. Dennoch war sie zufrieden, man hatte ihr zwei wöchentliche Nachrichtensendungen mit dem Titel »Reportagen aus aller Welt«

zugeteilt, und sie berichtete regelmäßig über die Arbeit der Vereinten Nationen.

Ihr Erfolg hatte vor zwei Jahren mit ihrem Beitrag über das Außenministertreffen begonnen. Danach kam eine Reportage über Trumans Loyalty Program, das Amerikaner, die einen Umsturz des amerikanischen Regierungssystems befürworteten, von einer Anstellung im Staatsdienst ausschloss. Dem waren Berichte über den Kalten Krieg gefolgt, über die Furcht vor dem Kommunismus und den Widerstand gegen ihn, Themen, die nun die amerikanische Politik beherrschten. Auch über die Angst der Bürger vor der Unterwanderung der amerikanischen Gesellschaft durch russische Agenten hatte sie mehrfach berichtet.

Sie hatte Beiträge über das Komitee für unamerikanische Umtriebe geliefert – einem Unterausschuss des amerikanischen Kongresses unter der Leitung von Senator Joseph McCarthy –, über die Vorladungen von Filmschaffenden Hollywoods, die bezichtigt wurden, Kommunisten zu sein, über die »Rote Angst«, die im Land um sich gegriffen hatte und von beiden großen amerikanischen Parteien geschürt wurde.

Eine Zeit lang hatte Kate gehofft, die Vereinten Nationen könnten die wachsenden Spannungen zwischen den Vereinigten Staaten und der Sowjetunion lösen oder Amerika werde zur Vernunft kommen und die Jagd auf Kommunisten einschränken, doch selbst als das nicht geschah, achtete sie darauf, dass ihre Beiträge neutral und professionell blieben. Sie ließ sich nicht anmerken, wie sehr ihr die Verfolgung von Amerikanern, die nie in ihrem Leben Kommunisten gewesen waren, zu schaffen machte.

Mit dem Kaffeebecher in der Hand und den letzten Bissen Toast hinunterschluckend, ging Kate noch einmal die Texte durch, die sie für die Nachrichtensendung um zehn vor acht geschrieben hatte. Danach würde sie den Zug nach Lake Success auf Long Island nehmen, wo die Vereinten Nationen, solange ihr Hauptsitz in New York noch nicht bezugsfähig war, in Teilen eines Unternehmens der Kriegswirtschaft untergebracht waren.

Kate war die einzige politische Reporterin ihres Senders. Das verdankte sie vor allem ihrer Sachkenntnis, ihrem Engagement, ihrem Fleiß, vielleicht auch einer Portion Glück. Es war eine Position, die sie nicht verlieren wollte.

*

Auf der Zugfahrt dachte Kate über die Rolle der Vereinten Nationen nach. Trotz des Kalten Kriegs glaubte sie, dass man in dieser Institution aufrichtig für den Frieden in der Welt eintrat, für Menschenrechte, sozialen Fortschritt und internationale Zusammenarbeit.

Normalerweise berichtete sie über Beschlüsse der Generalversammlung, die den Willen der Mehrheit der Mitgliedsstaaten ausdrückten und moralisches Gewicht besaßen. Darüber hinaus zählte Kate zu den Reportern, die als Erste über die Resolutionen des Sicherheitsrats informiert wurden, dem Grundpfeiler der Organisation, zuständig für die Wahrung des Weltfriedens und der internationalen Sicherheit.

Vor dem lang gestreckten Gebäude mit den zahllosen Fenstern, das die Vereinten Nationen beherbergte, angekommen, lief Kate die lange, gewundene Einfahrt hinauf, vorbei an den Fahnen der

Mitgliedsländer. An diesem Tag würde es um das Schicksal der Stadt gehen, die ihr aus vielerlei Gründen am Herzen lag.

Berlin.

Später, als sie sich während der Debatten Notizen machte, wanderten ihre Gedanken zu Mia, und ihre Brust schnürte sich zu. Sie erinnerte sich wie Rick das Mädchen damals unter seinem Mantel geborgen die Hoteltreppen hinaufgetragen hatte, doch die Gedanken an Rick verdrängte sie sofort wieder. Sie begegnete ihm nur noch selten. An den meisten Tagen war sie hier in Lake Success, wohingegen Rick als Auslandskorrespondent für WNYR und die *New York Times* zwischen Europa und Lateinamerika hin und her pendelte. Nach ihrer Trennung musste er sich in die Arbeit gestürzt haben, auch mit seiner Karriere war es steil bergauf gegangen.

Am Nachmittag überflog Kate im WNYR-Studio ihren Text über die neuesten politischen Entwicklungen in Deutschland. Wie es aussah, hatten sich die Spannungen zwischen der Sowjetunion und ihren ehemaligen Verbündeten, Frankreich, Großbritannien und den Vereinigten Staaten, zu einer handfesten Krise ausgeweitet, in deren Mittelpunkt der Westteil Berlins stand, eine Enklave der Westalliierten in dem von den Sowjetrussen besetzten Osten Deutschlands.

Kate dachte an die neue Geisteshaltung in den Vereinigten Staaten, die ihr Sorgen bereitete: Der Zweite Weltkrieg schien für ihre Landsleute mittlerweile seinen Schrecken verloren zu haben, folglich war auch ihre Angst vor einem nächsten großen Krieg kleiner geworden.

In Europa sah das anders aus. Dort, wo die Wunden des letzten Kriegs noch lange nicht verheilt sein würden, fürchteten die Menschen nichts so sehr wie einen nächsten Krieg. Und Berlin schien ein Pulverfass zu sein.

Kate trat ans Mikrofon, wartete auf ihr Einsatzzeichen und begann.

Vor zwei Jahren erklärte Winston Churchill, dass sich über den europäischen Kontinent ein eiserner Vorhang gesenkt habe. Hinter diesem Vorhang liegen Ostdeutschland, Polen, die Tschechoslowakei, Ungarn, Rumänien und Bulgarien, Länder, die von der Sowjetunion und ihrem Machthaber, Josef Stalin, kontrolliert werden.

Nun ist dieser Vorhang an einer Stelle nahezu undurchdringlich geworden, denn die Sowjetunion hat die Landwege nach Westberlin gekappt, um diesen Teil der Stadt auszuhungern und ihn so ebenfalls in den Machtbereich der Sowjetunion zu zwingen. Seitdem besteht die Gefahr, dass im nächsten Schritt auch die Wasserwege unterbrochen werden.

Damit ist es zu einer weiteren Eskalation des Kalten Krieges gekommen, schließlich wird Westberlin nur für kurze Zeit in der Lage sein, sich selbst zu versorgen.

Zurzeit werden die Auswirkungen dieser Blockade in den Vereinten Nationen diskutiert, ebenso die Möglichkeiten der Westalliierten, dem Druck der Sowjetunion zu begegnen und den Westteil Berlins vor deren Zugriff zu schützen. Auch im Sicherheitsrat steht dazu eine Vielzahl von Vorschlägen zur Debatte. Jedoch herrscht bereits jetzt Einigkeit darüber, dass die Versorgung der Westberliner Bevölkerung sichergestellt werden muss.

Kate schaltete das Mikrofon aus. Sie fragte sich, wie Mia und ihre Großeltern unter den verschärften Bedingungen des Kalten Kriegs zurechtkamen. Sie hatte Mia oft geschrieben und regelmäßig Antworten in Form gemalter Bilder bekommen, die jedoch kaum etwas über das Leben hinter dem Eisernen Vorhang verrieten.

In einer internationalen Buchhandlung in New York hatte Kate vor einer Weile deutsche Ausgaben von *Anne auf Green Gables* entdeckt und Mia den ersten Band geschickt, in der Hoffnung, die Geschichte möge dem Mädchen ebenso wie ihr früher gefallen. Genau würde sie es wohl nicht erfahren, denn Mia sprach noch immer nicht, so viel hatte Kate von Claudia gehört.

Kate fragte sich, ob die sowjetischen Besatzer demnächst womöglich auch den Briefverkehr in den Osten Deutschlands unterbinden würden. Vielleicht würden sie den dort lebenden Deutschen eines Tages sogar die Ausreise verbieten. Wer konnte schon vorhersagen, in welchem Ausmaß sich der Konflikt zwischen Ost und West zuspitzen würde.

*

Am Abend schlang Kate in ihrer Wohnung ein Sandwich mit Ei und Schinken hinunter, bevor sie sich für ihren Vortrag im New York Women's Club fertig machte. Dort würde sie mit jungen Nachwuchsjournalistinnen über ihre Erfahrungen als einzige Reporterin bei den Vereinten Nationen berichten.

Mit solchen Vorträgen in Clubs, Vereinen, Unternehmen und auf Konferenzen polsterte sie ihr Einkommen auf, denn im Albertina's arbeitete sie nun nicht mehr. Einen Teil ihrer Honorare benutzte sie, um Mia hübsche Kleidungsstücke, Malutensilien und wenn möglich deutschsprachige Jugendliteratur zu schicken.

Im Garderobenspiegel prüfte sie noch einmal ihr Aussehen, frischte ihren Lippenstift auf und trat hinaus in den warmen Frühsommerabend.

Am späten Nachmittag hatte sie die neuesten Nachrichten über die Lage Berlins gehört, die immer besorgniserregender wurde. Westberlin war von der Sowjetunion nun vollständig von der Außenwelt abgeriegelt worden. Die Westalliierten, allen voran die Amerikaner, sprachen davon, die Stadt auf dem Luftweg zu versorgen. Nachgeben würden sie dem sowjetischen Druck wohl nicht, auch wenn Stalin mit einem neuen Krieg drohte. Präsident Truman war aus härterem Holz geschnitzt als der frühere britische Premierminister Neville Chamberlain, der sich um des Friedens willen immer wieder aufs Neue von Hitler hatte erpressen lassen – und was hatte es ihm genützt? Stalin wiederum, der Hitler, trotz des Nichtangriffspakts, den er mit ihm geschlossen hatte, nie recht getraut hatte, schien die Nachkriegsverhältnisse und die Position der Amerikaner nun hoffnungslos zu verkennen.

Im Women's Club angekommen, wurde Kate von der Veranstalterin in Empfang genommen und in den Saal geführt, der bis auf den letzten Platz gefüllt war.

Sie wurde dem Publikum vorgestellt und begann.

»Manchmal überlege ich, wie ich zu meinem Job als politische Reporterin bei WNYR gekommen bin. Schließlich bin ich eine Frau, und der Rundfunk wird von Männern beherrscht. Allerdings habe ich mich auch immer gefragt, wie dieses Missverhältnis hat entstehen können. Ist die Politik nur für Männer da?«

Im Publikum wurde gelacht. Einige Frauen klatschten.

»Bei meinem Vortrag soll es um Frauen im Journalismus gehen. Zu dem Thema gibt es ja auch einiges zu sagen. Zunächst aber möchte ich betonen, dass Frauen nicht nur, weil sie Frauen sind, als Journalistin oder Reporterin eingestellt werden sollten. Ihr Zugang zu diesen Berufen muss viel früher beginnen, nämlich bei der richtigen Ausbildung. Diese muss Männern wie Frauen in gleichem Maß offenstehen.

Generell müssen Frauen, die in eine Männerdomäne vordringen, doppelt so viel wie ihre männlichen Kollegen leisten. Das ist bei Rundfunk und Presse nicht anders.

Leider muss man sagen, dass insbesondere Nachrichtensender kaum bereit sind, politische Reporterinnen einzustellen, obwohl sie sich ihrer weiblichen Hörerschaft bewusst sind, auf die schließlich auch ein Großteil der Werbespots zugeschnitten ist. Allein aus geschäftlichen Gründen würde es sich daher anbieten, bei politischen Sendungen weiblichen wie männlichen Stimmen Raum zu geben.

Doch das Vorurteil auf den Managementetagen lautet, dass Frauen nicht in der Lage sind, politisches Geschehen zu erfassen, nicht zuletzt deshalb, weil wir angeblich zu zartbesaitet sind.«

Kate ließ ihren Blick über die Frauen gleiten, die wie gebannt an ihren Lippen hingen. Die meisten von ihnen schätzte sie auf Anfang oder Mitte zwanzig, also einige Jahre jünger als sie selbst. Das waren Frauen, die sich geweigert hatten, zu heiraten, mit ihren Männern in die Vororte zu ziehen, den Haushalt zu führen und die Kinder großzuziehen, während die Männer täglich in die Stadt fuhren und ihrem Beruf nachgingen. Diese Frauen wollten selbst über ihre Zukunft bestimmen, statt sie von Männern bestimmen zu lassen.

Sie dachte an Bianca, die sich im Alter dieser Frauen entschieden hatte, Marshall Green zu heiraten und aus ihrem Häuschen in Queens eine Puppenstube zu machen. Kate war in Europa gewesen, als Bianca geheiratet hatte, doch es war fraglich, ob sie ihre Schwester davon hätte abhalten können. Auch ob ihre Schwester nun mit ihrer kleinen Tochter Sofia weniger einsam war als zuvor, wusste Kate nicht zu sagen. Doch wenn sie Bianca sah, stiegen Zweifel in ihr auf, ob sie glücklich war.

»Vielleicht kommt Ihnen mein Wunsch, es in einer von Männern dominierten Welt bis zur Spitze zu schaffen, blauäugig vor, doch das ist er nicht. Schon als Mädchen habe ich davon geträumt, Journalistin zu werden, und meine Studienwahl entsprechend getroffen. Und dann habe ich einen Schritt nach dem anderen gemacht. Zuerst habe ich in Washington als freie Reporterin für eine Nachrichtenagentur gearbeitet, dann aus Europa über die Zeit nach dem Zweiten Weltkrieg berichtet. Diese Erfahrung hat mich übrigens zu einer überzeugten Pazifistin gemacht.

Deshalb beunruhigt mich der Kalte Krieg auch so sehr. Ich habe Angst, dass wir dabei sind, die zahllosen Opfer und das Leid des letzten Kriegs zu vergessen. Dabei müssen wir doch alles daransetzen, dass die Nationen sowohl heute als auch in Zukunft friedlich zusammenleben.«

Kate endete mit dem Aufruf: »Haben Sie Vertrauen in Ihre Fähigkeiten. Wir brauchen mutige und starke Frauen in den Medien – nicht zuletzt deshalb, weil wir den Krieg mit anderen Augen sehen als die Männer und stets für den Frieden schreiben und berichten werden.«

Sie erhielt tosenden Applaus. Als er verebbt war, beantwortete Kate Fragen, die kein Ende nehmen wollten.

KAPITEL 23

Kate

Berlin, Juli 1948

Der Anflug auf die Stadt hatte begonnen. Kate blickte aus dem Fenster der Douglas C-54 Skymaster. Sie war zusammen mit einer tonnenschweren Fracht von Lebensmitteln, Medikamenten und Benzinkanistern von New York über Frankfurt nach Berlin unterwegs, auf einer sogenannten Luftbrücke, die dazu diente, die Westberliner Bevölkerung zu versorgen.

Unter ihr waren bereits die Ausläufer Berlins zu erkennen, schon bald auch die Siedlungen am Stadtrand, die inneren Stadtbezirke.

Die Trümmer der zerstörten Häuser, die Kate in Erinnerung hatte, waren zu Bergen aufgeschüttet worden, die von tiefen Bombenkratern abgelöst wurden. Hier und da standen jedoch schon wieder instand gesetzte Miethäuser, mitunter sogar eine ganze Straßenzeile. Der große Wiederaufbau der Stadt hatte zwar noch nicht begonnen, doch zumindest war Berlin nicht mehr nur das Ödland mit zerfallenen oder ausgebrannten Gebäuden und Fassaden mit klaffenden Fensterhöhlen, das Kate kannte.

Unter ihr tauchte der Flughafen Tempelhof auf. Sie sah kleine Hügel, auf denen Menschen standen und mit zurückgelegtem Kopf auf das nahende Flugzeug starrten. Wahrscheinlich warteten sie auf die Lebensmittel im Frachtraum der Skymaster.

Die Räder trafen auf der Rollbahn auf. Kate blickte hinaus auf die Vielzahl der westalliierten Maschinen, die vor ihr mit Hilfsgütern gelandet waren. »Rosinenbomber« wurden sie von den Westberlinern genannt.

Harvey hatte dafür gesorgt, dass Kate nach Berlin fliegen konnte. Sie hatte ihn beschwatzt, auch ihr die Berichterstattung über die Luftbrücke zu ermöglichen, nicht nur ihren männlichen Kollegen.

Darüber hinaus wollte sie versuchen, Mia und ihre Großeltern in den Westen zu holen.

Allerdings hatte WNYR ihr nur wenige Tage für ihren Aufenthalt in Westberlin zugestanden. In dieser Zeit musste es ihr gelingen, hinter den Eisernen Vorhang zu reisen und die sowjetisch besetzte Zone mit Mia und ihren Großeltern zu verlassen. Noch war die Grenze nach Westen geöffnet, wie lange es der Fall sein würde, konnte niemand vorhersagen.

Klar war nur, dass die sowjetische Regierung zunehmend aggressiver wurde, allein ihr Entschluss, Westberlin auszuhungern, machte das deutlich.

Kate nahm ihre kleine Reisetasche und verließ die C-54 mit der Besatzung. Draußen half sie dem Bodenpersonal, die Fracht des Flugzeugs in eine Reihe Jeeps umzuladen.

»Diese Arbeit sollen wir in sechs Minuten schaffen«, sagte einer der Helfer zu Kate. »Ich frage mich, wie die oberen Herrschaften sich das vorstellen.«

Kate blickte auf ihre Uhr. »Wir haben es in einer Viertelstunde geschafft. Das ist auch nicht schlecht.«

»Und das Betanken soll in acht Minuten erledigt werden.« Der

Mann schüttelte den Kopf. »Dabei brauchen wir mindestens eine halbe Stunde.«

»Wie viele Maschinen landen hier am Tag?«, fragte Kate und holte Block und Stift aus ihrer Handtasche.

»Eigentlich sollte jede Minute eine landen.« Der Mann blickte über das belebte Flugfeld. »Erfordert eine höllische Koordinationsarbeit.« Er zuckte mit den Schultern. »In drei Wochen soll der Konflikt angeblich gelöst sein. Glaube ich aber nicht. Die Russen sind stur. Wahrscheinlich geht es noch monatelang so weiter. Bis wir sie mürbe gemacht haben.«

*

Kate hatte ihren Bericht über die Luftbrücke an WNYR gesendet und dann den Zug nach Celle genommen.

Nun saß sie im großen Wohnzimmer der Familie Schröder.

Im Hintergrund lief klassische Musik, die Terrassentüren standen weit offen, und von draußen wehte eine leichte Sommerbrise herein. Der Garten blühte in allen Farben.

Claudias Schwester reichte Kate eine Tasse Kaffee, die Kate dankbar annahm. Nach der Zugfahrt fröstelte sie trotz des sommerlichen Wetters. Es waren einfach zu viele Erinnerungen an die erste Nachkriegszeit in Europa hochgekommen.

Claudia breitete eine Landkarte von Deutschland auf dem Couchtisch aus und tippte auf den Ort, wo Mia mit ihren Großeltern lebte. Erst vor Kurzem hatten die Großeltern sich Claudia gegenüber bereit erklärt, mit Mia in den Westen Deutschlands umzusiedeln, es sei für das Mädchen wohl doch das Beste, hatten sie geschrieben. Daraufhin hatte Claudia ihnen angeboten, zunächst bei ihrer Familie in Celle unterzukommen.

»Der nächste Grenzübergang Marienborn ist geschlossen worden«, erklärte Claudia, »die anderen dürften noch offen sein.«

Ihr Vater schüttelte den Kopf. »Auch die offenen Übergänge stellen ein Risiko dar.«

Bitte jag mir nicht noch mehr Angst ein, flehte Kate ihn stumm an. Natürlich ist es ein Risiko, aber Mia und ihre Großeltern müssen gerettet werden. Mia, die in den Straßen von Berlin so hart um ihr Überleben gekämpft hat, soll eine bessere Zukunft haben, als es im Osten Deutschlands möglich ist.

Claudia sagte, dass sie Kate begleiten, es gar nicht zulassen werde, dass Kate die Reise in den Sowjetsektor allein unternahm.

»Nein«, erwiderte ihr Vater. »Auch für zwei Frauen ist die Reise zu gefährlich.«

»Und je länger wir warten, desto gefährlicher wird sie.« Claudia fuhr mit dem Finger auf der Landkarte entlang, von Celle nach Norden, dann nach Osten. Kate bemerkte, dass ihre Finger perfekt manikürt und lackiert waren. Die Lippen hatte sie sogar im Haus tiefrot geschminkt, eine Farbe, die sich im Nagellack und im Blumenmuster ihres Sommerkleids wiederholte.

Claudias Vater – Kate durfte ihn Georg nennen – seufzte. »Dann komme ich mit. Nicht nur, weil ich an Mia hänge, sondern auch, weil ich bereits einen Interzonenpass habe, der mich berechtigt, die Grenze zu überqueren. Für euch müssen wir uns an der Grenze etwas einfallen lassen, sollte es Schwierigkeiten geben. Wir werden einfach behaupten, dass auch ihr Musikerinnen seid und wir in Ostdeutschland ein triftiges Anliegen haben.«

Kate atmete auf. Falls Claudia und Georg tatsächlich Schwierigkeiten bekämen, würde sie sich das zwar nie verzeihen, doch zweifellos war es besser, wenn die beiden sie auf ihrer Fahrt begleiteten.

»Ich weiß, wie wir es machen«, fuhr Georg fort. »Wir nehmen meinen Wagen und geben vor, nach Leipzig zu fahren, um unserer lieben Kollegin aus Amerika die berühmte Musikerstadt zu zeigen und dort mit ostdeutschen Kollegen zu musizieren. Aus meinen Aufenthalten in Russland vor dem Krieg kann ich sogar noch ein wenig Russisch. Wie wir uns für die Rückreise aufteilen, überlegen wir uns im Osten.«

Claudia lächelte zufrieden. »Mein Vater hatte in Leipzig Gastdirigate«, sagte sie an Kate gewandt. »Und tatsächlich leben dort zahlreiche Musiker, mit denen wir seit Jahren befreundet sind.« Sie seufzte. »Wer weiß, wie lange wir einander noch besuchen können.«

»Ich danke euch«, sagte Kate. »Ihr könnt euch gar nicht vorstellen, wie dankbar ich euch bin.«

*

Der Grenzübergang im Norden Deutschlands bestand aus einer Reihe Holzhütten und hatte etwas Provisorisches.

Georg zeigte den russischen Kontrollbeamten seinen Interzonenpass, deutete auf Claudia und Kate und sagte etwas auf Russisch. Kate nahm an, dass er die Geschichte der amerikanischen Musikerin erzählte, die sich sehnlichst wünschte, die berühmte Musikstadt Leipzig zu sehen. Auch ein Geldschein wechselte die Hände.

Trotzdem mussten sie und Claudia ihre Pässe vorzeigen. Claudias Pass wurde nach einer flüchtigen Überprüfung zurückgereicht, mit Kates Pass verschwand der Kontrollbeamte in einer der Holzhütten.

Doch schon nach kurzer Zeit kam er wieder, gab Kate ihren Pass zurück und bedeutete Claudias Vater, er könne weiterfahren.

Wie Kate feststellte, war auch in der grünen Sommerlandschaft der sowjetischen Besatzungszone die Natur dabei, die Wunden, die der Krieg geschlagen hatte, zu überwuchern.

Doch in den Dörfern war die Armut der Bewohner weitaus deutlicher zu erkennen als im Westen, viele kleine Ortschaften wirkten wie ausgestorben. Hier und da waren an den Hauswänden sogar noch verblassende Naziparolen und Reste antijüdischer Hetze zu sehen.

Die Menschen, denen sie begegneten, beäugten den Wagen von Claudias Vater mit misstrauischem Blick.

In dem Dorf, in dem Mia mit ihren Großeltern wohnte, hatte sich seit Kates Besuch vor zwei Jahren kaum etwas verändert, nur dass der Marktplatz und die umliegenden Häuschen dieses Mal in goldenes Abendlicht getaucht waren.

Claudias Vater parkte den Wagen, und sie stiegen aus. Georg sagte, er werde sich die Beine vertreten, während Claudia und Kate nachsehen sollten, ob Mia und ihre Großeltern reisefertig seien. Er und Kate, so nun der Plan, würden dann vom nächsten größeren Bahnhof aus mit dem Zug zurück in den Westen fahren. Claudia, Mia und die Großeltern würden den Wagen nehmen.

Kate betätigte die altmodische Drehklingel an der Tür des Häuschens und wartete mit wild klopfendem Herzen. Als sich nichts tat, befiel sie plötzlich die Angst, die sowjetischen Besatzer hätten womöglich mitbekommen, dass die Familie fortziehen wolle, und sie auf irgendeine Weise daran gehindert.

Doch dann öffnete sich die Tür zögernd, Mias Großvater erschien auf der Schwelle. Er blickte nach allen Seiten, bevor er Kate und Claudia hastig ins Haus winkte.

Im Wohnzimmer bot sich ihnen eine Szene, die Kate sich zunächst nicht erklären konnte.

Mia saß auf dem Schoß ihrer Großmutter, hatte das Gesicht an ihrer Brust verborgen und schluchzte. Die Großmutter streichelte den schmalen, bebenden Rücken des Mädchens.

Verwirrt sah Kate den Großvater an. Warum weinte Mia? Wollte sie das Dorf nicht verlassen? Vielleicht hatte das Mädchen hier erste zarte Wurzeln geschlagen, Freunde und Freundinnen gewonnen, und der Gedanke, erneut aufbrechen und an einem anderen Ort neu beginnen zu müssen, war mehr, als es ertragen konnte.

In diesem Augenblick wusste Kate nicht mehr, wie sie auf den Gedanken gekommen war, Mia und ihre Großeltern von hier fortzuholen. Es musste an der Propaganda zu Hause gelegen haben, an den Geschichten über das brutale Leben hinter dem Eisernen Vorhang, die strenge russische Herrschaft und die Nachteile des Kommunismus. Aber vielleicht war sie auch nur selbstsüchtig gewesen und hatte leichteren Zugang zu Mia haben wollen.

Hilflos stand sie in dem kleinen Wohnzimmer und wusste nicht, ob sie zu Mia gehen oder das Mädchen weinen lassen sollte.

Schließlich flüsterte sie Mias Namen.

Mia reagierte nicht, nur die Großmutter hob den Kopf und sah Kate mit einem Ausdruck unendlichen Kummers an.

Hinter Kate unterhielten sich Claudia und Mias Großvater leise. Kate drehte sich zu ihnen um, wollte sich entschuldigen, dass sie überhaupt mit dem Vorschlag von hier fortzuziehen an die Familie herangetreten war. Schließlich zählte nur das, was diese drei Menschen wünschten, nicht das, was Kate für das Richtige hielt oder was Russen oder Amerikaner sagten, planten und taten.

Ihr Blick fiel auf den Koffer, den Claudia damals für Mia besorgt hatte. Nur er stand im Flur, kein anderes Gepäck.

Leise erklärte Claudia ihr, dass die Großeltern entschieden hatten, Mia freizugeben und allein mit ihnen nach Celle ziehen zu lassen, in der Hoffnung auf eine bessere Zukunft für das Kind. Sie selbst seien zu alt, um irgendwo noch einmal neu zu beginnen. Zwar hatten sie alles verloren – ihre Tochter und ihren Enkel, ihr Vermögen und ihren Gutshof –, doch in dieser Gegend war ihre Heimat.

Kate wusste nicht, was sie sagen sollte. Konnte sie es tatsächlich verantworten, Mia von den einzigen Menschen zu trennen, die ihre Familie ausmachten?

»Sei ganz beruhigt«, sagte Claudia und berührte Kates Arm. »Es ist der ausdrückliche Wunsch der Großeltern, dass wir Mia mitnehmen. Sie möchten, dass dem Kind im Leben mehr Möglichkeiten offenstehen, als es sie hier im Osten gibt. Sie sind uns dankbar.« Sie lächelte aufmunternd. »Vor einer Weile war übrigens auch Rick hier und hat Mia besucht.«

»Rick?«

Claudia nickte. »Er hat Mia Spielsachen mitgebracht und sich lange mit den Großeltern unterhalten.«

Rick hatte Mia nicht vergessen. Er war sogar hierhergekommen, um das Mädchen zu besuchen. Ebenso wie sie hatte er riskiert, dass sein Aufenthalt im sowjetisch besetzten Sektor Deutschlands in Amerika bekannt würde und man ihnen in der hysterischen Atmosphäre, die sich in ihrem Land ausgebreitet hatte, womöglich noch unterstellen würde, Sympathisanten dieses Regimes zu sein.

Sie wollte Claudia bitten, ihr noch mehr über Ricks Besuch zu erzählen, doch in diesem Moment richtete Mia sich auf und sah Kate mit nass geweintem Gesicht an.

»Mia, mein Schatz«, sagte Kate.

Mia seufzte schwer, bevor sie ihre Großmutter verließ und zu Kate trat.

»Sie kommt mit uns«, sagte Claudia. »Sie ist ein unglaublich tapferes Mädchen.«

Kate streichelte Mias Wange.

KAPITEL 24

Kate

New York, Juli 1948

Am Tag nach ihrer Rückkehr aus Deutschland wanderte Kates Blick immer wieder zu dem Armband, das sie in Celle gekauft hatte. Für Mia hatte sie das gleiche erstanden. Es sollte ein Zeichen ihrer Verbundenheit sein.

Das Mädchen würde nun wieder bei Claudias Familie ein Zuhause haben, in Celle zur Schule gehen, neue Freunde finden und hoffentlich weiterhin mithilfe ihrer Bilder mit Kate kommunizieren. Und eines Tages, wenn Mia wieder sprechen würde – diesen Tag würde es geben, dessen war Kate sich sicher –, könnte sie sich auch am Telefon mit ihr unterhalten.

Georg und Claudia hatten überlegt, ob Kate Mia mit nach Amerika nehmen sollte, sich jedoch dagegen entschieden. Celle war Mia vertraut, dort besaß sie eine Familie. In Amerika kannte sie hingegen kaum jemanden, und auch die Sprache war ihr unbekannt.

Während des Gesprächs hatte Kate mehr als einmal daran gedacht, dass sie, wäre sie mit Rick zusammengeblieben, Mia ebenfalls ein Zuhause voller Liebe und Wärme hätte bieten können. Das war nun nicht mehr möglich, dafür hatte Ricks Vater gesorgt. Und sie selbst.

Kate wollte ihr Büro soeben verlassen, als Harvey hereinkam.

Wie immer trug er ein Lächeln zur Schau, doch auf seiner Stirn hatten sich erste Falten eingegraben. Jeder, der für die Medien arbeitete, sorgte sich, in den Fokus der Kommunistenjäger zu geraten, aufgrund irgendeiner unachtsamen Bemerkung, weil jemand sie angeschwärzt hatte, oder aus anderen, ganz und gar unerfindlichen Gründen.

»Harvey«, sagte Kate überrascht und stellte ihre Handtasche wieder ab. »Was führt dich zu mir?«

»Ich habe eine Idee«, erklärte Harvey. »Können wir irgendwohin gehen und bei einem Drink darüber sprechen?«

Kate war einverstanden.

Harvey führte sie in eine Cocktail Lounge mit gedämpftem Licht und einem Jazzpianisten, der leise Hintergrundmusik lieferte.

Sie setzten sich, und Harvey griff nach der Getränkekarte. »Ich nehme einen Gin Gin Mule und für uns beide bestelle ich Käsegebäck, wenn es dir recht ist. Was möchtest du trinken?«

»Ein Agua de Valencia.« Kate liebte das erfrischende Getränk aus Organgensaft, Sekt und Gin.

Ein Kellner kam und nahm ihre Bestellung auf.

Kate blickte sich in der Lounge um, die sich langsam füllte. Noch immer gab es zu wenige Frauen, die es wagten, allein etwas trinken zu gehen. Hier waren sie entweder in Begleitung eines Mannes oder gehörten zu einer Gruppe.

Anders als Kate, die einen Hosenanzug anhatte, trugen die meisten der weiblichen Gäste die Kleider, die seit einer Weile modern waren, mit Röcken, die von der Taille oder den Hüften aus weit wurden. Kate stand diese Mode nicht. Sie fand ihre Hüften zu schmal, um sie zu betonen, und in den weiten Röcken kam sie sich kindisch vor. Stattdessen trug sie Kostüme mit gerade geschnittenen Röcken oder Hosenanzüge. Beides wirkte professionell und signalisierte »bitte komm mir nicht zu nah«, was ihrer inneren Einstellung entsprach.

Ihre Getränke und das Gebäck wurden gebracht.

Als sie allein waren, sagte Harvey: »Normalerweise komme ich nicht hierher, aber hier sind wenigstens keine anderen Journalisten, und ich möchte nicht, dass man uns belauscht.«

Kate lachte. »Mach's nicht so spannend.«

»Also gut. Bei WNYR war man von deiner Reportage über die Luftbrücke nach Berlin beeindruckt. Auch von den Beiträgen, die du zuvor geliefert hast. Deshalb möchten wir dir einen Vorschlag machen.«

Kate nahm einen Schluck von ihrem Cocktail.

»Deine Hörerschaft mag dich. Auch die Presse ist auf dich aufmerksam geworden, du wirst den Artikel gelesen haben, der in der *New York Times* über dich geschrieben wurde. Und über die Notwendigkeit, mehr Reporterinnen einzustellen.«

»Den habe ich gelesen.« Ungefähr hundertmal, setzte sie im Geist hinzu. Sie hatte ihr Glück kaum fassen können.

»Ich zitiere: *eine überraschend intelligente, bestens informierte Journalistin mit schöner Stimme.*«

Kate lachte schallend. »Überraschend intelligent, das war das Beste.«

»Jetzt musst du den nächsten Karriereschritt machen, Kate, und der führt zum Fernsehen.«

Kate sah ihn mit großen Augen an.

Harvey nickte. »Ja, du hast richtig gehört.«

Kate konnte es trotzdem nicht glauben. Nicht einer ihrer Kollegen hatte es bisher zum Fernsehen geschafft.

»Es geht um die Berichterstattung über den Nominierungsparteitag der Republikaner in Philadelphia. Die Kollegen, die ich gefragt habe, ob sie an einer Fernsehreportage interessiert sind, haben bis auf wenige Ausnahmen abgelehnt. Sie möchten beim Rundfunk bleiben.«

Demnach war sie nicht die Erste, die er gefragt hatte, dachte Kate, aber sei's drum. »Ich wundere mich, dass der Nominierungsparteitag im Fernsehen übertragen wird. Bisher hat man doch immer dafür gesorgt, dass von diesen Zusammenkünften so wenig wie möglich nach außen dringt. Und nun wollen die Delegierten gefilmt werden?«

»O ja. Bei der Wahl im November wird es ein Kopf-an-Kopf-Rennen geben. Bei den Demokraten steht Truman fest, du kannst dir also vorstellen, was bei der Nominierung des republikanischen Kandidaten los sein wird. Aber kaum ein Journalist, geschweige denn eine Journalistin hat Fernseherfahrung und weiß, wie man sich vor einer Kamera präsentieren muss. Du würdest gewissermaßen Neuland betreten.«

Kate nahm einen großen Schluck ihres Cocktails. »Ich? Im Fernsehen?«

Harvey nickte. »Das Management von WNYR hat deinen Einsatz abgesegnet. Allerdings musst du selbst herausfinden, wie man sich fürs Fernsehen zurechtmacht. Dein Aussehen wird mindestens genauso wichtig sein wie dein Beitrag.«

Kate blickte an sich hinunter. »Am liebsten trage ich schlichte, unauffällige Kleidung. Soll ich mich fürs Fernsehen etwa auftakeln?«

»Das habe ich nicht gesagt. Aber du musst dem Publikum gefallen. Bei einer Reporterin werden die Zuschauer – Männer wie Frauen – zuerst auf das Äußere achten und sich erst danach auf ihren Beitrag konzentrieren. Bei einem Reporter wäre es genau umgekehrt.«

Kate runzelte die Stirn.

Harvey zuckte entschuldigend die Achseln. »Abgesehen davon wird der Parteitag aufregend sein und ein großes Publikum interessieren. Und du wirst zu den ersten Reportern gehören, die im Fernsehen darüber berichten.«

»Ich tippe darauf, dass Dewey das Rennen macht«, sagte Kate.

»Earl Warren hat auch gute Chancen«, meinte Harvey. »Aber im Moment geht es darum, dass du dich über den Auftritt vor Fernsehkameras informierst, der Parteitag steht kurz vor der Tür.«

Kate seufzte. »Vielleicht gibt es in einer Bibliothek einen Ratgeber über das Schminken von Filmschauspielerinnen.«

»Geh in die Public Library, da findest du alles«, sagte Harvey.

»Noch etwas, Kate.« Mit einem Mal wirkte Harvey verlegen. »Als wir vor zwei Jahren in Europa waren … da hatte ich den Eindruck, dass du und …«

Kate ahnte schon, worauf er hinauswollte, und wappnete sich.

»Ich hatte den Eindruck, dass du dich mit Rick angefreundet hattest. Und als wir bei Rick zum Essen waren, schien mir, dass ihr mehr seit als Freunde.«

Kate schwieg.

Harvey wich ihrem Blick aus und zerkrümelte ein Stück Käsegebäck mit den Fingern. »Seit der Verlobungsfeier seiner Schwester habe ich euch nicht mehr zusammen gesehen. Natürlich geht mich eure Beziehung nichts an. Doch sie ist im Managementkomitee zur Sprache gekommen, sei also auf der Hut. Reporterinnen, die ans Heiraten und Kinderkriegen denken, werden aufs Abstellgleis geschoben.« Als er es endlich wagte, Kate anzusehen, war seine Miene bekümmert. »Aber das weißt du ja selbst.«

»Danke für die Warnung.« Kate leerte ihr Glas. »Ich bin nicht mit Rick liiert. Auch nicht mit einem anderen. Du brauchst dir also keine Sorgen zu machen.« Sie griff nach ihrem Jackett und ihrer Handtasche. »Und jetzt entschuldige mich, ich muss gehen. Schließlich muss ich herausfinden, wie man sich für die Kamera kleidet und schminkt.«

Harvey hielt ihren Arm fest. »Kate, wenn ich dir zu nahe getreten bin …«

Kate ließ ihn nicht ausreden. »Es ist alles gut, Harvey, ich bin mit meinem Beruf verheiratet. Ich danke dir für das Angebot, über den republikanischen Nominierungsparteitag zu berichten. Verlass dich auf mich.« Sie befreite ihren Arm.

»Ich habe etwas Unangebrachtes gesagt«, erwiderte Harvey und sah Kate unglücklich an. »Bitte verzeih mir.

»Da gibt es nichts zu verzeihen.« Kate stand auf. »Vielen Dank für den Drink.«

Mit eiligen Schritten verließ sie die Cocktail Lounge und trat hinaus in den schwülen Sommerabend.

*

Am nächsten Morgen betrat Kate das Kaufhaus Macy's und steuerte die Kosmetikabteilung an.

Das Kaufhaus hatte gerade erst die Türen geöffnet und war doch schon gut gefüllt, überwiegend mit weiblicher Kundschaft. Vielleicht versuchten die Frauen aber auch nur, in den klimatisierten Räumen der Hitze des Sommertags zu entkommen, die schon am Morgen spürbar war.

Kate überragte die meisten Kundinnen und fühlte sich wie eine Giraffe unter Gazellen. Ihr fuhr durch den Kopf, dass Bianca besser hierher passen würde.

Bianca. Noch immer gab es zwischen ihnen Spannungen, stand weiterhin Unausgesprochenes im Raum.

Kate ging an den Stand von Elizabeth Arden und lächelte die perfekt geschminkten Verkäuferinnen an. »Können Sie mir vielleicht sagen, wie man sich für einen Auftritt vor einer Fernsehkamera schminkt?«

Die beiden Frauen sahen zuerst einander, dann Kate an. Die Jüngere fragte: »Kommen Sie ins Fernsehen?«

Kate nickte und ließ ihren Blick über die zahllosen Produkte in den glänzenden Verpackungen schweifen.

Die jüngere Frau öffnete eine der Schubladen unter der Theke und starrte hinein. »Viel Rouge und dunkelroten Lippenstift.«

Die andere betrachtete Kates Teint kritisch und schüttelte den Kopf. »Ihre Haut hat einen Bronzeton«, erklärte sie. »Sie braucht nur einen Hauch Puder und einen blassrosa Lippenstift.«

Ratlos betrachtete Kate die Lippenstifte und Puderdosen, die vor ihr ausgebreitet wurden. Normalerweise schminkte sie sich nicht, ihre Wimpern waren von Natur aus dunkel und auch ihre Lippen hatten eigentlich keinen Lippenstift nötig. Aber was wusste sie schon. Seit in der Kantine von WNYR über Fernsehreportagen geredet wurde, hatten die Männer immer nur davon geschwärmt, dass die starke Beleuchtung während der Aufnahmen dünne Kleiderstoffe durchscheinend machte. Vom richtigen Schminken war nie die Rede gewesen.

»Ich weiß, wie man Filmschauspielerinnen schminkt«, sagte die ältere Verkäuferin. »Aber ob das auch fürs Fernsehen gilt?«

»Wir können nur raten«, gestand ihre Kollegin.

Kate stellte sich vor, wie man im Sender über sie herziehen würde, wenn sie vor der Kamera zu blass oder zu stark geschminkt wäre.

»Dann muss ich wohl experimentieren«, sagte sie. »Ich weiß nur, dass Fernsehkameras in der Lage sind, jede kleine Hautunregelmäßigkeit, jeden Farbton zu erfassen.«

Die beiden Frauen zuckten die Achseln.

Kate erstand Make-up in mehreren Farbtönen und eine Handvoll Lippenstifte, von Rosa bis Dunkelrot. Mit ihrer Frisur würde sie sich später auseinandersetzen.

Als Nächstes ging sie zu dem luxuriöseren Kaufhaus Bonwit Teller. Auch da wusste ihr keine der Verkäuferinnen zu helfen, doch Kate war sich sicher, dass ein neuer Hosenanzug nicht das Richtige war, so sehr sie diese Kombination auch schätzte.

Eine Kleiderstange nach der anderen ging sie durch und erinnerte sich zähneknirschend an die Bemerkung eines Kollegen, dass ein Reporter sich für die Kamera lediglich rasieren, kämmen und einen neutralen Anzug tragen müsse.

Schließlich hatte sie zwei Kleider ausgesucht. »Die müssten doch gehen, oder?«, fragte sie die Verkäuferin, die ihr bei der Auswahl behilflich gewesen war.

Die Verkäuferin nickte. »Mit Schwarz kann man nie etwas falsch machen. Das gilt auch fürs Fernsehen.«

»Das stimmt nicht.« Eine Kundin, die ihnen zugehört hatte, drehte sich zu Kate um. »In Schwarz sähen Sie aus, als würden Sie über eine Beerdigung berichten.«

Die Verkäuferin hob die Schultern. »Solange uns die Erfahrung fehlt, müssen wir uns auf gut Glück entscheiden.«

Eine Weile später verließ Kate das Kaufhaus mit zwei großen Tragetaschen. Darin befanden sich zwei streng geschnittene Kleider, eins perlgrau, das andere marineblau, und ein etwas flotteres Kleid in Hellblau mit einer weißen Stoffblüte am Ausschnitt.

*

Im Sender zeigte Kate ihre Kleider Hilary, die mit ihrer Wahl zufrieden war.

»Unser Programmleiter möchte übrigens, dass du bei deinen Berichten eine Brille trägst. Dadurch wirkst du intelligenter.«

»Also brauche ich noch eine Brille mit Fensterglas.« Kate seufzte. »Sonst noch was?«

»Ja, er findet, dass dein Haar zu dunkel ist.«

»Was?«

»Du sollst es blond färben und glätten lassen.«

Kate verschränkte die Arme vor der Brust. »Nein!«

»Kate, bitte, das ist eine Anweisung aus der Chefetage«, sagte Hilary scharf. »Es reicht nicht, dass du eine gute Reporterin bist. Dem Fernsehpublikum musst du auch äußerlich gefallen. Dazu brauchst du eine sehr fein ausbalancierte Mischung aus Seriosität und Attraktivität. Andernfalls kannst du deine Fernsehkarriere schon jetzt an den Nagel hängen.«

Vielleicht sollte sie einen Bikini tragen, dachte Kate spöttisch.

Hilary setzte ihre Brille ab. »Der Nominierungsparteitag wird auf etwa 350.000 Fernsehgeräten zu sehen sein. Und die Suggestivkraft von Bildern ist größer als die von Worten, Kate, vergiss das nicht.«

»Ja, ich weiß, Hilary.«

»Denk daran, dass du auch die Wimpern und Augenbrauen aufhellen lassen musst, nicht nur die Haare.«

Sie würde unkenntlich sein, sagte sich Kate. Vielleicht wäre das sogar das Beste.

Hilary ordnete einen Stapel Unterlagen auf ihrem Schreibtisch. »Ach, und noch etwas.«

»Soll ich mit den Kandidaten Boogie-Woogie tanzen?«

Hilary runzelte die Stirn. »Du sollst eine Frauenperspektive einnehmen.«

Kate zog die Brauen hoch. »Und wie soll die aussehen?«

Hilary klopfte die Unterlagenstapel bündig.

»Hilary! Es geht um den Nominierungsparteitag einer unserer großen Parteien. Dort werden in erster Linie Männer sein. In den Redebeiträgen wird es um die Innen- und Außenpolitik Amerikas gehen. Sogenannte Frauenthemen dürften dabei keine Rolle spielen. Und warum erfahre ich erst jetzt, dass ich in eine Ecke gedrängt werden soll? Hätte man mir das nicht mitteilen sollen, bevor ich mich einverstanden erklärt habe, über den Parteitag zu berichten?«

Einen Schritt nach dem anderen, das hatte sie sich immer wieder gesagt. Aber wie viele Schritte sollte sie noch gehen, bis sie die gleichen Aufträge wie ihre männlichen Kollegen bekäme?

»Du sollst über die Ehefrauen und Familien der Kandidaten berichten.«

Kate schüttelte den Kopf.

»Kate, du wirst auf dem Parteitag nicht die einzige Reporterin sein, jedoch die einzige, die vor einer Fernsehkamera sprechen wird. Das ist eine große Chance, schieß die bitte nicht in den Wind.«

Kate schluckte.

Hilary lächelte dünn. »Das hätten wir also geklärt. Und nun ab mit dir zum Friseur.«

Kate wandte sich zum Gehen, doch in dem Moment betrat Harvey Hilarys Büro. »Gut, dass ich dich erwische«, sagte er zu Kate. »Ich wollte dir nämlich sagen, dass Rick ebenfalls über den Parteitag berichten wird. Allerdings ist er noch in Deutschland und wird erst ab dem zweiten Tag in Philadelphia sein.«

Kate starrte Harvey an.

»Ist was?«, fragte Hilary.

»Du kommst doch mit Rick klar, oder?«, fragte Harvey. »Ihr beide gehört zu unseren besten Reportern, ihr müsst miteinander auskommen.«

»Ich habe mit Rick kein Problem«, log Kate. »Zwischen uns ist nichts, das habe ich dir schon einmal erklärt.«

»Ich wollte mich nur noch mal vergewissern.« Harvey klopfte Kate auf die Schulter. »Viel Glück in Philadelphia.«

»Danke.« Mit rasendem Herzschlag verließ Kate Hilarys Büro.

KAPITEL 25

Kate

Philadelphia, Juli 1948

In Philadelphia war es ebenso drückend heiß wie in New York. Als Kate einen letzten Rundgang durch das gefüllte Municipal Auditorium machte, spürte sie den Schweiß, der sich in ihren Achselhöhlen gesammelt hatte. Die Veranstalter hatten vorgehabt, riesige Eisblöcke auf das Dach zu schaffen und die einsickernde kalte Luft von sechzig Ventilatoren verteilen zu lassen, doch in der Hitze waren die Eisblöcke bereits auf dem Weg die Treppen hinauf geschmolzen. Nun hatten Parteidelegierte und Journalisten ihre Jacketts abgestreift und die Hemdsärmel hochgerollt.

Tatsächlich litt Philadelphia unter einer derartigen Hitzewelle, dass Leute auf den Straßen ohnmächtig wurden. Auch in der Kongresshalle brachen Menschen zusammen und mussten zur Erste-Hilfe-Station getragen werden.

Hinzu kamen die vielen Tauben, die es geschafft hatten, in den Saal einzudringen; einige Delegierte hielten sich Zeitungen über den Kopf, um nicht verdreckt zu werden.

Da Kate erst in letzter Minute mit der Berichterstattung beauftragt worden war, logierte sie in einem Studentenwohnheim. Sämtliche Hotels in Philadelphia und Umgebung waren ausgebucht gewesen.

Die Stimmung im Saal war angespannt. Der Ausgang der Wahl

– ob Dewey oder Warren – war ungewiss, auch wenn die meisten davon ausgingen, dass Dewey das Rennen machen würde.

Wie Kate mitbekommen hatte, lieferten ihre männlichen Kollegen bereits die ersten Berichte an ihre Sender. Zudem hieß es, die Amerikaner, die ein Fernsehgerät besaßen, würden den Parteitag zusammen mit Nachbarn und Verwandten verfolgen, was ein Riesenpublikum bedeutete.

Kurz vor Beginn der ersten Reden wurde ein kleiner Elefant – das Wappentier der Republikaner – durch den Saal getrieben. Die Delegierten setzten, trotz der Hitze, Hüte auf, die meisten in den amerikanischen Farben Rot, Weiß, Blau. Kate hatte den Eindruck, dass alle zuversichtlich gestimmt waren und erwarteten, mit ihrem Kandidaten die Präsidentschaftswahl im November zu gewinnen, denn die Umfragewerte Trumans, des demokratischen Konkurrenten, sahen nicht gut aus.

In den nächsten drei Tagen interviewte Kate nicht nur die Ehefrauen der Kandidaten, sondern auch die einer ganzen Reihe Delegierter, erkundigte sich nach ihren Kindern und ihren Vorlieben in puncto Mode. Sie wollte jedoch auch wissen, warum sie glaubten, ihre Ehemänner seien gute Politiker.

Zu Kates Überraschung erreichten bereits ihre ersten Interviews hohe Einschaltquoten. Offenbar interessierte es die Amerikaner brennend, wie es in den Familien von Politikern zuging. Kate hatte sogar schon Fanpost erhalten. Am Telefon hatte Hilary ihr erzählt, dass Zuschauerinnen aller Altersgruppen im Sender anriefen und um weitere Informationen über diese Familien baten, bis hin zu der Frage, was die Ehefrauen kochten. Hilary forderte Kate auf, sich auch danach zu erkundigen.

Zähneknirschend kam Kate der Aufforderung nach, sprach über zahllose Gerichte und immer wieder über Gelatine, die offenbar mit Vorliebe verwendet wurde. Einmal ging ihr dabei durch den Kopf, dass sie die einzige politische Reporterin sein dürfte, die gleichsam Expertin für Wackelpudding und Sülze war. Sie sprach mit Frauen über die Möglichkeiten, einen Kartoffelsalat aufzupeppen, über Nachtische jeder Art und Kuchenrezepte.

Ihre Ehemänner, betonten die Frauen, seien gute Väter, treue Patrioten und dem Wohl ihres Landes verpflichtet. Klar, dachte Kate, was solltet ihr auch anderes sagen.

Kosmetikfirmen, die auf die Interviews aufmerksam geworden waren, ließen Kate für sich und ihre Interviewpartnerinnen Gratisschminksets zukommen, lobten Kates Aussehen.

Von den geistlosen Themen abgesehen, war Kate von der Arbeit als Fernsehreporterin begeistert. All ihre Interviews wurden live gesendet, und die Vorstellung, dass Tausende von Menschen sie und die Frauen, mit denen sie sprach, beobachteten, hatte etwas Aufregendes. Dem Fernsehen gehörte die Zukunft, daran bestand für Kate kein Zweifel. Es eröffnete eine neue Art der Kommunikation und konnte jedes Geschehen, ganz gleich ob lokal oder international, in die amerikanischen Wohnzimmer transportieren.

Während des Kriegs hatten nur die Wochenschauen in den Kinos Filmaufnahmen von der Front, den Bombenangriffen und den zerbombten Städten gezeigt, doch wie wäre es gewesen, fragte sich Kate, wenn man die Kämpfe und das Leid der Menschen jeden Tag live hätte verfolgen können? Ob der Krieg in ihrem Land auch dann so rasch seinen Schrecken verloren hätte?

Die Nächte, in denen die Hitze nur wenig nachließ, waren die reine Strapaze. In Kates kleinem Studentenzimmer stand die warme Luft, so dass sie kaum schlafen konnte.

Am Morgen überschminkte sie die dunklen Ränder unter ihren Augen, verfluchte die blonde Haarfarbe, die ein juckendes Gefühl auf ihrer Kopfhaut verursachte, und tat ihr Bestes, um einen ausgeruhten Eindruck zu erwecken. Denn die Kamera war gnadenlos, sie erfasste jeden Makel und noch das kleinste Mienenspiel.

Hier und da hatte Kate einen Blick auf Rick erhascht, doch beide taten ihr Bestes, sich aus dem Weg zu gehen.

Am letzten Tag explodierte wieder einer der Monitore, und in einer der Aufnahmekabinen war das Licht so hell gewesen, dass der Film unbrauchbar geworden war. Die Videogeräte überhitzten, die Techniker mussten sie mit Eispackungen kühlen.

Als Kate an der WNYR-Kabine vorbeikam, wunderte sie sich, dass so viele Menschen davorstanden. Dann erkannte sie den Grund: Rick berichtete über den Parteitag. Ihre Blicke trafen sich. Kate wollte sich abwenden, doch nun hatten sich auch hinter ihr Menschen versammelt und versperrten ihr den Weg. Also blieb ihr nichts anderes übrig, als Ricks Beitrag zu verfolgen.

Er war gut, natürlich war er gut. Seine Miene war ernst, sein Blick jedoch freundlich und nahbar. Er sah in die Kamera, doch jeder Zuschauer würde den Eindruck haben, dass er direkt zu ihm oder ihr sprach.

Dann wurde er ausgeblendet und eine Stimme aus dem Off erklärte: »Das war Rick Shearer aus Philadelphia für WNYR.«

Die Zuschauermenge löste sich auf. Kate schlug das Herz bis zum Hals, und die Erinnerungen an ihre gemeinsame Zeit brachen wie eine Woge über ihr zusammen und drohten sie mitzureißen. Panisch schaute sie sich nach einem Fluchtweg um.

»Kate!«

Beim Klang seiner Stimme erstarrte sie.

Und dann stand er vor ihr, sah sie mit seinen schönen braunen Augen an, und Kate war unfähig, sich von der Stelle zu rühren.

»Lass uns irgendwo hingehen, wo wir reden können.«

Nein, dachte Kate. Nicht reden. »Tut mir leid, aber dazu fehlt mir die Zeit.«

Seine Brauen zogen sich kaum merklich zusammen. »Katia, bitte.«

Plötzlich sah Kate die heruntergekommenen europäischen Hotels wieder vor sich, Rick, der Mia unter seinem Mantel barg. Ihre Abende in New York. Auch die Qualen, die sie ausgestanden hatte, nachdem Ricks Vater ihr gedroht hatte, wurden erneut lebendig.

Nervös begann sie an ihrem Armband zu nesteln. »Es ist besser, wenn wir nicht reden.«

»Besser für wen?«

Gute Frage, dachte Kate und hob die Schultern.

»Komm, wir trinken irgendwo etwas.« Rick deutete auf den Ausgang.

Im Geist hörte Kate die Stimme seines Vaters. *Wenn Sie Rick nach diesem Wochenende wiedersehen, mache ich Sie fertig.*

Rick griff nach Kates Arm und führte sie mit sanftem Griff aus dem Kongressgebäude hinaus.

Draußen, unter der grellen Sommersonne, ließ er sie los.

Vor dem Municipal Auditorium drängten sich Menschen. Limousinen hielten an und fuhren ab, Stimmengewirr umspülte Kate.

Rick winkte ein Taxi heran. »Wir fahren irgendwohin, wo es ruhiger ist«, erklärte er. Dann drehte er sich zu Kate um. »Nur ein Drink, Kate.« Er hielt Kate die Wagentür auf.

Sie schlüpfte auf den klebrig warmen Rücksitz, Rick nahm auf dem Beifahrersitz Platz. »Zum Bellevue Hotel.«

Der Fahrer murrte aufgrund der kurzen Strecke. Rick drückte ihm einen Geldschein in die Hand.

Sie überquerten den Schuylkill River. Kate starrte aus dem Fenster auf die Straßenbahnen, die über die Market Street fuhren, dann kam das Kaufhaus Wanamaker. Sie spürte den heißen Ledersitz und den Schweiß, der über ihren Rücken lief.

Wie viel riskierte sie? Würde Willard Shearer von diesem Treffen erfahren und Ernst mit seiner Drohung machen? Sie hatte so hart an ihrer Karriere gearbeitet, würde sie nun alles aufs Spiel setzen?

Vielleicht sollte sie einfach davonlaufen, sobald das Taxi anhielt.

Wenig später ragte das Bellevue Hotel vor ihr auf, ein Monument der Gründerzeit Philadelphias und im Stil des Renaissance-Revival erbaut.

Ein Portier öffnete Kate die Tür.

Sie stieg aus und blickte an dem hohen Hotelgebäude hinauf, über die Vielzahl der Erkerfenster zu den beiden Türmen auf dem Dach. Irgendwo auf einem der kleinen Balkone wurde laut gelacht.

Es war ein Luxushotel, in dem ausschließlich vermögende Gäste wohnten.

Wie die Shearers.

Sie, Kate, gehörte nicht hierher, das hatte Ricks Vater ihr deutlich zu verstehen gegeben.

Sie drehte sich zu Rick um. »Für dieses Hotel bin ich nicht richtig gekleidet.« Sie überlegte, ob sie den Rückweg einschlagen und die Straße hinunterlaufen sollte, über die sie gekommen waren.

»Mr. Shearer, willkommen im Bellevue«, sagte der Portier und deutete eine Verneigung an.

Nur ein Drink, dachte Kate. Aber wozu? Mit Rick zu reden, hatte keinen Zweck. Es würde ihren Schmerz bloß vergrößern. Es hatte so lange gedauert, bis sie die Trennung verwunden hatte. Immer wieder hatte sie sich eingeredet, angesichts ihres Berufs sei es ohnehin besser, allein zu bleiben. Sollte das alles vergebens gewesen sein?

Trotzdem folgte sie Rick durch die gläserne Eingangstür in die noble Empfangshalle mit dem Marmorfußboden, in der es wunderbar kühl war.

»Guten Tag, Mr. Shearer.« Auch der Mann am Empfang verneigte sich.

Sie betraten einen eleganten Speisesaal, wo erst wenige Gäste saßen. Auf den weiß gedeckten Tischen lagen Servietten und blitzendes Silberbesteck bereit. An der Decke hingen Kronleuchter aus Kristallketten, die funkelnde Lichttupfer auf die Tischdecken warfen.

Ein Kellner führte sie zu einem Tisch, rückte Kate einen Stuhl zurecht.

Wie weit diese Pracht von dem entfernt war, was Kate gewöhnt war – von ihrer Wohnung in New York, ihrem armseligen Zimmer im Studentenwohnheim mit dem abgetretenen Linoleumfußboden, wo es nicht einmal einen Ventilator gab und die Fenster sich nicht öffnen ließen, weil die Rahmen von alter Farbe verklebt waren.

Rick bestellte zwei Champagner-Cocktails und eine kleine Auswahl Sandwiches.

Als die Getränke und die Etagere mit den Sandwiches auf ihrem Tisch standen, sagte Rick: »Claudia hat mir erzählt, dass Mia sich wohlfühlt und im September mit der Schule beginnt.«

Woher wollte er wissen, ob Mia sich wohlfühlte, das Mädchen sprach doch noch immer nicht.

Rick schob die Etagere näher zu Kate, doch Kate ignorierte sie. Sie hatte keinen Appetit. Sie nippte kurz an ihrem Champagner-Cocktail und stellte das Glas wieder ab.

»Ich muss es aus deinem Mund hören.« Rick beugte sich zu ihr vor. »Sag, dass du mich nicht mehr liebst, und ich werde dich nie mehr belästigen.«

Kate zwang sich, Rick ins Gesicht zu sehen. »Ich liebe dich nicht mehr.«

KAPITEL 26

Bianca

New York, August 1948

Bianca entschied sich, zum Frühstück den langen Weg durch den Wald zur Lakeside Lodge zu nehmen und ganz langsam zu gehen. Auf die Weise konnte sie die reine Luft der Catskill Mountains in Ruhe genießen, bevor die Aktivitäten des Tages beginnen würden: Schwimmen, Segeln, Rudern, Tennis, Tischtennis, Golf, Reiten, Tanzen und Spielen.

Um halb sieben war ein Kindermädchen der Hotelanlage erschienen, um Biancas kleine Tochter abzuholen, die sie am frühen Abend zurückbringen würde.

Doch auch am Abend würde Bianca keine Zeit für ihr Kind haben. Marshalls Mutter hatte ein Dinner bei Mondlicht arrangiert, und vor dem Essen würde eine Babysitterin in das Cottage kommen und auf Sofia aufpassen. Das Dinner würden sie auf der Hotelterrasse einnehmen, mit Blick auf den See. Anschließend sollte es im Ballsaal ein Unterhaltungsprogramm geben und danach bis in die Nacht getanzt werden.

Marshall verbrachte nur das Wochenende in den Catskills. Unter der Woche arbeitete er im Familienunternehmen in New York. An diesem Morgen war er, zusammen mit seinem Vater, frühzeitig aufgebrochen, hatte Bianca und Sofia zum Abschied flüchtig geküsst und darüber geklagt, dass er in der Nacht schlecht geschlafen habe.

Bianca hätte ihm antworten können, dass ihr das bekannt war, schließlich sei er ständig aufgestanden und habe sie dabei jedes Mal geweckt. Sie hatte sich von ihm weggedreht, getan, als schliefe sie, in Wahrheit jedoch den schmalen Streifen Mondlicht betrachtet, der durch einen Spalt in den Vorhängen auf den Fußboden des Schlafzimmers fiel.

Als Marshall verschwunden war, hatte sie sich gewünscht, sie könne ebenfalls nach New York fahren und ihre Mutter in Greenwich Village besuchen, um sich von Marshalls Familie zu erholen.

Am Waldrand öffnete sich der Weg zu der großen Rasenfläche, die den weißen Schindelbau der Lakeside Lodge umgab. Bianca blieb stehen. Die ersten Gäste lagen bereits auf Liegestühlen am See, die meisten von ihnen Frauen. Sie trugen modische Badeanzüge und Sonnenbrillen und hielten ihr Gesicht in die Morgensonne.

Vom Ballsaal erklang Musik und Gelächter. Das Morgenprogramm hatte begonnen.

Mit schwerem Herzen überquerte Bianca den Rasen zur Terrasse. Sie war spät dran, hatte, nachdem Marshall und Sofia fort waren, eine Zeit lang allein sein wollen. Sie hatte die ersten Seiten eines neuen Romans gelesen. Das hätte sie liebend gern auf der Veranda ihres Cottage getan, doch sie hatte nicht riskieren wollen, von ihrer Schwiegermutter entdeckt zu werden. Sie und Patricia wohnten in den Cottages links und rechts von Bianca, und sie hatten ständig irgendeinen Auftrag für sie, etwa, dass sie ihnen die Haare richtete oder auf Patricias Kinder aufpasste, während ihre Mutter zum Segelunterricht ging.

Auf der Terrasse stand Florence und hielt bereits nach Bianca Ausschau.

»Guten Tag, Bianca«, sagte sie spitz, musterte Bianca ungnädig und wandte sich ab.

Bianca folgte ihr in den Frühstücksraum und wünschte, sie wäre ebenso hochgewachsen, durchtrainiert und sportlich wie Florence.

Bianca begrüßte die Frauen am Tisch und ließ sich nieder. Sie war die Einzige, die dunkles Haar und dunkle Augen hatte. Auch ihre Bräune war tiefer als die der anderen. Im Kreis ihrer Freundinnen hatte Florence sich bereits darüber lustig gemacht und erklärt, dass Bianca einen Schuss »Zigeunerblut« haben müsse.

Bianca hatte sich nicht gewehrt, sich nur, wie so oft, gewünscht, Kate wäre bei ihr, um Florence in die Schranken zu weisen.

In den vergangenen Monaten hatte sie oft über sich und Kate nachgedacht. Wenn sie putzte, kochte, die Wäsche machte, Windeln wechselte – stets unter dem Einfluss ihrer Beruhigungsmittel –, hatte sie dazu genug Zeit gehabt.

Sie hatte erkannt, dass ihre Schwester den Tod ihres Vaters nicht verschuldet hatte, sondern es ein Unfall gewesen war. Und dass es falsch gewesen war, Kate einreden zu wollen, eine Ehe und ein Heim in Forest Hills sei das Richtige für sie. Der Wunsch war ihrer eigenen Einsamkeit und Verzweiflung entsprungen, weiter nichts. Und wie hatte sie jemals auf den Gedanken kommen können, Kate könne mit jemandem wie Roy Hammond glücklich werden?

Bianca blickte sich am Frühstückstisch um. Die Frauen trugen pastellfarbene Strandkleider und Sonnenhüte. Vier Mal am Tag kleideten sie sich um, so wie es früher einmal üblich gewesen war.

Sie erinnerte sich an die vielen Koffer, mit denen Patricia und Florence angereist waren.

Bianca blickte an ihrem einfachen Baumwollkleid hinunter und beschloss, es bis zum Abend anzubehalten.

Ein Kellner stellte eine halbe Grapefruit und ein Glas Orangensaft vor ihr ab. Bianca drehte sich der Magen um. Sie schob den Teller fort. Schon seit Wochen hatte sie Probleme mit dem Essen.

»Ist dir die Grapefruit nicht recht?«, fragte Patricia und tat, als wäre sie besorgt.

Die Frauen am Tisch lachten, einige hinter vorgehaltener Hand.

Wie gerne würde Bianca ihre Schwägerin zurechtweisen. Doch die würde Bianca nur als »schwierig« bezeichnen und sie ihren Unmut spüren lassen.

Nur noch einen Monat muss ich aushalten, sagte sie sich und hoffte, ihr Vorrat an Beruhigungsmitteln würde solange ausreichen.

Sie zog eine Scheibe Toast aus dem silbernen Brotständer.

Die anderen Frauen am Tisch hatten ihr Frühstück bereits beendet. Florence strich sich über ihr blondes Haar, das sie mit Schildpattkämmen zurückgesteckt hatte, und sagte: »Kommt, lasst uns *Simon Sagt* spielen.« Sie wandte sich Bianca zu. »Falls du fertig gefrühstückt hast.«

Bianca knabberte an ihrem Toast und gab ihr keine Antwort. Sie spürte die aufsteigende Magensäure und schluckte sie krampfhaft hinunter.

Dieses Leben hatte sie gewählt, erinnerte sie sich. Sie durfte sich nicht beklagen – schon gar nicht bei Marshall. Er würde sie nur darauf hinweisen, dass er derjenige war, der arbeitete und das Geld nach Hause brachte, wohingegen sie nichts weiter zu tun hatte, als ihr Kind großzuziehen, spazieren zu gehen und hübsch auszusehen.

*

Im sonnendurchfluteten Ballsaal wurde das Spiel bereits angekündigt. Am Mikrofon stand der Spielleiter – ein Mann mittleren Alters, in cremefarbenem Poloshirt mit braunem Kragen und dazu passender brauner Hose.

Ihm gegenüber stellten sich die spielbereiten Gäste auf.

Eine von Patricias Freundinnen sagte: »Es gibt nichts Besseres als *Simon Sagt*, um die Kalorien vom Frühstück loszuwerden.«

Bianca stand am Rand der Gruppe und überlegte, wie sie sich unauffällig davonmachen könnte.

Ihre Schwiegermutter drehte sich zu ihr um, zog die Brauen zusammen und winkte ihr ungeduldig, sie solle zu ihr kommen.

»Simon sagt, hebt die Hände«, schallte es aus dem Mikrofon, und alle gehorchten.

»Simon sagt, ihr sollt winken.«

»Simon sagt, beugt euch vor.« Um die Spieler zu verwirren, bog der Spielleiter sich nach hinten.

Bianca, die sich von ihren Tabletten benommen fühlte, hatte seinen Befehl nicht mitbekommen. Ebenso wie er bog sie sich nach hinten.

Patricia lachte kreischend. »Bianca! Du musst tun, was er sagt, oder ist das für dich zu kompliziert?«

In Biancas Ohren begann es zu summen, und dann wurde ihr schwarz vor Augen.

*

Bianca hörte die Stimme ihrer Schwiegermutter. »Sie ist zu spät zum Frühstück gekommen, und dann hat sie kaum etwas angerührt.«

Sie öffnete die Augen. Unter ihr war der harte Fußboden des Ballsaals, über ihr Gesichter, die immer wieder verschwammen.

»Seit der Geburt ihres Kindes ist sie spindeldürr.« Das war Patricias Stimme. »Sie hat das Kind Sofia genannt. Leider. Ich mag diese ausländischen Namen nicht.«

Dann ertönte die Stimme von Florence. »Tretet zurück, die Krankenschwester ist da.«

Bianca versuchte, sich hochzustemmen.

»Beine, so dünn wie Stöckchen. Nicht sehr attraktiv.« Das war wieder Florence.

Eine Hand griff nach Biancas Handgelenk, fühlte den Puls. Bianca richtete sich ein wenig auf und blickte in das freundliche Gesicht der Krankenschwester.

»Gleich ist sie wieder auf dem Damm«, verkündete Florence. »Wäre sie pünktlich zum Frühstück gekommen, hätte sie mehr essen können und nicht schlappgemacht.«

Bianca wollte sich verteidigen, doch sie brachte keinen Ton heraus.

Die Krankenschwester legte eine Hand auf Biancas Stirn. »Ich nehme an, die Hitze hat Ihnen zugesetzt. Sie sollten sich ein wenig ausruhen.«

Patricia und Florence warfen Bianca einen letzten abschätzigen Blick zu, bevor sie sich entfernten.

Der Saal hatte sich geleert.

Die Krankenschwester half Bianca hoch, führte sie zu einem Stuhl und brachte ihr ein Glas Wasser. Bianca bedankte sich.

Die Krankenschwester blickte zu der Tür, durch die Patricia und Florence verschwunden waren. »Ihre Bekannten sind offenbar gegangen.«

»Das waren meine Schwiegermutter und meine Schwägerin.« Bianca legte eine Hand auf ihren Magen. Konnte es sein, dass sie wieder schwanger war? Und dann fragte sie sich, was für ein Beispiel sie ihren Kindern gäbe, wenn sie sich weiterhin von Patricia und Florence schikanieren ließe, ohne sich jemals dagegen zu wehren.

»Ich begleite Sie zurück zu Ihrem Cottage«, sagte die Krankenschwester. »Oder soll ich Ihnen einen Rollstuhl holen?«

Bianca stellte sich vor, wie sie an Patricia, Florence und deren durchtrainierten Freundinnen vorbeigeschoben wurde. Das würde ihr gerade noch fehlen.

»Danke, der Rollstuhl ist nicht nötig.« Sie stand auf. »Ich glaube, ich kann sogar allein zum Cottage gehen.«

*

In ihrem Cottage packte Bianca ihren Koffer und die kleine Reisetasche für Sofia. Sie trank ein Glas Wasser, aß zwei Scheiben Toast. Das benutzte Geschirr spülte sie ab und stellte es in den Schrank. Sie würde das Cottage tadellos hinterlassen. Dann schrieb sie eine Nachricht für Florence, die sie auf den Küchentisch legte, und holte Sofia aus der Kinderbetreuung ab.

Sie konnte einfach nicht mehr.

Sie lief mit Sofia zu der Haltestelle des Shuttle-Busses, der sie zum Bahnhof bringen würde.

Als er kam, stieg sie mit ihrer Tochter ein und fuhr davon, ohne sich noch einmal umzudrehen.

Sie drückte Sofia an sich. Ich werde mit deinem Vater sprechen, dachte sie. Er muss verstehen, dass ich mir nichts mehr gefallen lassen werde, sondern endlich anständig behandelt werden möchte.

*

Als Bianca in den Forest Hills Gardens ankam, war es früher Abend.

Bianca bezahlte den Taxifahrer, der ihr Gepäck bis zur Haustür getragen hatte, und gab ihm ein großzügiges Trinkgeld.

Sie nahm Sofia auf den Arm, die ihren Kopf müde an Biancas Schulter lehnte, die Augen schloss und einen Daumen in den Mund steckte. Zornig dachte Bianca an ihre Schwiegermutter, die dem Kind stets verbot, am Daumen zu nuckeln, ihm auf die Hand schlug oder zur Abschreckung Senf auf den Daumen strich. Sofias Tränen kümmerten sie nicht.

Bianca schloss die Haustür auf, schob das Gepäck in den Flur – und verharrte. Hatte sie gerade Marshalls Stimme vernommen? Obwohl er noch gar nicht zu Hause sein konnte?

Doch, es war seine Stimme, ein leises Murmeln, das aus dem Wohnzimmer kam. Dann ertönte eine Frauenstimme, nicht mehr als ein Raunen. Gefolgt von einem sinnlichen Lachen.

Bianca setzte Sofia ab.

Lautlos schlich sie sich zu der halb geöffneten Wohnzimmertür – und glaubte, ihren Augen nicht zu trauen.

Auf dem Sofa, das sie zahllose Male gesaugt, dessen Kissen sie ebenso oft aufgeschüttelt und in Form geklopft hatte, lag ihr Mann in den Armen einer Frau.

»Marshall«, sagte sie leise.

Sein Kopf fuhr herum. Dann war er auf den Beinen, stopfte hastig sein Hemd in die Hose und machte einen unsicheren Schritt auf sie zu.

Die Frau, die gerade noch ihre Beine um Marshall geschlungen hatte, setzte sich auf. Sie musterte Bianca von oben herab, vielleicht war sie eine von Patricias Freundinnen.

Wie seltsam, fuhr es Bianca durch den Kopf. Wie seltsam, dass diese Frau tun kann, als gehörte sie hierher, wohingegen ich mich wie ein Fremdkörper fühle.

*

Eine Weile später stieg Bianca, mit einer quengelnden Sofia auf dem Arm, erneut aus einem Taxi. Diesmal jedoch hielt es vor dem Haus ihrer Mutter.

Sie schloss die Haustür auf, schob ihr Gepäck mit dem Fuß über die Schwelle.

Dann besah sie sich den Schlüssel und fragte sich, ob sie ihn die ganzen Jahre lang behalten hatte, weil sie in irgendeinem versteckten Winkel ihres Herzens stets gewusst hatte, dass sie eines Tages zu ihrer Mutter zurückkehren würde.

Sie hatte einfach genug. Sie hatte den Hochmut und die Verachtung der Familie ihres Mannes ertragen, dass Marshall sie betrog, würde sie jedoch nicht mitmachen.

Sofia sah sie mit ihren dunklen Augen an, die sie von Bianca geerbt hatte, lächelte und wies in Richtung der ihr vertrauten Wohnungstür. »Großmama?«

»Ja, wir ziehen zu Großmama.« Bianca überquerte den Flur und klopfte an die Wohnungstür.

Als ihre Mutter ihr öffnete, erschien ein Ausdruck freudiger Überraschung auf ihrem Gesicht. Dann fiel ihr Blick auf Biancas Gepäck und die Freude erlosch.

»Ich kann nicht mehr«, sagte Bianca.

Ihre Mutter winkte sie und Sofia in ihre Wohnung.

*

Als Sofia gebadet war und in Kates altem Bett schlief, setzten sich Bianca und ihre Mutter in die Küche.

»Zu Marshall gehe ich nicht mehr zurück«, erklärte Bianca. »Ich werde wieder unterrichten. Du hast es auch geschafft, zu arbeiten und zwei Kinder großzuziehen.«

Ihre Mutter sah sie verdutzt an. »Zwei Kinder? Bist du wieder schwanger?«

»Ich glaube schon.« Bianca schaute aus dem Fenster in die Dunkelheit. »Ich hatte gehofft, unsere Ehe wäre von Dauer.«

Ihre Mutter schenkte ihr ein Glas Limonade ein, sich selbst ein Glas Rotwein. »Es tut mir so leid, mein Schatz.«

Bianca hob die Schultern. »Ist doch nicht deine Schuld.«

»Ich dachte an früher«, sagte ihre Mutter. »Dein Vater hat sich stets zu sehr auf Kate konzentriert. Dagegen hätte ich etwas unternehmen müssen. Und dann ist er gestorben, und ich habe von morgens bis abends gearbeitet. Ich hätte mich mehr um dich kümmern müssen. Vielleicht hättest du dich dann nicht so früh und kopfüber in diese Ehe gestürzt.«

Hatte ihre Mutter recht?, überlegte Bianca. Hatte sie in Marshall die Stütze gesucht, die ihr zu Hause gefehlt hatte? Sie hatte sich einer Familie zugehörig fühlen wollen. Aber wie war sie auf die Idee gekommen, die Greens könnten diese Familie sein? Warum hatte sie Patricia, Florence – und ja, auch Marshall – nicht rechtzeitig durchschaut?

Ihre Mutter griff nach ihrer Hand und drückte sie sanft.

KAPITEL 27

Kate

New York, August 1948

Kate und Hilary saßen zusammen in Harveys Büro. Es war noch früh am Morgen, doch draußen brannte bereits die Sonne. Es würde ein heißer Tag werden.

Kate unterdrückte ein Gähnen. Seit ihrer Begegnung mit Rick schlief sie wieder schlecht.

»Deine Interviews anlässlich des Parteitags waren prima«, sagte Harvey an Kate gewandt. »Wir bekommen jede Menge Fanpost. Die Kollegen vom Fernsehen sind mit dir sehr zufrieden.«

Hilary lächelte Kate zu.

Kate bedankte sich bei Harvey, wünschte jedoch, sie hätte einen interessanteren Auftrag gehabt, als die Ehefrauen von Politikern zu interviewen.

»Es war ein erster Schritt in die richtige Richtung«, sagte Hilary, als hätte sie Kates Gedanken erraten.

Kate seufzte.

»Ich habe mit unseren Ressortleitern gesprochen«, sagte Harvey. »Auch sie waren der Meinung, dass dein Übergang vom Rundfunk zum Fernsehen reibungslos verlaufen ist.«

»Und nun gibt es eine Überraschung«, verkündete Hilary. »Die *Vogue* wird in einer ihrer nächsten Ausgaben über dich berichten.

Schwerpunkt werden deine Methoden sein, dich für die Kamera zu schminken.

Auch das noch, dachte Kate.

»Ich habe mit der Journalistin gesprochen, die den Artikel schreiben wird«, fuhr Hilary fort. »Sie fand, dass du perfekt geschminkt warst und deine Kollegen im Vergleich zu dir blass gewirkt haben.«

Harvey strahlte. »Wir bieten dir einen festen Vertrag an, Kate.«

Kate starrte ihn an. »Sag das noch mal.«

Harvey lachte. »Du bekommst einen festen Vertrag. Zum einen haben wir an eine Fernsehsendung mit dem Titel *Kate Mancinis Gästebuch* gedacht. Die würde jeden Sonntag am frühen Abend ausgestrahlt und soll Interviews zum politischen Geschehen der vorangegangenen Woche enthalten. Darüber hinaus bieten wir dir für jeden Wochenabend eine viertelstündige Sendung an. Ein kleines Feature zu einem Thema des Tages. Zum anderen stellen wir uns eine Nachrichtensendung vor. *Kate Mancini berichtet.* Auch die soll abends gesendet werden. All das müssen wir nur noch zeitlich koordinieren.«

Kate wusste nicht, was sie sagen sollte. Es klang einfach zu schön, um wahr zu sein, war genau das, wovon sie immer geträumt hatte. Keine Beiträge mehr über Frisuren, Badeanzüge und Kochrezepte, stattdessen politische Themen. Doch zur Sicherheit fragte sie noch einmal nach. »Und das wären alles politische Beiträge?«

Harvey nickte.

»Glückwunsch, Kate«, sagte Hilary. »Diesen Erfolg hast du dir verdient.«

Harvey schlug eine Unterschriftenmappe auf und schob sie Kate aufgeklappt zu. »Das ist der Vertrag. Lies ihn dir durch.«

»Lass mich das in Ruhe tun«, bat Kate. Sie hatte das Gehalt gesehen und wusste, dass ihre Kollegen allein beim Rundfunk mehr verdienten.

Harvey nahm eine Ausfertigung des Vertrags aus der Mappe, steckte die Seiten in einen Umschlag und überreichte ihn Kate.

»Wenn sich der Konflikt zwischen unserem Land und der Sowjetunion weiter zuspitzt«, sagte Hilary, »kann es sein, dass wir dich auch mit einer Sonderberichterstattung betrauen.«

Kate sah Harvey an. »In dem Fall würde ich dann gern ebenso viel wie meine Kollegen verdienen.«

Harvey errötete leicht. »Darüber wird sich reden lassen.«

»Zurzeit haben wir eine erhöhte Zahl Einwanderer«, sagte Hilary. »Sowohl Männer als auch Frauen. Wir sollten uns vielleicht eine Sendung überlegen, in der wir diese Menschen befragen und hören, was sie von ihrem Leben in Amerika erwarten.« Sie sah Kate an. »Das könntest du eventuell übernehmen.«

Kate lachte. »Ich kann nicht alles machen.«

»Natürlich nicht«, sagte Harvey. »Trotzdem, Hilarys Idee ist gut. Du könntest das Thema in einer deiner Sendungen aufgreifen. Die Leute, die nach Amerika kommen, haben falsche Vorstellungen. Die einen glauben, hier erwartet sie das Paradies auf Erden, die anderen gehen davon aus, als Schuhputzer oder Tellerwäscher anfangen zu müssen.«

»Zunächst einmal werden wir jedoch ein paar PR-Aufnahmen von dir machen und für dich und unseren Sender werben«, sagte Hilary.

»Wann kann ich anfangen?«, fragte Kate. Sie hätte Hilary und Harvey umarmen können.

»Sofort«, erwiderte Harvey. »Inzwischen gibt es in Amerika rund 350.000 Fernsehgeräte, und obwohl die Geräte ziemlich teuer sind, werden es täglich mehr. Natürlich schlafen auch die anderen Sender nicht. Du wirst mit bereits bekannten Gesichtern konkurrieren müssen.«

Weibliche Fernsehreporterinnen gab es noch nicht, dachte Kate. Ihre Konkurrenten waren Männer wie Rick.

»Das schafft sie«, erklärte Hilary.

Später, als Kate die Sixth Avenue hinunterlief, war sie von dem Angebot noch immer ganz benommen und wünschte, ihr Vater lebte noch, um diesen Erfolg mit ihr zu feiern. Sie dachte daran, wie hart sie gearbeitet hatte, um dahin zu kommen, wo sie nun war. Und wie schmerzlich der Verzicht auf die Liebe gewesen war, die sie ihrer Karriere geopfert hatte. Doch beides konnte sie nicht haben, das hatte sie von Anfang an gewusst.

TEIL III

KAPITEL 28

Kate

New York, Frühling 1951

NEW YORK TIMES, 16. MÄRZ 1951

Kate Mancini ist eine außergewöhnliche Frau. Sie hat das Vorurteil, Frauen könnten sich als Reporterinnen weder in Rundfunk noch Fernsehen durchsetzen, ad acta gelegt. Ihre Nachrichtensendungen, Features und Dokumentationen, die meisten von ihnen über internationales politisches Geschehen, sind im ganzen Land bekannt.

Miss Mancini begann ihre Karriere als freie Reporterin in Washington und berichtete aus dem Nachkriegseuropa – unter anderem vom Kriegsverbrecherprozess in Nürnberg –, was für eine Frau noch vor wenigen Jahren äußerst ungewöhnlich war. Wieder in Amerika setzte sie sich bei WNYR als Rundfunkreporterin durch, anfangs mit dem Schwerpunkt Frauenthemen. Unvergessen sind ihre Fernsehinterviews anlässlich des Parteitags der Republikaner im Juli 1948.

Die Sonntagabendsendung Kate Mancinis Gästebuch, *in der Miss Mancini Politiker und Unternehmer interviewt, erfreut sich höchster Beliebtheit.*

In ihren Nachrichtensendungen und Features hat Miss Mancini unter anderem ausführlich über die sowjetische Berlin-Blockade und deren Ende berichtet, über die Grenzverletzungen, die zum Ausbruch des Koreakriegs führten, und den Koreakrieg selbst.

In einer Zeit, in der der Großteil der amerikanischen Frauen sich entschieden hat, zu heiraten, einen Haushalt zu führen und Kinder großzuziehen, hat Miss Mancini einen anderen Weg eingeschlagen.

Fraglos gibt es noch mehr Frauen, die ein anderes Leben als das einer Hausfrau anstreben, doch ihr Ehrgeiz zielt oft nicht auf eine anspruchsvolle berufliche Karriere.

Miss Mancini dagegen bekennt, dass sie im Haushalt keine gute Figur abgibt und ihre Kochkünste sich auf Spiegeleier mit Schinkenspeck beschränken. Allerdings bedauert sie, dass Frauen, die in den Kriegsjahren gezeigt haben, was sie leisten können, nach dem Krieg wieder aus dem Berufsleben verdrängt wurden.

Wir haben Miss Mancini nach den Gründen ihres Erfolgs gefragt und erfahren, dass sie ihn in ihrem einschlägigen Universitätsstudium sieht, in harter Arbeit und Entschlossenheit.

In Rundfunk und Fernsehen stellen Frauen achtundzwanzig Prozent der Belegschaft dar, darunter befindet sich nur eine Handvoll Reporterinnen. Miss Mancini hofft, dass sich dieses Verhältnis künftig zugunsten der Reporterinnen, Moderatorinnen und Nachrichtensprecherinnen verschiebt.

Am Samstagmorgen wurde Kate von Sonnenlicht geweckt. Eine Zeit lang lag sie einfach da und genoss die Frühlingswärme, dann stand sie auf.

Sie kochte Kaffee, las den Artikel in der *New York Times* vom Vortag noch einmal und überlegte, was sie an diesem freien Tag machen würde.

Inzwischen hatte sie eine Dreizimmerwohnung in der Sixth Avenue und konnte zu Fuß zu WNYR laufen. Sie beschloss, statt der überfälligen Hausarbeit einen Spaziergang hinunter nach Greenwich Village zu machen, sich dort in ein Café zu setzen, zu frühstücken, Zeitung zu lesen.

Anschließend würde sie ihre Mutter besuchen. Wie sie wusste, würde Bianca ihre beiden kleinen Töchter gegen Mittag zu ihrem Vater bringen, die Zeit konnte sie nutzen.

Mit einem Seufzer dachte sie an das Leben ihrer Schwester, die nun schon seit einer Weile mit ihren Kindern bei ihrer Mutter wohnte. Seitdem war ihre Beziehung noch schwieriger geworden, ohne dass Kate hätte sagen können, warum. Sie gingen höflich miteinander um, hatten sich aber noch immer nicht ausgesprochen.

Mitunter machte Kate sich bittere Vorwürfe. Sie hatte doch erkannt, dass Bianca in ihrer Ehe einsam gewesen war, warum hatte sie ihr nicht geholfen? Zwar wäre sie ihr zuliebe nicht nach Queens gezogen oder hätte jemanden wie Roy Hammond geheiratet, aber vielleicht hätte sie mit ihrer Schwester reden, sie ermutigen können.

Als das Telefon klingelte, nahm sie den Hörer ab und sagte ganz automatisch: »Mama, bist du's?« Wer außer ihrer Mutter rief schon samstagmorgens an? Wahrscheinlich wollte sie wissen, ob Kate zu Besuch kommen würde. Doch am anderen Ende war Hilary.

»Entschuldige, dass ich dich an deinem freien Tag störe«, sagte sie, »aber du musst sofort in den Sender kommen.«

»Warum, was ist passiert?«

Hilary schien mit der Antwort zu zögern. Dann sagte sie: »Nicht am Telefon. Schau einfach, dass du sobald wie möglich da bist. In einer halben Stunde findet eine Besprechung statt.«

Verwundert versprach Kate ihr, sich sofort auf den Weg zu machen.

Wenig später lief sie vorbei am Bryant Park, wo die ersten Sonnenhungrigen bereits auf den Klappstühlen des Parks saßen oder auf dem Rasen Ballspiele machten.

Im Konferenzraum von WNYR hatte sich eine Reihe Reporter an dem großen Tisch niedergelassen, auch die Ressortleiter waren da. Hilary und Harvey standen an einem Fenster und wirkten angespannt.

»Kate ist da, wir können anfangen«, sagte Harvey. Er und Hilary setzten sich.

Kate schenkte sich rasch noch einen Becher Kaffee ein.

»Wir haben schlechte Nachrichten«, sagte Hilary. »Es geht um einen unserer Reporter.«

Kates Gedanke war sofort, dass einer von ihnen antiamerikanischer Umtriebe bezichtigt worden war. Das war die große Angst in ihren Reihen, denn wenn einer von Senator McCarthys Komitee vorgeladen wurde, konnte er seine Karriere vergessen, ganz gleich, ob er Kommunist war oder nicht.

»Wie wir alle wissen, hat Rick Shearer bereits seit einer Weile über das fragwürdige Vorgehen von Senator McCarthy berichtet – in Analysen, Features und Kommentaren.«

Nein! Mit einem dumpfen Schlag stellte Kate ihren Kaffeebecher ab. Einige Tropfen spritzten auf den Tisch, sie wischte sie hastig mit einer Serviette ab.

Hilary sprach weiter. »Rick hat McCarthy von Anfang an kritisch gesehen, doch seit dessen Lincoln-Dinner-Rede in Ohio vor einem Jahr, als er behauptet hat, im Außenministerium arbeiten Kommunisten und russische Spione, hat Rick sich fast ausschließlich auf ihn konzentriert.«

Kate ahnte bereits, was geschehen war, und ihr wurde übel.

»Das Echo auf Ricks Rundfunksendungen war überwiegend positiv. Er hat Menschen erreicht, denen die Hetzjagd auf vermeintliche Kommunisten und die antikommunistische Hysterie, die sich in unserem Land ausgebreitet hat, schon seit einer Weile gegen den Strich gingen.«

Kate verschränkte ihre Hände unter dem Tisch. Niemand sollte erkennen, wie sehr sie zitterten.

»Rick hat Interviews mit Kulturschaffenden und Medienvertretern geführt, die McCarthys Machenschaften zum Opfer gefallen sind. Sie haben ihm und unseren Hörern geschildert, wie es ist, wenn man seine Arbeit verliert, obwohl man sich nicht das Geringste hat zuschulden kommen lassen.«

Kate sah in die Gesichter ihrer Kollegen. Sie alle kannten die Furcht, bezichtigt oder denunziert zu werden und vor einem Ausschuss beweisen zu müssen, dass sie weder gegenwärtig noch früher einmal Mitglied der Kommunistischen Partei gewesen waren.

»Jeden Tag hat Rick über die Vorladungen des Komitees berichtet, über die Anhörungen, die Zeugenaussagen, über Zeugen, die zu Beschuldigten wurden. Er hat die Anhörungen als Lynchjustiz und Hexenjagd verurteilt. Jetzt ist er selbst in McCarthys Fadenkreuz gelandet.«

Und sie war nicht für ihn da, würde ihm nicht zur Seite stehen, schoss es Kate durch den Kopf.

Harvey meldete sich zu Wort. »Ich nehme an, ihr könnt es euch bereits denken. Man wirft Rick vor, Kommunist zu sein. Begründet wird es mit einem Kontakt, den er in der Nachkriegszeit angeblich im sowjetisch besetzten Teil Deutschlands hatte. Offenbar ist er auch dorthin gereist, allerdings nicht in unserem Auftrag oder dem einer Zeitung. Rick gilt übrigens nicht nur als Kommunist, sondern auch als russischer Spion.«

Empörtes Stimmengemurmel war zu hören. Einige lachten ungläubig.

Mia, dachte Kate. Rick hatte Mia und ihre Großeltern besucht. Nicht einmal den unschuldigen Besuch einer Familie hinter dem Eisernen Vorhang konnte man sich noch erlauben.

»Wenn Ricks Fall publik wird, bitten wir darum, dass ihr euch jeden Kommentars enthaltet.«

Kate saß wie versteinert da und blickte Harvey an, der hilflos die Achseln zuckte.

*

Auf wackligen Beinen ging Kate nach der Besprechung in ihr Büro und ließ sich auf ihren Schreibtischstuhl fallen.

Sie betrachtete die Fotos an den Wänden, alle Erinnerungen an ihre Reportagen. Da war sie in Berlin vor dem zerbombten Reichstag, da hing ein Foto des Nürnberger Prozesses gegen die Hauptangeklagten der NS-Zeit. Ein anderes zeigte sie vor der provisorischen Unterkunft der Vereinten Nationen in Lake Success, auf wieder einem anderen saß sie in der Kabine von WNYR auf dem republikanischen Parteitag.

Was ist das für ein Land, das jemanden wie Rick unamerikanischer Umtriebe bezichtigt und bereit ist, einen Unschuldigen zu ruinieren?, fragte sie sich. Und was konnte sie tun, um Rick zu helfen?

Sie griff nach dem versilberten Füller, den sie sich geschenkt hatte, als sie von WNYR ihren festen Vertrag erhalten hatte, und zog ihren Schreibblock zu sich heran.

Dann fasste sie die Lage für sich zusammen.

Sie konnte Rick allein kämpfen lassen, schließlich war seine Familie in der Lage, ihm die besten Anwälte zur Seite zu stellen, die es gab.

Oder sie konnte sich entscheiden, ihm zu helfen. Allerdings könnte sie dann als Nächste ins Visier des Komitees geraten, schließlich war auch sie im Osten Deutschlands gewesen und hatte dort Kontakte gehabt.

Was aber wäre, wenn sie sich für ihn einsetzte? Sie würde als Zeugin aussagen und schwören, dass Rick in Ostdeutschland gewesen war, um ein kleines Mädchen zu besuchen und ihm mit Geschenken eine Freude zu machen. Sie würde Mias Geschichte erzählen, schildern, wie oft Rick dem Mädchen geholfen hatte …

Kate legte den Füller ab. Ihr war ein Gedanke gekommen. Im ersten Moment schien er vollkommen abwegig, doch nachdem sie sich ihn mehrmals hatte durch den Kopf gehen lassen, kam er ihr als die einzig richtige Lösung vor.

Warum sollte sie Claudia nicht bitten, Mia nach New York zu schicken, damit sie als Zeugin für Rick aussagte? Aussagen konnte sie, schließlich hatte sie schon vor einer ganzen Weile zu sprechen begonnen. Sie würde höchstens einen Dolmetscher brauchen.

Ja, Mia würde Rick retten, so wie er vor Jahren geholfen hatte, sie zu retten.

Kate stand auf und trat ans Fenster. Über die Sixth Avenue liefen Menschenmassen, wahrscheinlich auf dem Weg in den Central Park oder zur Fifth Avenue und den großen Kaufhäusern.

Noch vor wenigen Jahren hätte sie nicht zu hoffen gewagt, dass sie hier einmal ein eigenes Büro haben würde. Sollte sie das wirklich aufs Spiel setzen?

Ja, dachte sie, sie würde es tun. Weil sie Rick nach wie vor liebte. Sie durfte ihn auf keinen Fall ihrer Karriere wegen im Stich lassen.

KAPITEL 29

Bianca

New York, Frühling 1951

Bianca umschloss den Schlüssel in ihrer Hand. Er gehörte zu ihrem neuen Zuhause, vor dessen Wohnungstür sie nun stand. Ihre Mutter und Gia Morelli flankierten sie wie zwei treue Soldaten.

»Nun mach schon«, sagte Gia. »Schließ die Tür auf.«

Unsicher wandte Bianca sich zu ihr um. Gia war die älteste Freundin ihrer Mutter, hatte lange in dieser Wohnung gelebt und dort Tom und Natalia großgezogen. Die Räume waren voller Erinnerungen an die Morellis – und nun hatte Bianca die Wohnung gekauft und fühlte sich wie ein Eindringling.

Als Bianca sich noch immer nicht rührte, seufzte Gia genervt. »Es ist *deine* Wohnung. Du wirst die Räume nach deinem Geschmack einrichten und nicht mehr daran denken, wer darin gewohnt hat. Die Wohnung gehört dir, und ich fände es furchtbar, wenn du dir immerfort überlegen würdest, ob ich mit irgendwelchen Veränderungen einverstanden wäre.«

Bianca lächelte Gia dankbar an und rückte Lara auf ihrem Arm zurecht. Sofia schmiegte sich an Biancas Beine.

Zwei Jahre hatte das Scheidungsverfahren gedauert. Bei den Verhandlungen war es hitzig zugegangen, doch ohne ihre Mutter, die aus allen Kanonen auf Marshall gefeuert hatte, hätte Bianca die Abfindung, mit der sie diese Wohnung gekauft hatte, niemals bekommen.

Doch nun war alles geregelt. Bianca würde mit ihren Kindern in der Nähe ihrer Mutter und ihrer Freundinnen wohnen, und Gia würde zu Biancas Mutter ziehen. Die beiden alleinstehenden Frauen hatten bereits vor einer Weile festgestellt, dass sie gern zusammenwohnen würden.

Bianca gab sich einen Ruck, steckte den Schlüssel ins Schloss und öffnete die Tür.

Es war eine gemütliche Vierzimmerwohnung mit Küche und Bad, die Fußböden aus buttergelben Holzdielen. Im Wohnzimmer standen bereits Farbeimer auf dem Fußboden, in den nächsten Tagen würde Bianca die Wohnung streichen. Auch die Stoffe für Gardinen und Vorhänge hatte sie schon ausgesucht.

Während die beiden Mädchen aufgeregt durch die Räume liefen, betrat Bianca die Küche. In den Jahren bei ihrer Mutter hatte sie ihre Freude am Kochen wiederentdeckt. Und als sie eines Tages die Wohnung ihrer Mutter frisch gestrichen und ein wenig umgeräumt hatte, hatte sie festgestellt, dass sie zudem durchaus in der Lage war, Zimmer hübsch zu gestalten.

Bianca drehte sich um, umarmte zuerst ihre Mutter, dann Gia. »Ich danke euch. Was hätte ich in den vergangenen Jahren nur ohne euch gemacht?«

»Bedank dich bei dir selbst«, sagte ihre Mutter. »Wir waren nur zwei alte Vögel, die dir geholfen haben, fliegen zu lernen.«

Bianca hob die Schultern. »Zumindest werde ich meine Träume nie mehr von einem anderen Menschen abhängig machen.«

Ihre Mutter lächelte. »Obwohl du eine ganze Reihe Verehrer hast?«

»Die interessieren mich nicht.« Nach ihrer Trennung von Marshall hatte Bianca wieder in ihrer alten Schule angefangen und unterrichtete an drei Tagen in der Woche. Dort hatte sie Kollegen, die ledig waren und sie mehrfach auf einen Drink eingeladen hatten, ebenso der Besitzer eines Lebensmittelgeschäfts in der Bleecker Street. »Vielleicht eines Tages«, fügte sie hinzu. Zunächst einmal mussten sie und ihre Töchter sich in ihrer neuen Umgebung eingewöhnen und die Wohnung zu ihrem Zuhause machen. Sie brauchten Stabilität, nicht wieder einen Umbruch.

Bianca betrat das leere Wohnzimmer und sah sich um. Der schmerzhafte Druck auf ihre Brust hatte aufgehört. Sie hatte sich damit abgefunden, dass die Träume, die sie einmal gehegt hatte, unerfüllt geblieben waren. Nun würde sie ein neues, unabhängiges Leben beginnen, ohne Marshall, ohne ihre Mutter, ein Leben, in dem nur sie und ihre Töchter im Mittelpunkt standen. Der Gedanke löste Vorfreude in ihr aus, sogar Zuversicht – Empfindungen, die ihr in ihrer Ehe abhandengekommen waren.

Das Einzige, was noch auf ihrer Seele lastete, war ihre Beziehung zu Kate. Sie schafften es einfach nicht, ihren Konflikt zu beheben, stattdessen wichen sie einander aus. Vielleicht waren ihre Lebensphilosophien zu verschieden. Oder sie fürchteten sich vor einer Konfrontation, bei der Groll, Eifersucht und Vorwürfe wieder hochgespült würden und es zu einer Eskalation käme, von der sie sich nicht mehr erholen würden. Es würde ihrer Mutter das Herz brechen.

Wenig später verließ Bianca die Wohnung mit ihrer Mutter. Unten auf der Straße war der Umzugswagen eingetroffen, mit den Möbeln, die sie aus dem Haus in den Forest Hills Gardens mitgenommen hatte.

KAPITEL 30

Frances

New York, Frühling 1951

Frances betrachtete ihr Gesicht im Spiegel. Seufzend nahm sie die dunklen Ränder unter ihren Augen wahr, den stumpfen Blick, die eingefallenen Wangen. So also sah eine Frau aus, die seit langer Zeit litt.

Noch immer hatte sie mit Willard nicht über seine Affäre mit Daisy McKinnon gesprochen. Und wie oft hatte sie Anlauf dazu genommen, es aber immer wieder aufgeschoben. In jüngster Zeit hatte sie Rücksicht auf die Hochzeitsvorbereitungen ihrer Tochter genommen. Bald würde es so weit sein, Eloise hatte bereits ihr Brautkleid und den Schleier anprobiert – wie hätte sie die Freude ihrer Tochter trüben können? Die Hochzeit sollte ohne Misston verlaufen. Willard würde die Braut zum Altar führen und während der Trauung und des anschließenden Festessens bei ihr, Frances, sitzen.

Dennoch kam Frances sich vor, als treibe sie auf einem Schiff ohne Steuermann. Nachts wälzte sie sich schlaflos im Bett, die Tage stand sie irgendwie durch.

Sie hatte nach der Hochzeit mit Willard reden wollen, das hatte sie fest vorgehabt.

Doch dann war die Sache mit Rick passiert und hatte alles andere in den Hintergrund gedrängt.

Inzwischen wagte sie kaum noch, eine Zeitung aufzuschlagen, fürchtete sich vor den Artikeln, in denen ihr Sohn als Kommunist verschrien und voller Häme darauf hingewiesen wurde, dass er eine alteingesessene neuenglische Familie – vor allem jedoch seinen Vater, den Bankvorstand – in Misskredit gebracht habe.

Am Wochenende war Rick in Woodlands gewesen, hatte sich entschlossen gezeigt, die Anschuldigungen zurückzuweisen, doch an dem Ausdruck in seinen Augen hatte Frances erkannt, wie niedergeschlagen er war, wie sehr er um seine Zukunft als Reporter fürchtete.

Ellie war ebenfalls nach Woodlands gekommen, um ihrem Bruder beizustehen. Sie und Frances hatten Rick lange umarmt, als er am Sonntagabend mit bleicher Miene aufbrach, um nach New York zurückzukehren.

Er hatte im Krieg für Amerika gekämpft, dachte Frances. Wie hatte dieses Land sich gegen ihn wenden und an seiner Loyalität zweifeln können?

Doch Rick hatte sich in seinen Beiträgen kritisch über die antikommunistische Propaganda Amerikas und die Schwarzen Listen des Komitees für unamerikanische Umtriebe geäußert, sich empört, dass Unschuldige Berufsverbote erhielten oder im Gefängnis landeten. Immer wieder hatte er die Machenschaften des Komitees als Hysterie angeprangert, als aus dem Ruder gelaufene Verfolgungsjagd ohne rationale Grundlagen.

Doch nun machte Frances sich Vorwürfe. Vielleicht hätte sie Rick nicht bereits in jungen Jahren an politische Themen heranführen, ihn nicht zu kritischem Denken anhalten sollen. Warum hatte sie nicht zugelassen, dass er in die Fußstapfen seines Vaters trat und den Regeln folgte, die dieser vorgab?

Stattdessen hatte sie seine Karriere voller Stolz verfolgt, hatte sich mit den gleichen Themen wie er beschäftigt, damit sie mit ihm darüber diskutieren konnte. Auch mit McCarthys Komitee hatte sie sich befasst und erkannt, welche Konsequenzen eine Anhörung für die Beschuldigten hatte – die Berufsverbote, die wirtschaftliche Not, die Rufschädigung.

Vor einer Weile war Frances in die New Yorker Stadtwohnung gezogen, um in der Nähe ihres Sohnes sein zu können.

Sie nahm das bereitgelegte Kostüm und kleidete sich an.

Ihr Blick fiel auf das große Foto über dem Bett. Es zeigte Willard und Rick auf einem Segelboot, über ihnen ein blitzblauer Himmel und ringsum das in der Sonne glitzernde Mittelmeer. In was für einer scheinbar heilen Welt sie damals gelebt hatten, wie unbeschwert sie gewesen waren.

Wahrscheinlich bot Daisy McKinnon ihrem Mann nun eine heile, unbeschwerte Welt, im Gegensatz zu seiner Frau, die sich hinter Zeitungen und Büchern verschanzte.

Frances hatte es lange nicht erkannt, doch mittlerweile wusste sie, dass die Welt nie heil gewesen war. Allein in diesem Jahrhundert hatte ihr Land den Ersten Weltkrieg erlebt, eine Weltwirtschaftskrise, den Zweiten Weltkrieg, nun den Kalten Krieg, den Koreakrieg und die Drohung eines Atomkriegs.

Seit Beginn des Jahres testete Amerika Kernwaffen, eine Testserie folgte auf die andere. Der Countdown zu den Abwürfen, die Explosionen, die sich entwickelnden Feuerbälle, die wabernden Riesenpilze, all das wurde im Fernsehen gezeigt. Die Bilder sollten der

Sowjetunion als Abschreckung dienen, doch die Vorstellung, dass mithilfe von Kernwaffen ganze Städte dem Erdboden gleichgemacht werden konnten, hatte Frances bereits seit den Atombomben auf Hiroshima und Nagasaki in Angst und Schrecken versetzt.

Willard schien weder das Schicksal seines Sohnes noch die Gefahr eines Atomkriegs zu berühren. Er traf sich mit seiner Freundin, tanzte mit ihr in den Clubs von Manhattan.

Frances setzte ihren Hut auf, strich ihr Kostüm glatt und verließ die Wohnung.

Sie dachte an die Anhörung, die Rick bevorstand. Als Mutter würde sie nicht zu seinen Gunsten aussagen dürfen. Trotzdem würde sie alles tun, um zu verhindern, dass er die Arbeit verlor, die ihm so viel bedeutete.

*

Eine Stunde später klingelte Frances an Ricks Wohnungstür. Sie war von der Stadtwohnung auf der Upper East Side zu Fuß gelaufen, war quer durch den Central Park gewandert.

Rick öffnete die Tür, trug Jeans und ein weißes T-Shirt. Seit WNYR ihn freigestellt hatte und auch kein anderer Sender oder eine Zeitung ihm Aufträge gab, kleidete er sich leger.

Er umarmte Frances, und sie roch seinen frischen Seifenduft. Also vernachlässigte er sich noch nicht, dachte sie erleichtert, auch wenn sie wusste, dass es selbst für die stärksten Menschen einen Druckpunkt gab, an dem sie zerbrachen.

Sie gingen in die Küche. Frances bat um ein Glas Wasser und betrachtete ihren Sohn prüfend. Er wirkte blass und abgekämpft, jedoch nicht resigniert.

»Ich habe zwei Möglichkeiten«, sagte er. »Ich kann diesen Mist hinnehmen und still leiden oder mich gegen die Vorwürfe wehren. Natürlich werde ich Letzteres tun. Trotzdem wird etwas an mir hängen bleiben. Wenn ihr euch von mir distanzieren wollt, kann ich das verstehen.«

Frances griff nach seiner Hand und drückte sie. »Was redest du denn für einen Unfug? Du wirst immer Teil unserer Familie sein, ganz gleich, was geschieht.«

Sie spürte, wie sich seine Hand um ihre schloss. Mit einem Mal fielen die Jahre von ihm ab, und sie sah den kleinen Jungen vor sich, der voller Vertrauen ihre Hand fasste und sie mit seinen braunen Augen ansah. Wie war er nur auf den Gedanken gekommen, dass sie sich jemals von ihm distanzieren könnte?

Sie würde sich höchstens von dem Land distanzieren, das sie bis vor Kurzem geliebt hatte.

KAPITEL 31

Kate

New York, Frühling 1951

Früh am Montagmorgen betrat Kate die Telefonzentrale des Rockefeller Center, zeigte der Frau an den Fernschreibern ihren Presseausweis und bat darum, ein Telex versenden zu können.

»Geben Sie mir den Text.« Die Frau streckte die Hand aus.

»Ich möchte den Text selbst senden. Es ist eine vertrauliche Angelegenheit.«

Die Frau öffnete eine halbhohe Tür und bedeutete Kate, sich ein freies Gerät auszusuchen. »Brauchen Sie Hilfe?«

Kate schüttelte den Kopf und setzte sich an eines der Geräte. Sie gab Claudias Telexadresse ein, tippte ihren Text und schickte ihn ab.

Anschließend wartete sie.

Es dauerte nicht lang, bis der Fernschreiber erneut ansprang und Claudias Antwort erschien. Kate las sie, faltete den abgetrennten Text zusammen und verließ das Rockefeller Center.

*

In einem Café, wo sie ein kleines Frühstück zu sich nahm, las sie Claudias Antwort noch einmal und stellte im Geist zeitliche Berechnungen an.

Als Nächstes betrat sie ein Hotel und fragte, ob sie eines der Wandtelefone benutzen dürfe.

»Rick«, sagte sie, als er sich gemeldet hatte.

»Kate?«

Kate holte tief Luft. »Wie geht es dir?«

Rick schwieg einen Moment. Dann sagte er: »Leg auf, Kate, ich möchte nicht, dass jemand erfährt, dass du mich angerufen hast. Es ist zu riskant.«

Kate nahm die Geräusche der Hotellobby wahr – ratternde Gepäckwagen, die Stimmen ankommender Gäste, Gelächter. Es klang, als wäre alles in bester Ordnung und nirgendwo in Amerika würden Unschuldige als Kommunisten oder Spione der Sowjetunion gebrandmarkt und bestraft.

»Wann ist deine Anhörung?«

»Kate, ich möchte nicht einfach auflegen, aber bitte, lass es gut sein.«

»Wie viel Zeit haben wir, deine Verteidigung vorzubereiten?«

»Nicht wir«, sagte Rick. »Ich allein.«

»Ich lasse dich nicht allein. Du bist kein Kommunist, und ich werde alle Hebel in Bewegung setzen, um es zu beweisen.«

Wieder schwieg Rick.

Kate stellte sich vor, wie er in seinem Arbeitszimmer saß, sich mit einer Hand übers Gesicht fuhr und überlegte, wie er sie abwimmeln konnte.

»Sag mir, wann die Anhörung ist.«

»In zwei Wochen.«

Kate seufzte. Wie gern sie ihm gesagt hätte, dass sie ihn noch immer liebe, dass sich daran nie etwas geändert habe, doch hier ging es nicht um sie, und Rick hatte andere Sorgen, als über ihre Gefühle nachzudenken.

»Okay«, sagte sie. »Pass auf dich auf.«

Sie trat hinaus in den hellen Sonnentag.

*

Kate ließ ihren Blick noch einmal durch das Zimmer in ihrer Wohnung wandern, das sie für ihren Besuch hatte herrichten lassen. Auf dem Bett war eine neue Tagesdecke ausgebreitet, darauf lagen Kissen mit Blumenmuster. Die Wände waren frisch tapeziert, auch die Tapete hatte ein Blumenmuster. Auf dem Nachttisch stand eine Vase mit Glockenblumen. Der Läufer am Bett war cremefarben und flauschig, der Kleiderschrank, den Bianca bei einem Trödler gefunden hatte, weiß gestrichen.

Bianca hatte dieses Zimmer gestaltet, hatte tapeziert und gestrichen.

Kate hätte nicht gewusst, wie sie das nahezu leere Zimmer für eine Sechzehnjährige hätte wohnlich machen sollen. Sie solle Bianca fragen, hatte ihre Mutter gesagt.

Kate hatte an die distanzierte Art gedacht, mit der sie und ihre Schwester sich begegneten, die ausweichenden Blicke, belanglosen Fragen und höflichen Wangenküsse, wenn sie in der Wohnung ihrer Mutter aufeinandertrafen. Doch sie hatte sich überwunden und ihre Schwester gebeten, ihr bei der Einrichtung des Zimmers zu helfen.

Nun trat Bianca zu ihr und blickte sich ein letztes Mal kritisch um.

Sofia war im Wohnzimmer mit einem Puzzle beschäftigt, die kleine Lara tappte umher und fasste alles an, was Kate nicht außer Reichweite gebracht hatte.

Kate war ihrer Schwester unendlich dankbar.

Bisher war Bianca stets diejenige gewesen, die Unterstützung brauchte. Doch Kate hatte den Eindruck, dass ihre Schwester sich verändert hatte. Ohne Umschweife war sie Kate zu Hilfe gekommen und hatte etwas getan, was sie von jeher gut gekonnt hatte, nämlich aus einfachen Mitteln etwas Hübsches zu machen. Nur war dieses Talent in ihrer Familie untergegangen, und in Marshalls Familie war es unerwünscht gewesen.

Ja, dachte Kate, aus der schüchternen Bianca, die sich nichts zutraute und es immer allen hatte recht machen wollen, war eine starke, unabhängige Frau geworden.

Voller Bewunderung hatte Kate zugesehen, wie ihre Schwester auf dem Markt Stoffe ausgesucht und die Preise heruntergehandelt hatte; sie selbst hätte weder das eine noch das andere gekonnt. Auch die Scheidung hatte ihre Schwester gut überstanden und die kleinen Mädchen wunderbar erzogen, sie waren lebhaft, klug und zärtlich.

Offenbar war sie auch wieder bereit, eine Beziehung einzugehen. Jedenfalls hatte ihre Mutter Kate erzählt, Bianca treffe sich mit einem Mann aus dem Viertel, ebenso wie sie italienischer Abstammung und Biancas Töchtern liebevoll zugetan.

»Danke, Bianca«, sagte Kate. »Ohne dich wäre ich aufgeschmissen gewesen. So hat Mia wenigstens ein Zimmer, wo sie sich zurückziehen und wohlfühlen kann. Es ist unglaublich, was für ein Geschick du an den Tag gelegt hast. Das hätte ich nie so schön hinbekommen.«

Bianca zuckte mit den Schultern. »Bereits als Mädchen habe ich mir immer ausgemalt, wie ich mich einmal einrichten werde. Wohnzimmer, Kinderzimmer, Schlafzimmer, all das habe ich mir vorgestellt und Zeichnungen angefertigt. Zuhause habe ich noch einen ganzen Karton voller Wohnzeitschriften. Falls du sie dir borgen willst, musst du es nur sagen.«

Kate lachte. »Ich werde vermutlich nie in der Lage sein, Zimmer geschmackvoll einzurichten, egal, wie viele Zeitschriften ich mir anschaue.«

Bianca blickte zur Seite. »Du hast deinen Traum verwirklicht. Ich freue mich, dass wenigstens eine von uns das bekommen hat, was sie ersehnt hat.«

»Du irrst dich.« Kate ließ sich auf dem Bett nieder. »Ich habe noch etwas anderes als eine Karriere ersehnt, und das habe ich nicht bekommen.«

Vielleicht hatte Bianca nicht richtig zugehört, oder sie war mit den Gedanken woanders gewesen, denn sie erwiderte: »Es tut mir leid, wie ich mich nach dem Tod unseres Vaters benommen habe.«

Kate schüttelte den Kopf. »Ich muss mich entschuldigen. Ich hätte ihn nicht so in Beschlag nehmen dürfen, dass er für dich keine Zeit mehr hatte und du von allem, was wir unternommen haben, ausgeschlossen warst.«

Bianca setzte sich zu Kate. »Er war stolz auf dich. Aus gutem Grund. Du hattest so viele Interessen und ein klares Ziel vor Augen. Ihm muss bewusst gewesen sein, dass aus dir einmal etwas ganz Besonderes wird.« Sie seufzte. »Bis zu meiner Ehe habe ich zu Hause gewohnt und nicht viel verdient. Auch Mama hatte nie viel Geld. Ich dachte, in meiner Ehe bekäme ich all die Dinge, die ich entbehrt hatte. So schien es ja auch, zumindest an Materiellem hat es mir bei Marshall nie gefehlt. Und dann habe ich Marshall verlassen und musste lernen, für mich einzustehen. Da erst ist mir bewusst geworden, wie viel du geleistet hast, um da zu sein, wo du jetzt bist.« Sie lachte auf. »Wenigstens habe ich gelernt, mich auf mich zu verlassen. Die Anerkennung eines Mannes brauche ich nicht mehr. Aber du bist schon in der Schule selbstständig gewesen.«

Kate legte einen Arm um ihre Schwester und zog sie an sich. »Fast hätten wir uns verloren«, flüsterte sie.

Bianca lehnte ihren Kopf an Kates Schulter. »Wie konnte ich jemals glauben, du wärst an Papas Tod schuld? Nur weil er dir eine Zeitung besorgt hat. Die hätte er auch Mama oder mir besorgt, wenn wir ihn darum gebeten hätten.« Biancas Augen füllten sich mit Tränen. »In meiner Trauer habe ich einfach nach einem Schuldigen gesucht. Nach einer Erklärung für seinen Tod. Ich hätte richtig nachdenken sollen, dann hätte ich begriffen, dass du nichts dafürkonntest.«

Kate wischte Biancas Tränen ab. »Du bist so viel warmherziger als ich – und du weißt zu lieben. Unsere Eltern, deine Kinder. Ich habe mich seit Papas Tod verschlossen, und wenn ich jemanden liebe, laufe ich davon, sobald es Schwierigkeiten gibt. Offenbar ist das ein Gebiet, auf dem ich nicht weiß, wie man kämpft. Das kann ich nur, wenn es um meine Karriere geht. Nicht einmal um dich habe ich gekämpft.«

Bianca blickte in das Nebenzimmer, wo Sofia ihrer kleinen Schwester zeigen wollte, wie man puzzelte. »Du bist zu hart zu dir, Kate. Vergiss das Mädchen nicht, für das du dich eingesetzt hast.

Irgendwann wirst du jemandem begegnen, den du lieben wirst – und den du nicht verlieren willst.«

»Sein Name lautet Rick«, sagte Kate. »Die Frage ist nur, ob er mich noch will. Nach allem, was ich ihm angetan habe.« Sie seufzte schwer. »Zurzeit befasst sich das Komitee für unamerikanische Umtriebe mit ihm. Und ich werde alles tun, um seine Unschuld zu beweisen.«

Bianca drückte ihre Hand. »Du bist klug und mutig, ich bin sicher, dass du es schaffst.«

KAPITEL 32

Frances

New York, Sommer 1951

Als es an Ricks Wohnungstür klingelte, fuhr Frances zusammen und warf ihrem Sohn einen unruhigen Blick zu. Zurzeit ängstigte sie beinah alles, das Telefon, die Türklingel, die Post, die geliefert wurde.

Rick dagegen ließ sich nichts anmerken, nicht einmal sein Leid. In dem Punkt war er genau wie sie. Schon als kleiner Junge hatte er sich, wenn er Kummer hatte, in sich zurückgezogen, statt zu klagen.

Sie waren in seinem Arbeitszimmer, Rick saß am Schreibtisch. »Machst du auf, Mom?«

Frances wappnete sich, lief zur Tür und setzte eine gefasste Miene auf.

Und dann stand sie ihrem Mann gegenüber.

»Willard«, sagte sie. Bisher hatte er sich bei Rick nicht einmal telefonisch gemeldet, um mit ihm über die Anschuldigungen des Komitees zu sprechen.

»Darf ich reinkommen?«

Wortlos führte Frances ihn ins Arbeitszimmer.

Rick drehte sich um und betrachtete seinen Vater mit ausdrucksloser Miene. Doch höflich wie er war, bot er ihm einen Platz an.

Frances blieb an der Zimmertür stehen und studierte die beiden

Männer, die im einfallenden Sonnenlicht saßen. Willard, stellte sie fest, wirkte ebenso blass und mitgenommen wie sein Sohn. Doch Willards Augen waren rot gerändert, als hätte er nicht geschlafen oder gerade geweint.

Einen Moment lang sagte keiner von ihnen etwas. Dann fragte Willard, wie es Rick gehe.

Rick zuckte mit den Schultern. »Wie soll es mir schon gehen?«

Seit ihrem Umzug in die Stadtwohnung hatte Frances ihren Mann nicht gesehen und zuvor, nach dem entsetzlichen Abend im Montgomery House, hatten sie nur noch die allernötigsten Worte miteinander gewechselt. Sie wusste nicht einmal mehr, wie und mit wem er seine Tage und Nächte verbrachte.

Trotzdem verstand sie nicht, dass er bisher nicht auf Rick zugegangen war, um mit ihm zu überlegen, wie sie gegen die Anschuldigungen des Komitees vorgehen sollten. Willard kannte in New York jeden, der Einfluss hatte; warum nutzte er seine Beziehungen nicht, um seinem Sohn zu helfen?

Frances setzte sich Willard gegenüber und tat ihr Bestes, um wenigstens äußerlich ruhig zu wirken.

»Gut, dass du nicht mehr mit dieser Reporterin liiert bist«, wandte Willard sich an Rick. »Nun kann sie wenigstens nicht schlecht über dich reden – oder etwas Abträgliches schreiben.«

Ricks Kinnlade versteifte sich.

Frances räusperte sich, um etwas zu Kates Verteidigung zu sagen, doch dann überlegte sie es sich anders und schwieg. Welchen Zweck hätte es, mit Willard zu streiten. Er war seit Langem daran gewöhnt, den Ton anzugeben, so dass er außer seiner Meinung keine andere mehr gelten ließ.

»Kate hilft mir«, sagte Rick. »Sie wird alles daransetzen, um dem Komitee zu beweisen, dass ich weder Kommunist bin noch jemals einer war. Kaum jemand hat sich bisher so für mich engagiert wie sie. Sollte ich aus dieser Sache ungeschoren herauskommen, werde ich es auch ihr zu verdanken haben.«

Willard blickte Frances an und schüttelte den Kopf, als hätte Rick etwas unfassbar Dummes gesagt.

Rick sprach weiter. »Du hast ihr von Anfang an unterstellt, hinter unserem Geld her zu sein. Deshalb solltest du wissen, dass sie mir hilft, ohne einen Cent dafür zu verlangen. Sie erwartet nicht die kleinste Gegenleistung. ich hoffe, du bist noch in der Lage, dir so etwas vorstellen zu können.«

Sein Vater lachte. »Und was glaubst du, kann jemand wie sie erreichen?«

Rick zog die Brauen zusammen. »Ich wäre dir dankbar, wenn du aufhören würdest, abfällig über Kate zu sprechen«, sagte er. »Ich verbiete dir sogar, ihre Integrität infrage zu stellen. Kate und ich waren glücklich miteinander, bis du auf Ellies Verlobungsfeier irgendetwas unternommen hast, um sie in die Flucht zu schlagen. Wie ich dich kenne, hast du Druck auf sie ausgeübt, ihr mit etwas gedroht oder sie erpresst. Bisher habe ich dazu nichts gesagt, aber sprich noch einmal geringschätzig über Kate, und ich werde dich auffordern zu gehen und nicht mehr wiederzukommen.«

Frances fasste sich an die Kehle. »Willard«, sagte sie, »trifft das zu? Haben wir es dir zu verdanken, dass Kate sich von Rick getrennt hat?«

»Ich …« Ihr Mann stand auf, machte ein, zwei Schritte und geriet ins Taumeln.

Rick sprang auf und fasste seinen Arm.

Sein Vater tastete nach einem Sessel. »Vielleicht war es nicht richtig«, murmelte er. »Mag sein, dass ich diese Frau verkannt habe.«

*

Frances bereitete einen gemischten Salat und Sandwiches zu, die sie in der Küche verzehrten. Dabei sagten sie nicht viel. Nachdem sie so etwas wie einen Waffenstillstand erreicht hatten, ging jeder sehr vorsichtig mit dem anderen um.

Nach dem Essen entschieden sich Frances und Willard zu einem Spaziergang im Central Park. Rick wollte zu Hause bleiben und weiter an seiner Verteidigung arbeiten.

Im Central Park steuerte Frances die North Woods an, eine vergleichsweise ruhige Ecke. An dem Bach, der diesen Teil des Parks durchfloss, ließen sie sich auf einer grob gehauenen Holzbank nieder.

Eine Zeit lang blickten sie stumm auf das in der Sonne glänzende Gewässer.

Schließlich sagte Willard: »Schuld war meine Angst vor dem Tod.«

Frances schwieg.

»Vor dem Altwerden. Fran, ich …«

Fran. So hatte er sie früher immer genannt.

Sie sah ihren Mann von der Seite an. Natürlich wurde er älter. Wie sie auch.

»Daisy McKinnon – das war keine Bettgeschichte, falls du das denkst.«

Frances runzelte die Stirn. Belog er sie oder sagte er die Wahrheit? Sie konzentrierte sich auf die schillernden Flügel einer Libelle, die über den Bach hinwegflog.

»Vor Jahren habe ich Daisy bei einer Wohltätigkeitsveranstaltung kennengelernt. Sie hielt Ausschau nach einem Förderer, nach jemandem mit Beziehungen, der ihr karrieremäßig weiterhelfen konnte. Sie wollte zum Broadway, hat von einer großen Rolle in einem Musical geträumt. Ich habe meine Beziehungen spielen lassen und ihr das verschafft, was sie ersehnt hat. Eine Affäre wollte sie ebenso wenig wie ich.« Er lachte. »Sie hat jede Menge Verehrer und muss sich nicht mit alten Männern abgeben. Trotzdem dachte ich anfangs, sie hätte mich gern, hätte es nicht nur auf mein Geld und meine Beziehungen abgesehen. Ihre Gesellschaft hat mir geschmeichelt. Das war dumm von mir.«

Frances sagte noch immer nichts.

»Es war eine Art Wahn, Fran«, sagte Willard leise. »Anders kann ich es mir nicht erklären. Ein Drang, mehr als meinen Alltag zu erleben, und die Angst, es wäre vielleicht das letzte Mal, dass mir so etwas vergönnt war. Daisys Jugend war für mich wie ein Elixier, ein Rausch. Bis ich gemerkt habe, wie falsch es ist und dass mir das Leben ohne dich nichts bedeutet.«

Das waren die Worte, die sie seit so langer Zeit hatte hören wollen. Frances dachte an die Jahre, in denen sie unter seiner Kälte gelitten und Angst gehabt hatte, er werde sie verlassen. Als sie von Daisy McKinnon erfahren hatte, hatte sie kaum noch essen können, nachts nicht mehr richtig geschlafen. Und nun wollte er zu ihr zurückkommen. Das war einmal ihr größter Wunsch gewesen.

Sie betrachtete ihre Hände, die sie im Schoß gefaltet hatte. Ihren Ehering.

Und dann fragte sie sich, ob sie ihren Mann noch immer zurückhaben wollte.

»Ich habe seit Langem nichts mehr mit Daisy zu tun.« Willard schaute zu Boden. »Ich wäre schon früher auf dich zugegangen, doch ich habe mich geschämt. Für das, was ich dir zugemutet habe. Auch dafür, dass ich Rick nach den Anschuldigungen des Komitees im Stich gelassen habe. Ich weiß, dass er vorhin kurz davor war, mit mir zu brechen. Und er hatte recht. Vielleicht möchtest du das jetzt auch. Ich würde es sogar verstehen.«

Frances wandte sich zu ihm um und sah ihm in die Augen. In seinem Blick erkannte sie den Mann, der er einmal gewesen war und in den sie sich verliebt hatte. Mit dem sie eine Familie gegründet und zwei Kinder großgezogen hatte. Der einmal ein liebevoller Vater, ein zärtlicher Ehemann gewesen war.

Was war nur geschehen, dass sie sich so weit voneinander entfernt hatten und er ihr wie ein Fremder vorgekommen war?

»Jahrelang war ich auf Rick wütend«, fuhr Willard fort. »Weil er dem Leben, das ich geführt habe und das ich auch für ihn wollte, den Rücken gekehrt hat. Es war, als hätte er *mir* den Rücken gekehrt. Vielleicht war die Frau, die er uns auf Ellies Verlobungsfeier vorgestellt hat, die richtige für ihn, aber ich habe sie nur als neue Bedrohung gesehen. Ich war mir sicher, sie würde sich gegen mich stellen und mir Rick noch mehr entfremden.« Er fuhr sich mit den Fingern durchs Haar. »Auch das war dumm von mir. Und dass ich mich in die Beziehung eingemischt habe, war unverzeihlich.«

Willard griff nach Frances Hand.

Frances schüttelte den Kopf und zog ihre Hand fort. Wieder richtete sie ihren Blick auf das Gewässer vor ihr, dachte an die vielen

Dinge, die sich dort unsichtbar unter der Oberfläche abspielten. So wie es auch im Leben war. Sie schloss die Augen.

»Ich habe jede Menge Fehler gemacht, Fran. Wollte Rick nicht seinen Weg gehen lassen. Habe die Frau vertrieben, die er geliebt hat. Wollte nicht alt werden, obwohl es das Natürlichste der Welt ist. Wahrscheinlich werden wir demnächst schon Großeltern sein.«

»Ja«, sagte Frances. »Das ist der Lauf der Welt.«

»Ich möchte mit dir alt werden, Fran. So wie wir es uns immer ausgemalt haben. Die Frage ist nur, ob du mir verzeihen kannst.«

Frances betrachtete die Sonnenstrahlen, die durch die Bäume fielen und den Bach aufscheinen ließen. Dann richtete sie den Blick auf ihre Hände, die Hände einer alternden Frau.

Sie begann zu weinen.

»Liebling.« Willard legte einen Arm um sie und zog sie an sich.

Frances schaute in seine Augen unter den schwer gewordenen Lidern, sah die Falten in seinen Augenwinkeln. »Versprich mir, dass wir ab sofort miteinander reden. Ich möchte nicht, dass wir noch einmal aneinander vorbeileben.«

»Das möchte ich auch nicht. Deshalb werde ich dir als Erstes sagen, dass du dich wie ein Idiot benommen hast.«

Ihr Mann lächelte. »Stimmt.« Er streichelte Frances Wange und wischte ihre Tränen ab. »Gerade hast du wie das Mädchen ausgesehen, in das ich mich vor langer Zeit verliebt habe.« Er küsste Frances.

Ich habe gewartet, dachte Frances, als sie sich von ihm löste. Er ist zurückgekommen. Und nun können wir unseren Sohn gemeinsam unterstützen und dafür sorgen, dass sein Ruf und seine Zukunft intakt bleiben.

KAPITEL 33

Kate

New York, Sommer 1951

Mia hatte zu sprechen begonnen, das wusste Kate. Ebenso war ihr bekannt, dass Mia seit drei Jahren in der Schule Englisch lernte – aber dass ihr Englisch schon richtig gut sein würde, das war eine Überraschung.

Kate hatte Mia am Flughafen abgeholt, das Mädchen umarmt und kaum fassen können, wie gesund Mia aussah und wie elegant und selbstsicher sie wirkte.

Auf dem Weg zur Wohnung ihrer Mutter schilderte Kate Mia die Pläne, die sie für ihre Zeit in New York gemacht hatte. Sie hatte den Eindruck, dass Mia alles verstanden hatte, jedenfalls nickte sie lächelnd. Falls sie sich wunderte, warum sie zuerst zu Kates Mutter fuhren, behielt sie es für sich.

Jedes Mal, wenn Mia etwas sagte, schickte Kate im Geist einen Dank an Claudia und ihre Familie, denen es gelungen war, Mia die Kraft zum Sprechen zurückzugeben, auch wenn sie noch immer nicht wussten, warum das Mädchen so lange Zeit geschwiegen hatte.

Mia sei reifer als ihre Altersgenossen, hatte Claudia mehr als einmal geschrieben, was sicherlich daran liege, dass sie mehr als diese erlebt und erlitten hatte. Ihre Großeltern waren inzwischen gestorben, auch das hatte Claudia Kate mitgeteilt. Zuerst die Großmutter und wenig später der Großvater, der vermutlich allein nicht mehr hatte leben wollen.

Als Kate das las, hatte sie sich erneut gefragt, ob es richtig gewesen war, Mia aus dem Osten herauszuholen. Vielleicht hatte sie die Vorteile, die sich ihr im Westen boten, zu hoch bewertet – höher als die Liebe, die das Mädchen mit seinen Großeltern verband. Die Antwort darauf würde sie wohl nie erfahren.

Als sie mit Mia vor der Wohnungstür ihrer Mutter stand, hörte sie bereits den Lärm von drinnen. Sie erkannte die Stimmen ihrer Mutter, von Gia Morelli, Bianca und ihren Kindern, von Natalia und Elena. Auch Toms Bass war zu vernehmen – ebenso eine Stimme, die Kate nicht kannte. Sie nahm an, dass sie Toms Frau gehörte.

Kate strich Mia übers Haar. »Ein ganzes Komitee, um dich willkommen zu heißen.«

Ein Schatten flog über Mias Gesicht. »Ein Komitee?«

»Entschuldige, das hätte ich nicht sagen sollen. Ich meinte meine Familie und unsere Freunde. Und auch du gehörst für mich zur Familie.«

»Und Mr. Shearer?«, fragte Mia.

Kate wich ihrem Blick aus. »Ich habe Rick sehr gern. Er wird nicht fassen können, dass du gekommen bist, um für ihn auszusagen.«

Mia deutete auf die Tür. »Gehen wir jetzt hinein?«

Kate lachte und schloss die Tür auf.

*

Das Abendessen, das Kates Mutter, Gia, Tom und Lily Morelli zubereitet hatten, war einfach großartig. Es gab Risotto-Bällchen, außen knusprig und innen cremig, Caponata, mit Rosinen und Pinienkernen gefüllte gebratene Sardinen, Schwertfischröllchen mit Kapern und Zitrone und zum Abschluss Lilys Torta Setteveli, eine siebenschichtige sizilianische Schoko-Nuss-Torte, bei deren Anblick Mias Augen aufleuchteten.

Anfangs hatte Mia Kate jedes Mal fragend angesehen, bevor sie auf eine Frage antwortete, als warte sie vor dem Sprechen auf Kates Erlaubnis.

Doch es dauerte nicht lange, da hatte sich ihre Scheu gelegt, und sie schien die laut durcheinanderredende und lachende Gesellschaft am Tisch zu genießen.

Dann und wann blickte Kate zu Toms Frau hinüber, die ihr Baby, ein kleines Mädchen namens Isabella, auf dem Schoß hielt, das mit seinen großen braunen Augen umherschaute und den Mund mitunter zu einem zahnlosen Lächeln verzog.

Als die Tafel aufgehoben wurde, setzten sie sich mit dem Kaffee ins Wohnzimmer.

Mia folgte Gia in die Küche und fragte höflich, ob sie beim Abwasch helfen könne.

Gia schüttelte den Kopf. »Du ruhst dich nach dem langen Flug aus.« Sie strich Mia sanft über die Wange. »Ich hoffe, du wirst dich bei uns wohlfühlen. Ich weiß, wie es ist, wenn man Menschen verliert, die man geliebt hat. Im Ersten Weltkrieg sind mein Vater und zwei meiner Brüder gefallen. Doch auf die Dunkelheit folgt das Licht, Mia, wahrscheinlich hast du diese Erfahrung auch schon gemacht.«

Mia nickte. Und dann legte sie die Arme um Gia und flüsterte: »Danke, Mrs. Morelli.«

*

Als Kate am nächsten Morgen an Mias Zimmertür klopfte, saß das Mädchen auf ihrem perfekt gemachten Bett, trug ein hübsches Matrosenkleid mit rotem Gürtel und rote Sommerschuhe. Das Haar hatte sie zu einem Pferdeschwanz gebunden.

»Komm frühstücken«, sagte Kate.

Mia deutete auf das aufgeräumte Zimmer. »Ist so alles richtig oder soll ich noch etwas tun?«

Kate lachte. »Das Zimmer ist ordentlicher als es vorher war.«

Zum Frühstück gab es Rührei mit Schinkenspeck, Toast, Marmelade, Kaffee und Orangensaft. Mia aß mit großem Appetit, wohingegen Kate kaum einen Bissen hinunterbrachte, denn in wenigen Stunden würde Ricks Anhörung beginnen.

Normalerweise wurden die Anhörungen des Komitees in Washington durchgeführt, doch jemand mit Beziehungen hatte dafür gesorgt, dass Ricks Fall im Federal Building in Manhattan verhandelt werden würde. Das hatte Hilary Kate erzählt. Kate nahm an, dass Ricks Vater seinen Einfluss geltend gemacht hatte.

Kate beobachtete Mia verstohlen. War es tatsächlich denkbar, dass die Aussage einer Sechzehnjährigen Rick vor einem Berufsverbot bewahren konnte? Bürdete sie Mia nicht eine zu große Verantwortung auf?

Sie dachte an den Abend von Ellies Verlobungsfeier und wünschte, wie so oft, sie hätte sich Ricks Vater widersetzt, statt klein beizugeben. Dann hätte sie Mia wahrscheinlich gemeinsam mit Rick in

Ostdeutschland besucht und könnte nun ebenfalls als Zeugin auftreten. Doch sie war ein Feigling gewesen und hatte ihre Karriere über alles gestellt.

Sie überlegte, ob Rick dank des Namens seiner Familie nachsichtiger als andere behandelt werden würde, und kam zu dem Schluss, dass genau das Gegenteil der Fall sein könnte. Es war durchaus möglich, dass die Mitglieder des Komitees nun erst recht zeigen wollten, dass selbst die besten Beziehungen nicht vor Strafe schützten. Es wäre nicht das erste Mal.

Am Vorabend hatte sie Ricks Fall in aller Ruhe mit Mia durchgesprochen und noch einmal gefragt, ob Mia wirklich bereit sei, bei der Anhörung für Rick auszusagen. Mia hatte sie mit großen Augen angesehen und erklärt, sie wisse, dass Rick unschuldig sei und würde jederzeit für ihn eintreten.

Nach dem Frühstück legte Mia ihr Besteck auf den Teller, nahm ihr leeres Glas Orangensaft und trug alles zur Spüle. Als sie die Sachen abwaschen wollte, griff Kate ein und bat sie, alles für später stehen zu lassen. Doch sie bewunderte Mia, die, obwohl sie wusste, worum es an diesem Tag ging, nicht das kleinste Anzeichen von Nervosität zeigte.

*

Sie nahmen ein Taxi hinunter zum Federal Building in der Varick Street.

Während der Fahrt blickte Mia interessiert aus dem Fenster. Sie sagte nichts, doch Kate hatte den Eindruck, dass sie die zahllosen, bunt gemischten Passanten auf den Bürgersteigen, den hektischen

Autoverkehr, den Lärm und die Vielfalt der Geschäfte faszinierend fand.

Als sie vor dem Federal Building ausstiegen, war Kate vor Angst übel geworden.

Im Gebäude sah sie sich nach bekannten Gesichtern um, Menschen, die für Rick aussagen würden, doch es liefen nur Fremde an ihr vorbei.

Sie ließ sich den Weg zu dem Saal erklären, wo die Anhörung stattfand, nahm Mias Hand und setzte sich in Bewegung.

In dem Saal saßen bereits Kollegen von WNYR. Auch Ricks Schwester war da – und Rick. Er trug einen dunklen Anzug und ein schneeweißes Hemd. Doch sein fahles Gesicht verriet, wie angespannt er war.

Als hätte er Kates Gegenwart gespürt, drehte er sich zu ihr um, und ihre Blicke trafen sich.

Dann sah er Mia, stutzte und runzelte die Stirn.

Kate versuchte, ihm beruhigend zuzulächeln, wusste jedoch nicht, ob es ihr gelang.

Ein Beamter trat auf sie zu, notierte ihre Namen. Mia wurde als Zeugin in die erste Reihe gebeten. Sie würde den Inquisitoren direkt gegenübersitzen.

Inquisitoren.

Genau das waren sie, dachte Kate und ließ sich weiter hinten in einer leeren Stuhlreihe nieder. Selbst bei Prozessen, in denen es um Mord ging, sah das amerikanische Rechtssystem Zeugen, Richter, Ankläger, Verteidiger und Geschworene vor, die zur Urteilsfindung beitrugen. Das Komitee für unamerikanische Umtriebe dagegen ließ nur wenige Zeugen und die eigenen Mitglieder zu.

Kate konzentrierte sich auf Mias blondes Haar vor ihr, faltete die Hände im Schoß und wappnete sich für das, was kommen würde.

Kurz darauf schlüpften Hilary und Harvey auf die freien Plätze rechts und links von ihr, gefolgt von einigen WNYR-Managern und einer Reihe Fotografen.

Dann sah Kate Frances Shearer, die sich mit kreideweißem Gesicht einige Reihen vor ihr niederließ.

Die Mitglieder des Komitees kamen herein, setzten sich dem Publikum gegenüber. Rick hatte einen Einzelplatz direkt vor ihnen.

Hilary rutschte nervös auf ihrem Stuhl hin und her, Harvey schlug die Beine übereinander.

Die Blitzlichter der Fotografen flammten auf.

Kates Körper verkrampfte sich.

Der Vorsitzende bat um Ruhe und eröffnete die Verhandlung.

»An diesem Morgen verhandeln wir den Fall eines Mannes mit Namen Richard Shearer, zu dessen Freundeskreis Sozialisten und Kommunisten gehören, so dass wir davon ausgehen können, dass er diesen Ideologien selbst anhängt. Darüber hinaus wissen wir, dass er den von der Sowjetunion besetzten Teil Deutschlands im Jahr 1948 besucht hat. Berufliche Gründe gab es für diese Reise nicht. Wir nehmen an, dass er sich dort mit Kontaktleuten traf.«

Wie verrückt das ist, dachte Kate, sie greifen einfach irgendetwas aus der Luft.

Rick bat darum, eine Erklärung abgeben zu dürfen.

Die Bitte wurde ausgeschlagen.

»Mr. Shearer«, sagte der Vorsitzende, »sind Sie oder waren Sie jemals Mitglied der Kommunistischen Partei Amerikas? Oder gehören sie einer anderen kommunistischen oder sozialistischen Partei an?«

»Nein«, antwortete Rick fest.

Kate erinnerte sich an die Verhandlung in Nürnberg, als Rick neben ihr gesessen, sich Notizen gemacht hatte und sich wahrscheinlich in seinen kühnsten Träumen nicht hätte vorstellen können, dass er selbst eines Tages auf einer Anklagebank sitzen würde.

»Während Ihrer Reisen in Europa haben Sie sich mit Vertretern sozialistischer und kommunistischer Parteien getroffen. Unter anderem in Stockholm.«

Rick schüttelte den Kopf. »Ich war noch nie in Stockholm.«

»Alles an den Haaren herbeigezogen«, murmelte Harvey.

»Wollen Sie behaupten, dass Sie auf Ihren Reisen als Auslandskorrespondent in Europa nie Kontakt zu einem Mitglied der genannten Parteien hatten?«

»Diese Kontakte hatte ich nicht. Und wie ich gerade sagte, bin ich weder Sozialist noch Kommunist. Ich stehe hinter der demokratischen Gesellschaftsordnung, die in unserem Land herrscht.«

Zwei Komitee-Mitglieder steckten die Köpfe zusammen und flüsterten sich etwas zu, bevor einer das Wort an Rick richtete und kopfschüttelnd erklärte, bedauerlicherweise könne er ihm das nicht abnehmen.

Kate umklammerte ihre Handtasche. Anscheinend stand die Meinung des Komitees bereits fest, ganz gleich, was Rick zu seiner Verteidigung vorbrachte.

»Kommunisten sind auf vielerlei Ebenen tätig«, sagte der Vorsitzende. »Und was sollte zur Verbreitung ihres Gedankenguts besser geeignet sein als die Presse? Vielleicht haben Sie im Osten Europas jemanden kennengelernt, der sich weder als Sozialist noch Kommunist zu erkennen gegeben hat, Sie in seinen Gesprächen jedoch von seiner Weltanschauung überzeugen konnte.«

Hilary schüttelte den Kopf und flüsterte: »So ein Schwachsinn, ich fasse es nicht.«

»Halten Sie mich für so dumm, dass ich die Inhalte eines Gesprächs nicht erkenne?«, fragte Rick verärgert. »Dass man mich einfach umdrehen und zum Sympathisanten eines Systems machen kann, ohne dass ich es merke?«

Der Vorsitzende zuckte mit den Schultern und lehnte sich zurück. »Dann erzählen Sie uns doch einmal, weshalb Sie im Jahr 1948 in Ostdeutschland waren und wen Sie dort getroffen haben.« Er lächelte höhnisch. »Es gibt übrigens jemanden, der Ihnen nahesteht und fest davon überzeugt ist, dass sie ein Roter sind.«

In diesem Moment waren von hinten aufgebrachte Stimmen zu hören.

Kate wandte sich um und erkannte Ricks Vaters, der einen Wachmann zurückstieß und dann mit hochrotem Kopf den Gang zwischen den Stuhlreihen hinunterstürmte.

Bei Rick angekommen, blieb er stehen und rief: »Es reicht! Das Ganze ist eine Farce!« Mit dem Zeigefinger deutete er auf den Vorsitzenden. »Mein Sohn ist ebenso wenig Kommunist wie du, und das weißt du. Was fällt dir ein, eine Bemerkung, die ich in unserem Club gemacht habe, als Beweis anzuführen? Ich habe gesagt, dass Rick nicht in der Bank arbeiten will, und im Spaß hinzugefügt, dass er sich wie ein Roter benimmt.«

Eine achtlose Bemerkung, dachte Kate. Im Grunde völlig harmlos. Und nun sollte sie dazu verwendet werden, um Rick einen Strick daraus zu drehen?

Aufgebracht fuchtelte Ricks Vater mit den Armen. »Wie kannst du es wagen? Wie kannst du es wagen, wegen einer solchen Lappalie dem Ruf und der Zukunft meines Sohnes zu schaden?«

Frances erhob sich halb. »Willard«, sagte sie. »Bitte beruhige dich.«

Ihr Mann wandte sich zu ihr um, schüttelte den Kopf und blickte wieder nach vorn. »Mein Sohn ist mit Leib und Seele Journalist, das ist alles. Er hat sich nie für den Kommunismus ausgesprochen. Er ist ein kritischer Journalist, das ja, aber seit wann ist das in unserem freiheitlichen Land verboten?«

Sieh an, dachte Kate, er weiß die Arbeit seines Sohnes zu schätzen.

Harvey stieß sie von der Seite an. »Rick wird seinen Ohren nicht trauen. Sein Vater war doch immer gegen seinen Beruf.«

»Ich weiß, dass mein Sohn kein Kommunist ist. Auch kein Sozialist. Sollte dieses Komitee es ihm weiterhin unterstellen, verklage ich jeden Einzelnen von Ihnen.«

Harvey lachte leise. »Traue ich dem Kerl absolut zu.«

»Das genügt, Mr. Shearer«, sagte der Vorsitzende. »Leider ist uns nun noch immer nicht bekannt, warum Ihr Sohn 1948 im sowjetisch besetzten Sektor Deutschlands war. Oder haben Sie dafür eine Erklärung?«

Bevor sein Vater antworten konnte, stand Kate auf und sagte: »Es gibt jemanden, der diese Frage beantworten kann.« Sie ging nach vorn zu Mia, legte eine Hand auf ihre Schulter und flüsterte ihr eine Ermutigung ins Ohr.

Rick hatte sich umgedreht und sah sie fragend an.

Der Vorsitzende forderte Mia auf, aufzustehen und einen Schritt vorzutreten. Das Mädchen gehorchte, blieb jedoch bei Rick stehen.

Ricks Vater wirkte ebenfalls verwundert, nahm aber anstandslos neben seiner Frau Platz.

Kate kehrte zu ihrem Platz zurück.

Der Vorsitzende musterte Mia mit hochgezogenen Brauen. »Und wer ist das?«

»Ich bin Deutsche und heiße Mia Stein.«

Kate hörte die Leute raunen. Wahrscheinlich fragten sich alle, was eine so junge Person in Ricks Fall ausrichten konnte?

»Ich wurde 1935 in Berlin geboren«, sprach Mia weiter.

Es war still geworden, alle schienen gespannt auf die nächsten Worte des Mädchens zu warten.

»Als ich vier Jahre alt war, brach der Zweite Weltkrieg aus. Mein Vater wurde an die Front geschickt. Meine Mutter, mein kleiner Bruder und ich zogen aus Berlin zu meinen Großeltern, die im Osten Deutschlands einen Gutshof besaßen. Mein Vater kam während des Russlandfeldzugs um. Meine Großeltern waren keine Freunde der Nationalsozialisten. Sie wurden etliche Male von ihnen verhört und gefoltert. Nach einem dieser Verhöre war meine Großmutter für den Rest ihres Lebens auf einen Rollstuhl angewiesen.«

»Was soll das?«, unterbrach sie der Vorsitzende. »Wir sind nicht hier, um über Nazis zu reden.«

Unsicher drehte Mia sich zu Kate um. Kate nickte beruhigend und machte ihr ein Zeichen, einfach weiterzureden.

Mia holte tief Luft. »Als gegen Kriegsende die Rote Armee in Deutschland einmarschierte, wollte meine Mutter, dass wir in Richtung Westen flüchten. Die ersten Flüchtlinge waren schon bei uns angekommen und erzählten uns von den Racheaktionen der russischen Soldaten.«

Nun war es in dem Raum so still, dass man eine Stecknadel hätte fallen hören können.

»Aber meine Großmutter war nicht in der Lage zu fliehen. Wir blieben auf unserem Hof.« Sie seufzte schwer. »Dann kamen die ersten russischen Truppen. Sie fielen über unser Dorf her und plünderten. Und sie suchten Frauen. Sie wollten sich für das rächen, was deutsche Soldaten ihren Familien in Russland angetan hatten.«

Mia machte eine Pause und blickte zu Boden. Dann sprach sie weiter. »Meine Mutter hatte ihr Haar weiß gepudert, in der Hoffnung, dass die russischen Soldaten sie für eine alte Frau hielten, doch sie ließen sich nicht täuschen. Meine Großmutter hielt mir die Ohren zu, trotzdem hörte ich die Schreie meiner Mutter. Mein kleiner Bruder verkroch sich unter dem Wohnzimmersofa.«

Kate drehte sich der Magen um. Sie erinnerte sich an das zarte Mädchen, das sie vor Jahren in Berlin gerettet hatte. Welche Bilder jenes Kind im Kopf gehabt haben musste – Bilder, die vielleicht verblassen, aber nie vergessen würden.

»Am nächsten Tag kamen sie wieder, vergewaltigten meine Mutter erneut und schlugen meinen Großvater nieder. Die Soldaten urinierten auf die Fußböden, zerschlugen unsere Möbel, raubten alles, was essbar war, und dann brannten sie unser Gut nieder. Wir schafften es kaum, unser Leben zu retten.«

Kate saß wie erstarrt da und fragte sich, ob Mia jemals ihre Sprache wiedergefunden hätte, wenn sie und Claudia das Mädchen nicht nach Celle geholt hätten, fort von dem Ort, an dem es überall an die Qualen, die seine Familie ausgestanden hatte, erinnert worden wäre.

»Wir wollten uns in das Nachbardorf flüchten, dort wohnte der Bruder meines Vaters mit seiner Familie. Auch dieses Dorf war niedergebrannt worden. Noch heute erinnere ich mich an den beißenden Rauchgeruch, der über dem Dorf hing. Eine alte Frau erzählte uns, dass mein Onkel seine Frau, seine Kinder und dann sich selbst umgebracht hatte, damit sie den russischen Soldaten nicht in die Hände fielen.«

Mia machte eine Pause, vielleicht um sich zu sammeln. Dann sprach sie weiter. »Auch die umliegenden Ortschaften standen in Flammen. Wir zogen uns in einen Wald zurück und warteten, bis die Soldaten weitermarschiert waren. Meine Großeltern kamen in einem Bauernhof unter, dessen Besitzer sie gut kannten. Meine Mutter, mein Bruder und ich schlossen uns den Flüchtlingen an, die auf dem Weg nach Westen waren. Meine Mutter wollte nach Berlin und nachsehen, ob unser Haus noch stand. Wenn ja, war ihr Plan, meine Großeltern nachzuholen.

Es dauerte nicht lang, bis wir auf eine russische Einheit stießen und auf uns geschossen wurde. Ich sah erst meinen Bruder sterben, dann meine Mutter. Die Bilder, wie sie zu Boden gingen und dann reglos in ihrem Blut lagen, tauchen noch immer in meinen Alpträumen auf.«

Kate schossen Tränen in die Augen.

»Ist das furchtbar«, flüsterte Hilary.

»Es gab Tage, an denen ich wünschte, auch ich hätte nicht überlebt«, fuhr Mia fort. »Dann fühle ich mich schuldig, weil ich noch da bin.«

Das Gefühl kannte Kate. Zwar war ihre Familie nicht umgebracht worden, aber den Tod ihres Vaters würde sie sich nie verzeihen.

Kate ließ den Blick über die Gesichter der Komitee-Mitglieder wandern, doch ihre Mienen verrieten nichts. Aber wenigstens ließen sie Mia weiterreden.

»Tagelang streifte ich umher, versteckte mich immer wieder im Wald und wusste nicht, wohin ich mich wenden sollte. Dann sagte ich mir, dass es das Beste wäre, wenn ich versuchte, mich irgendwie nach Berlin durchzuschlagen. Das tat ich dann. Ich bettelte um Essen oder einen Schlafplatz, stahl Obst von den Bäumen. Allerdings konnte ich mich nur noch mit Zeichensprache verständlich machen, sprechen konnte ich nach dem Tod meiner Mutter und meines Bruders nicht mehr.

Und stets hatte ich Angst, auf russische Truppen zu stoßen. Einmal sah ich einige ihrer Soldaten an einem Bauernhof zusammensitzen und etwas essen, doch ich wagte nicht, sie anzubetteln. Ein anderes Mal kam ich an ein Bauernhaus, in dem niemand mehr war. Ich wollte dort nach etwas Essbarem suchen, doch dann sah ich, dass man die Bauersfamilie gehängt hatte, und lief fort.

Nur der Gedanke, dass ich nach unserem Haus in Berlin sehen musste, ließ mich durchhalten. Und der Wunsch, dort mit meinen Großeltern zu wohnen. Ich erreichte Berlin nach Monaten. Das war im März 1946. Unser Haus stand zwar noch, doch es war bei einem Bombenangriff so stark beschädigt worden, dass wir dort nicht hätten leben können. Ich wusste nicht mehr weiter, setzte mich einfach auf die Eingangstreppe. Und dann kamen Mr. Shearer und Miss Mancini, die damals als Reporter in Berlin unterwegs waren, und brachten mich in ihr Hotel. Miss Mancini überließ mir ihr Bett, und Mr. Shearer besorgte mir etwas zu essen. Und am nächsten Tag fuhren sie mich zu Freunden von Mr. Shearer, die in Celle wohnten und mich aufnahmen. Ohne die Hilfe dieser Menschen hätte ich nicht überlebt.«

Aus dem Augenwinkel nahm Kate wahr, wie Hilary sich Tränen aus dem Gesicht wischte.

»Mr. Shearers Freunde fanden heraus, in welchem Dorf meine Großeltern lebten. Es gehörte zur sowjetischen Besatzungszone. Und obwohl ich große Angst vor den Russen hatte, kehrte ich zu ihnen zurück. Mr. Shearer hat mich dort besucht. Er hat mir Spielsachen geschenkt, aber vor allem wollte er sich vergewissern, dass es mir gut geht. Er hat meinen Großeltern und mir angeboten, nach Amerika zu kommen, doch dazu waren meine Großeltern zu schwach. Als ich dreizehn Jahre alt war, haben sie mir gesagt, dass ich im Westen Deutschlands ein besseres Leben hätte als im Osten. Sie haben mich freigegeben, so schmerzlich es auch für sie war. Mr. Shearer und Miss Mancini haben dafür gesorgt, dass ich wieder bei Mr. Shearers Freunden in Celle leben konnte.«

»Mr. Shearer ist kein Kommunist«, fuhr Mia fort. »Er hat mir geholfen, dass ich den sowjetischen Sektor Deutschlands verlassen konnte.«

Mia kehrte zu ihrem Platz zurück.

Harvey reichte Kate ein großes weißes Stofftaschentuch.

Kate tupfte sich die Tränen ab und schnäuzte sich die Nase.

Die Mitglieder des Komitees sahen einander an und wirkten ratlos.

Im Publikum begann jemand, laut zu klatschen. Andere fielen ein.

Kate sah, wie Ricks Vater einen Arm um seine Frau legte.

Das Komitee zog sich zur Beratung zurück. Nur der Vorsitzende kehrte zurück und erklärte, die Anschuldigungen gegen Richard Shearer seien aufgehoben und ein Berufsverbot werde es nicht geben.

Kate stürzte nach vorn und schloss Mia in die Arme.

Dann trat jemand zu ihnen und legte die Arme um sie.

»Danke«, sagte Rick. »Ich verdanke euch mehr, als ich in Worte fassen kann.«

Kate sah Ricks Eltern, die näher gekommen waren, Harvey, Hilary, die Kollegen von WNYR. Es war ihr einerlei, sie umarmte und küsste Rick vor aller Augen. Sollten sie doch sehen, dass sie diesen Mann liebte.

Und dann küsste sie Mia, das Mädchen, das diesen Mann gerettet hatte.

KAPITEL 34

Kate

New York, Sommer 1951

Als Kate das Josephine's betrat, saß Rick bereits an der Bar und blätterte in einer Zeitung.

»Hi.« Kate setzte sich auf den Hocker an seiner Seite und dankte dem Himmel für den riesengroßen Ventilator über ihnen.

Rick neigte sich zu ihr und küsste sie auf die Wange.

Kate griff nach seiner Hand und streichelte sie.

Er küsste sie noch einmal, und die Liebe zu ihm brandete heiß in ihr auf.

Rick hatte eine Tasse Kaffee vor sich stehen, doch Kate brauchte etwas Kaltes und bestellte sich einen eisgekühlten Limonensaft.

»Ich habe gute Neuigkeiten«, sagte sie.

»Und welche?«

Kate lächelte glücklich. »Mia bleibt bei mir. Der Antrag auf eine Aufenthaltserlaubnis läuft bereits.«

»Wie du es dir von jeher gewünscht hast.«

Kate nahm einen Schluck ihres Safts. »Ich kann es noch immer nicht richtig glauben.«

»Habt ihr heute Nachmittag etwas vor?«

»Nein, warum fragst du?«

*

Sie fuhren nach Connecticut. Mia saß zwischen ihnen.

Auf beiden Seiten der Landstraße, die in der Sommersonne glühte, standen Ahornbäume, hier und da auch Obstbäume, die Äste schwer von Früchten. Der Himmel war tiefblau und wolkenlos.

Kate hatte wissen wollen, wohin die Reise gehe. Es sei eine Überraschung, hatte Rick erwidert.

Schließlich verließ er die Straße, folgte einem staubigen Feldweg und bog in eine Zufahrt ab, die zu einem zweistöckigen schneeweißen Schindelhaus führte, mit einer Veranda und schwarz gestrichenen Fensterläden. Es war eines der typischen Farmhäuser New Englands, jedoch kleiner als Ricks Elternhaus, und wurde von alten Roteichen gerahmt. Am Rand des Rasens vor dem Haus blühten wild wuchernde Rosensträucher.

Rick stellte den Motor aus. Sie stiegen aus und betrachteten das Haus schweigend.

»Gefällt es euch?«, fragte Rick.

Kate schob sich ihre Sonnenbrille ins Haar. »Es ist traumhaft schön«, sagte sie. Mia nickte eifrig.

»Das Anwesen hat sogar einen Namen«, sagte Rick. »Maple Farm. Für mich war es Liebe auf den ersten Blick.«

Kate drehte sich zu ihm um. »Willst du damit sagen, dass du es gekauft hast?«

Rick lächelte verlegen. »Ich habe die Wohnung am Central Park verkauft. Sie hat nicht zu mir gepasst.«

Kate erinnerte sich an die mondäne Wohnung, sehr viel pompöser als dieses Farmhaus, aber nicht einmal ansatzweise so schön.

»Ihr seid die Ersten, denen ich Maple Farm zeige.«

»Ich finde das Haus toll«, sagte Mia.

»Ich möchte die Wochenenden hier verbringen, mich von der Stadt erholen und Ruhe finden.« Rick zog einen Schlüsselbund aus seiner Hosentasche hervor. »Vielleicht ist es auch etwas … für euch.«

Kate warf ihm einen unsicheren Blick zu. Was wollte er damit sagen?

»Können wir hineingehen?«, fragte Mia.

»Natürlich.« Rick sprang die Eingangstreppe hinauf und schloss die Tür auf.

Kate und Mia folgten ihm.

Mia fuhr mit der Hand an einem geschnitzten Ornament des Verandageländers entlang.

Rick legte einen Arm um Kate. »Ich freue mich, dass es euch gefällt.«

Mia stieß die Tür auf, und sie betraten den Flur.

Der Holzfußboden war in Sonnenlicht getaucht, das durch ein Fenster hereinfiel, und es roch nach Bienenwachs.

Stolz zeigte Rick ihnen das Haus, zuerst die Schlafzimmer im ersten Stock, dann die Zimmer im Erdgeschoss – ein Kaminzimmer, ein Wohnzimmer, einen Wintergarten, ein Esszimmer und eine sich daran anschließende Landhausküche. Und alle Räume waren lichtdurchflutet.

Rick öffnete die Hintertür, winkte Mia und Kate zu sich und deutete auf ein von Bäumen umstandenes Cottage, ebenfalls aus weißen Schindeln. »Dort kann man ungestört sitzen und schreiben«, schwärmte er.

»Zauberhaft«, sagte Kate. »Ein kleines Paradies.«

»Kommt mit.« Rick schloss das Cottage auf.

Auf dem Schreibtisch am Fenster standen eine Schreibmaschine, eine Glasvase mit einem Strauß Rosen, lagen ein Papierstapel und Stifte. Der Fußboden war mit einem bunten Läufer bedeckt. Auch ein altes Ledersofa und einen Ohrensessel gab es.

»Wie gemütlich«, sagte Kate.

»Ich habe noch etwas.« Rick nahm ein paar Formulare von dem Papierstapel und hielt sie Kate hin.

Kate überflog die oberste Seite. »Rick«, flüsterte sie ungläubig. »Woher wusstest du, dass Mia in Amerika bleibt?«

Rick lächelte. »Ich habe es mir gedacht.«

»Was steht da?«, fragte Mia.

Kate zeigte es ihr. »Es ist ein Adoptionsantrag. Für dich, mein Schatz. Damit wir eine richtige Familie werden.«

Mias blaue Augen richteten sich auf Rick. »Stimmt das, möchtest du das?«

Rick nickte. »Natürlich, oder glaubst du, ich habe die Seiten nur zum Spaß ausgefüllt?«

Mia wandte sich zu Kate um. »Aber ihr seid doch gar nicht verheiratet.«

Kate errötete. Sie hatte zu voreilig von einer Familie gesprochen. Zwar waren sie und Rick wieder zusammen, aber von Heirat war bisher nie die Rede gewesen.

Mia schlang die Arme um Rick. »Danke«, sagte sie leise. »Danke für alles.« Dann wollte sie sich das Gelände draußen ansehen und verschwand.

Rick nahm Kate in die Arme und küsste sie, zuerst zart, dann lange und hingebungsvoll. »Kate«, sagte er, als sie beide Luft holten.

»Ich liebe dich. Ich möchte, dass wir glücklich werden, zusammen mit Mia.«

Kate lächelte. »Ich liebe dich seit Langem, und daran hat sich nie etwas geändert.«

»Dann lass uns heiraten. Ich verspreche dir, dass ich dich nie bitten werde, meinetwegen deine Karriere aufzugeben oder auch nur zu vernachlässigen.«

Kate lachte. »Keine Sorge, das würde ich auch nie zulassen.«

Er küsste sie erneut. »Heirate mich.«

»Ja«, sagte Kate, »von Herzen gern.« Sie legte die Arme um Ricks Hals und fragte sich, womit sie so viel Glück verdient hatte. Ihr war, als wäre sie nach einem langen Weg zu Hause angekommen.

*

Kate legte die Wochenendausgabe der *New York Times* zur Seite und blickte über den Rasen.

Im Schatten der Bäume hatte Bianca sich auf einer Wolldecke ausgestreckt, an ihrer Seite Sofia, die ebenso tief gebräunt war wie ihre Mutter. Lara stapfte durch das Gras und versuchte, Schmetterlinge zu fangen.

Mia kam aus dem Haus und setzte sich zu Bianca. Kate hatte dafür gesorgt, dass ihr Mädchen unbeschwerte Sommerferien verbringen konnte, bevor sie im Herbst in Farmington zur Schule gehen würde. Sie waren zusammen schwimmen gegangen, hatten gemeinsam gekocht, viel miteinander geredet, und Frances hatte Mia Reitstunden gegeben.

Die Hochzeitsfeier in der Maple Farm war eine private Angelegenheit gewesen, zu der nur der engste Kreis aus Familienmitgliedern und Freunden eingeladen gewesen war. Lily und Gia Morelli hatten für das Essen gesorgt, das einem Sterne-Restaurant Ehre gemacht hätte, und Ricks Vater hatte eine Rede gehalten und dabei erstaunlich gefühlvoll über die Liebe zu seinem Sohn gesprochen.

Kate stellte Gläser und Eistee auf den Tisch auf der Veranda und holte Rick und seine Eltern herbei, die im Cottage gewesen waren.

Rick ging zu Biancas Kindern, in die er vernarrt war, pflückte für Lara ein Gänseblümchen und kitzelte sie damit an der Nase. Dann wuschelte er Sofia durch die Haare, die ihn verzückt ansah. Mia streckte die Hand nach ihm aus und ließ sich von ihm hochziehen.

Gemeinsam kamen die beiden an den Tisch. Mia schenkte sich ein Glas Eistee ein und trank mit durstigen Zügen.

Mia, Rick und ich, dachte Kate selig. Ein schrecklicher Krieg hat uns zusammengebracht, aber nun wird uns nichts mehr trennen.

LIEBE LESERIN,

diesen Roman zu schreiben, hat mir große Freude bereitet. Es gab so viel Material, mit dem ich arbeiten konnte – das Leben der Frauen im Nachkriegsdeutschland und in Amerika; die Schlachten, die politische Korrespondentinnen Ende der 1940er und Anfang der 1950er Jahre schlagen mussten, um beruflich erfolgreich zu sein; die Schicksale der Kriegswaisen und die Ära des Komitees für unamerikanische Umtriebe. Das, was ich für Kriegswaisenkinder empfinde, lässt sich kaum in Worte fassen.

Ich habe das Glück, einen Job ausüben zu dürfen, den ich liebe. Wenn ich morgens aufwache, kann ich es kaum erwarten, mich an meinen Schreibtisch zu setzen und an der Geschichte weiterzuarbeiten, mit der ich mich gerade beschäftige. Und stets bin ich voller Hochachtung für das, was Frauen vergangener Generationen geleistet haben. Kate, Bianca, Frances, sie waren für mich lebendig, und ich hoffe, dass ihre Geschichten Ihnen gefallen haben.

Wenn Sie sich über neue Romane von mir auf dem Laufenden halten möchten, können Sie sich unter www.bookouture.com/ella-carey anmelden. Sie erreichen mich auch auf meiner Facebook-Seite, auf Twitter, Goodreads und meiner Website: www.ellacarey.com

Ich danke Ihnen,
Ella

ANMERKUNG DER AUTORIN

Teile von Kates Laufbahn wurden vom Leben der Pauline Frederick inspiriert, der amerikanischen Rundfunkreporterin, die als erste Frau Korrespondentin wurde und über den Kriegsverbrecherprozess in Nürnberg berichtete, auch einmal über ein Forum mit dem Titel »Wie ich einen Ehemann bekomme«.

1976 war Pauline Frederick die erste Journalistin, die die Debatte zweier Präsidentschaftskandidaten moderierte. Zudem war sie die erste Frau, die den Peabody Award erhielt, einen Preis, der hervorragende Leistungen in Rundfunk und Fernsehen würdigt und ein Äquivalent des Pulitzer-Preises ist.

DANK

Mein tiefer Dank geht an meine Redakteurin Maisie Lawrence. Du hast diese Geschichte von Anfang an unterstützt, an meine Fähigkeit, sie zu erzählen, geglaubt und mich durch den gesamten Prozess des Schreibens geführt.

Ebenso danke ich meinem großartigen Agenten Giles Milburn dafür, dass er bei der Geburt dieser Idee dabei war, mir geholfen hat, sie zu entwickeln, ebenso für seine Begeisterung und die Unterstützung meiner Arbeit.

Ihr beide seid für mich ein Segen.

Ich danke dem Team bei Bookouture: den PR-Genies Kim Nash, Sarah Hardy und Noelle Holton, die unermüdlich für unsere Bücher werben.

Ich danke dem Team, das bei der Madeleine Milburn Literary Agency für die Auslandsrechte zuständig ist, insbesondere Liane-Louise Smith und Georgina Simmons, die diese neue Reihe an ausländische Verlage verkauft haben. Ich bewundere euch.

Ich danke den wunderbaren Autor:innen bei Bookouture. Sie sind die besten Unterstützer:innen, die ich kenne.

Dieser Roman beruht auf jahrelanger Recherche und etlichen Aufenthalten in Berlin und New York. Ich danke den freundlichen Menschen, mit denen ich dort gesprochen habe und die mir geholfen haben, die Vergangenheit so gut ich konnte lebendig werden zu lassen.

Ein riesengroßes Dankeschön geht an meine Freunde, meine

Familie, meine Kinder; an Ben, der Geschichte liebt, seit er Bücher lesen kann, der, ebenso wie ich, von der Vergangenheit fasziniert ist und sich leidenschaftlich für Politik interessiert, und Sophie für ihre wunderbare Unterstützung.

Aus tiefstem Herzen danke ich meinen treuen Leserinnen – einige von ihnen begleiten mich bereits seit meinem ersten Roman »Das verschlossene Zimmer« – und meinen neuen Leserinnen. Danke für eure Nachrichten und die Liebe zu meinen Romanen.